서장 다나카 겐이치의 우울

서장 다나카 겐이치의 우울

펴 낸 날 | 2017년 10월 10일 초판 1쇄

지 은 이 | 가와사키 소시
옮 긴 이 | 신유희
펴 낸 이 | 이태권

책임편집 | 박송이
책임미술 | 홍성욱

펴 낸 곳 | (주)태일소담
서울특별시 성북구 성북로8길 29 (우)02834
전화 | 02-745-8566~7　　팩스 | 02-747-3238
등록번호 | 1979년 11월 14일 제2-42호
이메일 | sodam@dreamsodam.co.kr
홈페이지 | www.dreamsodam.co.kr

ISBN　979-11-6027-023-5-03830

이 도서의 국립중앙도서관 출판시도서목록(CIP)은 서지정보유통지원시스템 홈페이지(http://seoji.nl.go.kr)와 국가자료공동목록시스템(http://www.nl.go.kr/kolisnet)에서 이용하실 수 있습니다.(CIP제어번호: CIP2017021653)

- 책값은 뒤표지에 있습니다.
- 잘못된 책은 구입하신 곳에서 교환해드립니다.

서장 다나카 겐이치의 우울

가와사키 소시 지음
신유희 옮김

소담출판사

| 차례 |

서장 다나카 겐이치의 부임

…007…

서장 다나카 겐이치의 사투

…053…

서장 다나카 겐이치의 분노

…097…

서장 다나카 겐이치의 고투

…139…

서장 다나카 겐이치의 숙적

…181…

경사 기쿠치 하루나의 동요

…221…

서장 다나카 겐이치의 귀환

…241…

옮긴이의 말

…284…

발표 잡지

- 서장 다나카 겐이치의 부임 – 『호세키宝石 더 미스터리 3』
  (2013년 12월, '서장 다나카 겐이치의 우울'로 제목 변경)
- 서장 다나카 겐이치의 사투 – 『소설 호세키』 2014년 7월 호
- 서장 다나카 겐이치의 분노 – 『소설 호세키』 2014년 9월 호
- 서장 다나카 겐이치의 고투 – 『소설 호세키』 2014년 12월 호
- 서장 다나카 겐이치의 숙적 – 『소설 호세키』 2015년 1월 호
- 경사 기쿠치 하루나의 동요 – 단행본 신작
- 서장 다나카 겐이치의 귀환 – 『소설 호세키』 2015년 3월 호

서장

다나카 겐이치의 부임

……엄마는 커다란 상자 안에서 잠을 자고 있다.

나도 이제 1학년이라서 이 상자가 관棺이라는 것 정도는 안다…….

……날마다 나를 때릴 때는 엄마 얼굴이 무서웠는데 관 속에서 잠자는 엄마는 참 상냥해 보여…….

……엄마 주변은 꽃들로 가득하다…….

넓은 서장실 안에서 나는 가만히 앉아 있질 못하고 연신 몸을 꿈지럭거렸다.

오늘 아침, 시코쿠 촌구석 논밭 사이에 오도카니 자리한 작은 경찰서에 서장으로 부임했다. 그런데 이 서장용 의자는 너무 푹신해서 오히려 불편하다.

이런 의자는, 오랜 세월 현장 바닥을 훑고 다니느라 요통을 얻고 정년이 다 되어서야 겨우 앉아 보는…… 요컨대 그런 사람들에게 적합한 의자다. 이제 30대 중반인 나 같은 놈이 앉아서 일할 의자는 못 된다. 하긴 이런 지방 관할서에서 나 같은 커리어 출신은 그저 장식품 같은 존재라, 어차피 일거리도 없으니 별 상관없을지 모르겠다. 옛날엔 더 심해서 서른도 되기 전에 서장이 되었다고들 한다.

국가공무원 1종 시험[1]에 합격하여 경찰청에 입성한 커리어조組는 지방과 중앙을 오가며 초스피드로 출셋길을 달리는데, 바쁜 건 중앙에 있을 때뿐이고 지방에 내려가 있는 기간은 이른바 안식년쯤으로 여긴다.

책상 위에 손을 올려보았다. 경찰청 시절에 쓰던 책상보다 족히 두 배는 크다. 책상에는 이 현縣과 현경縣警 그리고 이 시市의 마스코트 캐릭터 인형들이 있다. 하나같이 귤을 모티프로 삼고 있고, '미캉 씨', '미캉 순경', '미캉 짱'이라는 이름이 붙은 듯하다.

이 동네는 귤밖에 없나, 하고 인형 머리를 쿡쿡 찌르면서 옆의 젊은 경사에게 물어보았다.

"이삿짐센터에선 아무 연락 없었습니까?"

'기쿠치 하루나'라는 이름을 가진 이 여자 경사는 앞으로 내 비서 비슷한 업무를 맡아줄 모양이다.

"아뇨, 아직."

1 우리나라의 행정고시에 해당함.

기쿠치 경사는 건조한 목소리로 대답했다.

일 났네.

경찰청에서 이 관할서로 옮겨오면서 이삿짐 상자 하나가 온데간데없이 사라졌다. 그 상자에는 수첩이 들어 있다. 경찰수첩 같은 건 아니고 개인용 수첩인데 얼른 찾지 않으면 아주 골치 아파진다. 수첩에는 아내 가오리와 나의 사적인 기념일들이 적혀 있다. '결혼기념일', '생일', '약혼 기념일', 그 외에도 '첫 키스 기념일'이니 뭐니 하는 것들이…….

언제부터인가 그런 기념일에는 꽃다발을 사들고 귀가하는 것이 당연한 일이 되었다. 깜박 잊기라도 하는 날엔 후폭풍이 장난 아니다. 작년에는 '첫 여행 기념일'을 잊었다가 혼쭐이 났다. 가오리는 일주일간 밥을 차려주지 않았고, 거의 한 달이 넘도록 나와 말 한 마디 섞지 않았다.

내가 일 때문에 늦게 들어오건, 밤중에 잠 안 자고 서재에 틀어박혀 있건 가오리는 일절 상관하지 않는다. 오로지 기념일에만 목을 맨다. '기념일을 챙기는 건 애정과 신뢰의 증거'라 여기는 기념일 마니아다, 가오리는.

물론 나도 결혼기념일이나 생일 정도는 기억하고 있다. 하지만 그 외에는 다 알쏭달쏭하다. 내 기억으론 분명 '첫 데이트 기념일'이 며칠 안 남았을 터인데. 기념일 중에서도 결혼기념일에 버금가는 초대형 기념일……. 이번 달 10일이었나, 11일이었나…….

등줄기에 식은땀이 흘렀다.

"무슨 일 있으십니까?"

고개를 들어보니 기쿠치 경사가 내 눈을 빤히 들여다보고 있었다.

"그 상자 안에 뭔가 중요한 서류라도 들어 있습니까?"

"아니, 별다른 건 없어요."

나는 황급히 고개를 내저으며 시선을 피했다.

기쿠치 경사는 대단한 미인이다. 단, 부副서장이 보낸 스파이다. 경찰청에서 파견된 커리어에게 붙는 비서란, 현장 일에 어두운 엘리트가 멍청한 짓을 하지 못하게 지켜보는 감시꾼이기도 하다.

책상 위 전화가 울렸다.

나보다 앞서 기쿠치 경사가 수화기를 들었다. 두세 마디 오가는가 싶더니 내게 전한다.

"공용차로부터 연락이 왔습니다. 앞으로 5분쯤 후에 현경 본부의 사이온지 형사부장님이 도착하신답니다."

잃어버린 수첩 생각으로 머릿속이 꽉 차 있던 나는 순간 무슨 말인지 이해하지 못했다. 아마도 내 표정에 그것이 드러났을 터, 기쿠치 경사의 눈에 한순간 무서운 빛이 스쳤다.

나도 모르게 눈을 내리깔았다.

나는 현장에서 뛰는 경찰관들의 눈이 질색이다. 일반 사람들과는 다른, 뭔가 딱딱한 빛이 있다. 유치원에 찾아가 웃는 얼굴로 교통안전 교육용 그림극 따위를 선보이는 여성 경찰관도 마찬가지다. 내 말이 믿기지 않거든 그 눈을 한번 들여다보시라. 물론 나는 그럴 용기가 없지만.

나는 우물우물 입을 움직였다.

"아, 수사회의로군요. 물론 알고 있습니다."

나는 이곳 서장이지만 최근 관내에서 발생한 살인 사건 수사본부의 부본부장도 겸하고 있다. 물론 이 또한 명색일 뿐. 그래서 잠시 잊고 있었다…….

"크흠."

나는 나오지도 않는 기침을 한 차례 하고 일어났다.

경찰서 현관 앞으로 시커먼 공용차가 미끄러지듯 들어왔다.

서원署員이 차 문을 열자 안에서 현경 간부들이 내렸다. 그 가운데 사이온지 현경 본부 형사부장이 있다. 곧바로 열릴 수사회의의 수사본부 본부장이다. 언뜻 보면 사람 좋아 보이는 신사인데, 경찰청 상층부의 평가도 높아서 미래 경찰청장 물망에 올라 있다. 경찰청에 있을 때 두세 차례 밥을 얻어먹은 적도 있다. 물론 커리어조 선배다.

나는 깍듯이 고개를 숙였다.

"음."

사이온지 형사부장은 점잖게 고개를 끄덕이곤 마치 자기 집인 양, 아니 자기 서인 양 앞장서서 걷기 시작했다.

"하필 이런 때 이곳 서장으로 오다니, 날벼락이로군그래."

누가 아니랍니까. 날벼락 그 자체입니다요.

흔히 커리어가 지방에 부임할 경우, 그 부임지로는 아무런 문제가 없는 경찰서, 아울러 커리어를 받아들이는 데에 익숙한 곳이 선정된다. 그런데 반년쯤 전, 경찰청의 누군가가 어떤 지뢰를 밟았다. 그 지뢰가 발화점이 되어 그때까지 쌓이고 쌓인 모순이며 온갖 원한 따위가 연쇄 폭발을 일으켰고, 그 결과 대숙청에 가까운 인사이동이 이루어졌다. 그 바람에 관료 조직 말단에 몸담고 있던 나한테까지 불똥이 튀었지 싶다. 단 한 번도 커리어를 받아들여본 적 없는, 더구나 살인 사건까지 떠안고 있는 이곳에 부임하게 되었으니.

전임 서장 시절, 이 경찰서 관내에서 젊은 여성이 살해당하는 사건이 발생했다. 살해 수법이 집요하다는 점과 소지품이 사라진 흔적이 없다는 점에서 당초에는 단순한 원한이나 스토킹 관련 범죄로 추정했다. 게다가 사건 현장에 무척 특이한 족적이 남아 있었기에 피해자 주변만 제대로 훑으면 곧바로 용의자 검거…… 일 것이라고 모두가 예상했다. 그래서 수사본부도 관할서 중심으로 운영되었다.

그런데 두 번째 사건이 일어났다. 마찬가지로 관내에서 또 다른 여성이 같은 수법으로 살해됐다. 범인이 남긴 것으로 보이는 족적도 지난번 것과 같았기 때문에 동일범으로 추정되었다. 요컨대 두 사건은 연쇄살인범 소행이었다는 뜻이다. 당초 예상과는 전혀 다른 전개에 피해자의 교우 관계에 주안점을 두었던 수사본부는 크나큰 혼란에 빠졌던 모양이다. 지금 이 서에서는 지역과地域課는 물론이고 교통과, 소년과 소속 경찰관들까지 거리로 나가 시市 전역을 순찰하는, 엄중한 비상경계 태세를 갖추고 있다. 현재로선 범인의 행동을 한껏 억압하고 있다고 봐도 좋을 수준이다.

그런데, 그런데……. 15년쯤 전, 멀리 떨어진 가나가와현에서 발생한 살인 사건의 범행 수법이 이번과 비슷하다는 사실을 어느 주간지 기자가 발견해 기사로 터뜨렸고, 덕분에 전국적으로 주목을 받기에 이르렀다.

아이고야…….

연쇄살인 사건…… 심지어 두 개 현을 넘나들게 될지도 모를 큰 사건을 처리할 수사본부가 마련된 경찰서로 형사사건 관련 경험이 거의 없는 커리어를 내려 보낸다는 사실에 그렇잖아도 경찰청 사람들 모두가 우려를 나타냈다. 하지만 경찰청이라는 거대한 조직의 관성은 막강해서, 개개인의 불안 따위가 미처 작용하기도 전에 인사이동 발표가 나버렸다.

정말 아이고 소리가 절로 나온다.

나도 모르게 한숨이 나왔다.

사이온지 형사부장이 내 어깨를 두드렸다.

"너무 낙담하지 말게. 각각의 수사 성패가 커리어의 미래에 영향 줄 일은 없으니 걱정하지 않아도 되네."

그 말을 마치기 무섭게 사이온지 형사부장의 표정이 살짝 진지해졌다.

"다만 수사본부의 니노미야 주임수사관은 교체될 거야."

"지금 말입니까?"

이건 조금 의외였다.

오늘 아침, 인사도 할 겸 수사회의 자리에 얼굴을 내밀었는데 그 자리에 불쌍할 정도로 풀이 팍 죽은 남자가 있었다. 그가 바로 니노미야 주임수사관이었다. 주임수사관이란 수사관들에게 실질적으로 지시를 내리는 직위다. 본래는 현경 본부에서 파견된 자가 임명되는데 사건 발생 당초, 다들 단순한 원한에 의한 범행으로 보았기에 관할서 형사과장이 특례로 그 임무를 맡았다.

그리고 사건은 이렇게 전개됐다. 풀이 죽을 만도 하다.

사이온지 형사부장이 고개를 저었다.

"상황이 여기까지 이른 것에 대한 책임을 누군가는 져주어야겠지. 전임 서장은 마침 정년이었던 것을 겉으로는 경질인 양 꾸몄지만, 내부적인 구분은 별도로 지어야 하잖겠어."

"니노미야 주임수사관 교체는 누가 발표합니까?"

"당사자가 건강상 문제를 핑계 대는 식으로 발표할 걸세. 한동안은 혼란스럽겠지만 뒷일은 모리에게 맡겨야지."

모리란 이 경찰서의 부서장으로 수사본부에서는 홍보담당관을 맡고 있다. 줄곧 형사 외길을 걷다 정년을 코앞에 둔 나이에 드디어 부서장이 된 인물이다. 대체 뭘 보다 보면 저런 눈이 될까 싶을 만큼 칙칙한 납빛 눈을 하고 있어서, 처음 만났을 때 하마터면 뒤로 주춤 물러설 뻔했다. 그래서야 과연 홍보 일을 제대로 할 수 있을는지.

"니노미야 주임수사관은 이제 어떻게 되는 겁니까?"

"뭐, 건강상 문제로 잠시 휴직하게 되겠지. 이삼 주 후면 자진 퇴직으로 처리되겠지만."

"아직 정년 전인데 안타깝네요."

사이온지 형사부장이 나를 힐끗 쏘아보았다.

"무슨 소린가. 조직에는 희생양이 필요한 경우도 있는 법이네."

사이온지 형사부장과 대화를 나누는 사이, 수사본부로 쓰이고 있는 대회의실 앞에 다다랐다.

내가 문을 열자 수사관들이 일제히 일어섰다. 이 서의 형사과 사람들과 현경 본부에서 파견된 수사관들까지 다 합쳐 일흔 명 가까운 인원이다.

땀과 기름, 저녁 식사로 먹었을 컵라면과 어육소시지, 그 밖의 뭔지 알 수 없는 냄새들이 코를 자극했다.

수사관들은 며칠씩 집에 못 들어가는 날이 허다하다. 잠은 경찰서 체력단련실에서 잔다. 가끔 집에 들어가는 날도 있지만 고작해야 빨랫감을 갖다 두고 갈아입을 옷가지를 챙겨올 때 정도지 싶다. 개중에는 그마저도 없이 내내 셔츠 하나로 버티는 민폐남도 있다.

나와 사이온지 형사부장 그리고 현경 본부에서 온 사건주임관, 검시주임관, 감식주임관 등이 수사관들과 마주 보도록 놓인 간부석에 앉자 일어서 있던 수사관들이 일제히 목례했다.

나는 이미 와 있던 니노미야 주임수사관을 보았다. 아침에 봤을 때보다 두세 살은 더 들어 보인다. 아마도 모리 부서장으로부터 교체 이야기를 전해들은 것이리라.

사이온지 형사부장이 훈시를 시작했다.

'현민의 안전과 안심을 위해'라느니, '경찰관으로서의 의무가 어떻고'라는 등의 이야기가 이어진 후, "그럼 제군들의 분투노력을 기대하겠다"라는 말을 남기고 회의실을 나갔다.

이제 이 회의실 안에 있는 사람들 중 커리어는 나 하나다. 나머지는 연일 꼭두새벽부터 밤늦게까지 이어지는 수사에 눈이 시뻘겋게 충혈된 사내들. 이런 자리에 혼자 남겨지는 건 솔직히 말해 불안하다. 나는 마음속으로 또다시 한숨을 내쉬었다.

나는 딱히 사회악을 응징하고 싶다거나 출세하여 권력을 휘두르고 싶다거나, 정치인으로 전향하여 나라를 움직여보고 싶은 마음에 경찰 관료가 된 건 아니다. 그냥 어려서부터 공부를 잘했다. 잘하니까 재미있어서 또 공부했다. 고등학교 때 진로지도 선생님이 "도쿄대 문과 1류도 문제없다"고 하기에 모의고사 지망 대학을 '도쿄대 문과 1류'라고 적어 냈고, '합격 가능성 90퍼센트 이상'이라는 판정이 나와서 그대로 지망 학교로 삼았을 뿐이다.

도쿄대에 들어간 후에도 주위 동기들이 국가공무원이라든지 변호사를 목표로 삼고 있었기에 '그렇게 해야 하나 보다' 싶어서 함께 공부했고, 깊이 생각할 새도 없이 국가공무원 1종 시험을 치르게 됐다.

한번은 무심코 "지방 시청에라도 들어갈까" 하고 중얼거린 적이 있는데 그 말을 들은 친구가 무슨 외계인이라도 보는 듯한 눈으로 쳐다보기에, 황급히 "아, 농담이야, 농담" 하고 얼버무리고 나서는 '국가공무원'을 목표로 매진했다. 지금은 지방공무원의 인기가 높아져서 그렇지도 않지만, 내가 대학에 다닐 때만 해도 그런 분위기였다. 아버지가 경찰관이었기에 또 별 생각 없이 지망란에 '경찰청'이라고 써버렸다.

요컨대 나는 어릴 때부터 주변 분위기에 휩쓸리는 성격이었던 탓에 경찰 관료가 되었을 뿐이다. 하지만 역시 시청에 들어가는 게 낫지 않았을까…….

"2구 보고!"

수사관 측 아시카가 경위가 목청을 높였다.

아시카가 경위는 작달막한 키에 딱 벌어진 어깨도 그렇고, 어느 모로 보나 형사 아니면 형사에게 쫓기는 사람으로밖에 안 보이는 풍모를 지니고 있다. 현경 본부에서 파견된 수사관인데, 수사를 지휘하는 니노미야 주임수사관이 이미 침몰 직전인 터라 실질적으로 수사관들을 움직이고 있었다.

아시카가 경위에게 지명받은 관할서 소속 수사관이 일어섰다.

"2구, 목격자 없음. 족적 관련 정보 없음."

그 말에 아시카가 경위가 버럭 성질을 냈다.

"멍청아! 범인이 그런 꼴로 떡하니 돌아다니고 있었는데! 니들은 대체 뭘 묻고 다니는 거야!"

"몇 번을 다니든, 2구에 없다면 없는 거라고!"

관할서 수사관이 지지 않고 아시카가 경위를 노려보았다. 수면 부족과 혈압 상승으로 인해 둘 다 눈이 시뻘겋다.

오전에 모리 부서장에게 듣자 하니, 범인이 남긴 것으로 추정되는 족적에는 꽤 뚜렷한 특징이 있었다. 그 신발 밑창의 방사형 무늬로 보아, 범인은 웨이더라는 것을 착용하고 있었음이 판명되었다. 웨이더란 장화와 작업복이 하나로 이어진 것으로 보통 낚시꾼이나 어업 종사자들이 착용한다. 아마도 범인은 범행 시 몸에 피가 튈 것에 대비해 그런 옷을 입었으리라. 그러나 주택가를 그런 차림으로 돌아다니면 남들 눈에 띄기 십상이다. 그런데 아직까지 목격자도 없을뿐더러 편의점 등지에 설치된 방범 카메라에도 잡히지 않았다.

"없다면 없는 거라고? 그러고서 잘났다고 기어들어왔냐!? 무슨 자율 방범대원이야!?"

"뭐야!?"

관할서 수사관이 아시카가 경위의 책상에 메모지를 내던졌다. 아시카가 경위가 자리를 박차고 일어섰다.

"다음 사람, 보고하지."

모리 부서장이 낮은 목소리로 말했다.

그럼에도 여전히 두 수사관은 서로 씩씩거리며 노려보다가 동시에 시선을 돌리고 의자에 털썩 앉았다.

……영락없는 들개들이로군.

수사관들 사이에 오가는 고성에 나도 모르게 목을 움츠렸다.

주간지 기사에는 '그렇게 눈에 띄는 차림새를 한 범인을 초동수사 단계에서 검거하지 못한 경찰은 무능하다'라는 의미가 담겨 있었다. 그러니 속 타는 심정도 모르는 바 아니지만 서로 고함치는 건 자제해주었으면 싶다.

수사가 어떻게 전개되든 어차피 경찰청으로 돌아갈 나와는 상관없는 일이다. 그래도 멍하니 앉아만 있기에는 수사회의 분위기가 너무 무거웠기에 책상 위에 놓인 수사 자료를 펼쳤다. 간부용으로 사건 요점을 정리해놓은 것이다.

자료에 따르면 첫 번째 사건은 시내 중심가에서 조금 떨어진 곳에서 발생한 듯싶다. 피해자는 27세 여성. 시코쿠 일대에 식자재를 납품하는 식품 회사에 다니고 있었는데 마침 결혼을 앞두고 퇴사한 그날, 자택 근처 공터에서 무참한 모습으로 발견되었다. 직접적인 사인死因은 둔기에 의한 두개골 손상이지만, 온몸에 마구잡이로 구타당한 흔적이 남아 있었다고 한다. 결혼을 코앞에 두고 있었다는 점, 그리고 너무도 끔찍한 시신 때문에 남녀 간 갈등으로 인한 범행으로 가닥을 잡았던 것도 무리는 아니다.

두 번째 사건은 주택가 한복판에서 일어났다. 시민회관에서 음악 애호가들이 정기 연주회를 열곤 했는데, 이 지역 출신 바이올리니스트를 초청했다. 이 바이올리니스트가 두 번째 피해자다. 28세 여성. 시민회관에서 솔로 연주를 마치고 본가로 돌아가 차에서 내리려는 찰나, 습격을 당한 모양이다. 사인도 동일하다. 둔기로 온몸을 무차별 폭행. 두 사건 모두 범행에 쓰인 흉기는 발견되지 않았다. 후속 수사 결과, 두 피해자 사이에 공통된 교우 관계는 전혀 없는 것으로 밝혀졌다.

세 번째 사건…… 아니, 따지고 보면 가장 먼저 일어난 사건이었는지도 모르지만, 아무튼 이 사건은 내 본가가 있는 가나가와현에서 일어났다. 처음 들었을 때는 그런 사건이 있었나, 하고 고개를 갸우뚱했는데, 곰곰 되짚어보니 내가 대학을 다니느라 도쿄에서 하숙하던 무렵이었다.

꽃가게 점원이 영업을 마감하고 뒷정리를 하던 중에 일을 당한 모양이다. 피해자는 32세 여성. 범인은 검거하지 못했고, 결국 관할 경찰서가 후속 수사를 맡기로 한 채 사건은 미궁에 빠졌다. 지금 우리서 소속 수사관 서너 명이 수사 자료를 열람하기 위해 가나가와 현경으로 출장을 갔다.

회의실에 또다시 고성이 터져 나왔다.

거기에 응수하는 성난 목소리.

더 이상 신경이 버텨내지 못할 것 같다는 생각이 들었을 즈음, 드디어 모리 부서장이 니노미야 주임수사관에게 눈짓을 했다.

"수사회의를 종료한다. 각자 맡은 바 수사를 속행하도록. 다음 수사회의는 내일 아침 여덟 시……."

지친 기색이 역력한 중년 남자가 말을 마치자 산회되었다.

수사관들이 뒷문으로 차례차례 나간다.

문 옆 화이트보드에는 피해 여성들의 사진이 붙어 있다. 수사관들은 그 앞을 지나면서 눈을 감고 고개를 숙인다.

별안간 쿵! 하고 엄청난 소리가 났다.

사진을 보고 있던 젊은 수사관이 콘크리트 기둥을 주먹으로 후려친 소리였다.

거짓말 아니고, 심장이 튀어나오는 줄 알았다.

피해자와 유족들의 원통한 심경을 생각하다 보니 분을 못 이겨 나온 행동인지는 모르겠지만, 그걸 기둥에 푸는 건 삼가주세요. 심장에 매우 좋지 않습니다.

경찰서장으로서의 첫 하루를 마치고 관사로 돌아왔다.

경찰청에 있을 때는 방 두 칸짜리 공무원 숙소에서 지냈는데 이곳에선 방이 다섯 개나 되는 단독주택을 배정받았다. 가오리와 둘이 살기에는 과하다.

그 운동장만 한 관사에서 늦은 저녁식사를 마쳤다. 밤 열한 시가 지나고, 이삿짐을 정리하느라 지친 가오리가 잠자리에 들자마자 나는 부리나케 서재로 들어왔다. 이제부터는 나만의 시간이다.

책상 위에는 만들다 만 프라모델이 놓여 있다. 이사 오고 나서 맨 먼저 이 프라모델이 든 짐부터 풀었다.

뭘 숨기랴, 프라모델 만들기는 내 유일한 취미다.

프라모델도 로봇이니 자동차니 성이니 여러 가지가 있지만, 그중에서 나는 1/700 사이즈의 구舊 일본 해군 함정을 만들고 있다.

대학 시절 남동생 생일 선물을 사려고 작은 완구점에 들어갔다가 그곳에서 마침 구 일본 해군 군함을 본뜬 프라모델을 발견했다. 나는 딱히 군국주의자도 아닐뿐더러 밀리터리 오타쿠도 아니다. 그저 패키지에 그려진 그 모습에 조형적인 매력을 느껴 동생 선물은 까맣게 잊고 그 프라모델을 덥석 사버렸다.

그날 이후로 계속 만들고 있다. 죽기 전에 일본 해군의 '연합함대' 전체를 완성하는 것이 내 꿈이다. 주요 함정만 해도 수백 척에 이른다. 더구나 아직 발매되지 않은 모델도 많다. 그런 경우는 기존 모델을 개조해야만 한다. 퇴직 후, 경찰청 산하 단체의 한가한 이사 자리 같은 곳에 가게 된다 해도 죽기 전까지 다 만들 수 있을지 의문이다.

시간이 없다.

나는 요즘 만들고 있는 '유키카제雪風'라는 이름을 가진 구축함 프라모델을 손에 들었다.

이 모델은 제조사가 상당한 공력을 들여 만든 것으로, 손바닥 안에 들어오는 크기인데도 부품 수가 150개 가까이 되는 정밀한 모델이다. 오늘 밤에는 이 '유키카제'에 색을 입힐 예정이다. 나는 도색 작업이야말로 프라모델 제작의 꽃이라 여기고 있다.

천천히 심호흡을 했다.

프라모델을 만드는 사람들은 도료를 뿜어 칠하는 '에어브러시'라는 도구를 주로 사용한다. 얼룩이 지지 않고 그러데이션 같은 미묘한 느낌도 쉽게 표현할 수 있다.

하지만 나는 붓으로 칠한다.

학생 때는 워낙 돈이 없어서 에어브러시를 사 쓰지 못하기도 했지만 지금은 아니다. 까짓 에어브러시쯤이야 보너스만 받아도 고급품으로 한 세트 장만할 수 있다. 그러나 기량 차이가 가장 잘 드러나는 것이 바로 붓 칠이다.

나는 에어브러시 따위를 사용하는 녀석은 게을러터진 놈, 스프레이 캔을 사용하는 녀석은 비겁한 놈으로 간주한다.

나는 다시 한 번 심호흡을 했다.

첫 붓질을 할 때가 가장 긴장된다. 정신이 흐트러지면 붓질도 흐트러진다. 그것은 곧 얼룩으로 나타나고 프라모델 완성도를 단번에 떨어뜨린다.

……정신을 집중해서 단숨에…….

나는 붓을 손에 쥐고, 도료에 붓 끝을 적셨다.

……전부 붓으로 칠해내는 자야말로 용자라 할 것이다…….

나는 선체 위로 붓을 놀렸다.

……실패했다.

단숨에 죽 칠해버릴 생각이었는데 어느 한 지점에서 붓이 멈춰버렸고, 그 실수를 메우려고 조급하게 붓을 움직이는 바람에 결국 엉망이 되고 말았다. 처음부터 다시 수정해야…….

맥이 빠진 나는 그대로 침대에 기어들어가 바로 잠이 들어버렸다. 당연히 일찌감치 눈이 뜨였고, 달리 할 일도 없어서 가오리에게 "아침밥은 됐어"라는 말을 남기고 관사를 나왔다.

수사본부에 들러봤지만 아무도 없다. 수사관들은 야간 수사회의가 끝나면 자정이 넘어서까지 거리를 돌아다니고, 그 후 다시 서에 돌아와 담당들끼리 여기저기 모여 앉아 정보를 교환하는 모양이다. 그걸로 끝이 아니라 뒤이어 수사 자료까지 작성해야 하니, 체력단련실 바닥에 노상 깔려 있는 이부자리로 기어드는 건 새벽녘이 다 되어서일 터. 아직 세상모르고 곯아떨어져 있을 시간이다.

수사본부의 의자에 앉아 나는 또다시 한숨을 내쉬었다.

역시 걱정거리가 있으면 집중이 안 되는가 보다.

내 걱정거리란 수사를 말하는 게 아니다. 물론 피해자의 원통함과 유족의 슬픔을 생각하면 마음이 아프다. 하지만 커리어인 내가 할 수 있는 일이란 아무것도 없다. 경찰 관료의 업무는 기획 입안과 조직의 유지 및 관리다. 사건 수사 같은 건 현장 업무다. 이 서에 부임하기 전에도 선배로부터 '현장 수사에 참견하거나 관여하지 마라. 네가 할 일은 부하 직원이 올리는 서류에 도장을 찍는 것뿐이다'라는 가르침을 받았다. 그 가르침은 충실히 지켜나갈 생각이다. 그래서 안주머니에 늘 도장을 넣고 다닌다.

내 걱정거리는 다름 아니라, 이사 올 때 이사업체 사람이 어디선가 빠뜨려버린 상자다. 좀 더 정확하게 말하자면 그 상자 안에 든 수첩……. 거기에 적힌, 곧 닥쳐올 '첫 데이트 기념일'. 10일이었나, 11일이었나…….

그때 회의실 문이 열리는 소리가 나서 고개를 들었다. 키가 크고 호리호리한 젊은 수사관 하나가 부본부장 자리에 앉아 있는 나를 발견하고 문 밖에 우뚝 서 있었다.

베테랑 수사관들에게 "돼지마쓰!"라고 불리며 걸핏하면 엉덩이를 걷어차이는 젊은 서원이다. '마쓰'는 본명이 '마쓰다'이거나 '마쓰노'라서 그럴 테고, 살이 찐 것도 아닌데 왜 '돼지'인지는 의문이다.

"안녕하세요."

나는 돼지마쓰 군에게 말을 건넸다.

"아, 안…… 안녕하십니까."

젊은 수사관은 입을 우물거리면서 어쩐지 겁먹은 듯한 모습으로 회의실에 들어왔다. 옳거니, '돼지'라는 건 체형이 아니라 동작에서 비롯된 별명인 모양이다.

돼지마쓰 군은 수사관들 책상을 닦기 시작했다. 연일 누적된 피로 탓에 돼지마쓰 군은 얼굴이 회색빛이다. 수면 부족으로 눈도 부어 있다. 그런데도 이른 아침부터 선배들 책상 걸레질이라니……. 돼지마쓰 군도 꽤나 힘든 나날을 보내고 있는 듯하다.

돼지마쓰 군이 책상을 얼추 다 닦았을 무렵, 수사관들이 잇달아 회의실로 들어왔다. 얼굴은 돼지마쓰 군 못지않게 회색빛이고 눈가에는 짙은 기미가 끼어 있으면서도 새빨갛게 충혈된 눈들을 번득이고 있다.

수사관들은 이른 아침부터 간부석에 앉아 있는 나를 보고 '어?' 하는 표정을 내비쳤지만, 이내 원래의 무뚝뚝한 얼굴로 돌아가 고개를 꾸벅 숙이고 각자 자리에 앉았다. 장식품에는 흥미가 없는 모양이다.

오늘은 수사본부장이나 현경 본부에서 파견된 간부진들은 참석하지 않는다. 그럴 만도 하다. 현청에서 멀리 떨어진 관할서에서 하루에 두 번 열리는 수사회의에 일일이 참석한다는 것도 말이 안 되는 일이겠지.

수사본부장 대신 내가 개회를 선언했다. 이어지는 진행은 어젯밤보다 또 두세 살은 더 늙어 보이는 니노미야 주임수사관이 맡는다. 니노미야 주임수사관은 자리에서 일어서더니 수사 태세를 운운하는 이야기를 시작했다. 뻔한 설명이 장황하게 이어져서 나는 다시 프라모델 생각에 빠져들었다. 얼룩이 생긴 '유키카제'를 어떻게 손볼지에 대해서다.

붓으로 칠하는 한, 도료가 뭉치거나 할 위험은 피할 수 없다. 하지만 수정하려면 시간이 걸린다. 그러다 보면 평생이 걸려도 나의 연합함대는 완성되지 못하리라.

순간, 무광 코팅 스프레이를 뿌려서 얼룩진 부분을 가려볼까 하는 생각이 들었다.

아니지, 아니지. 무슨 약한 소리냐 싶어 나는 머리를 흔들었다. 여기서 스프레이로 일보 후퇴하면, 어영부영 에어브러시를 사용하는 단계까지 후퇴하고 말 거야…….

나는 마음을 굳혔다.

"후퇴는 없다."

순간, 주변 공기에 전류가 흐르는 듯한 느낌이 들어 나는 고개를 들었다.

모든 수사관이 놀란 표정으로 나를 보고 있다. 양옆을 돌아보니 간부석에 앉은 남자들도 너무 놀라 할 말을 잊은 듯한 얼굴로 나를 보고 있다. 일어선 채 뭔가 이야기하고 있던 니노미야 주임수사관은 더 이상 말을 잇지 못하고 눈을 휘둥그레 뜬 채…… 나를 보고 있었다.

"교체는 없다…… 라고 말씀하신 겁니까?"[2]

옆자리에 앉은 모리 부서장이 나지막이 물었다.

아뿔싸. 머릿속 생각이 그만 입 밖으로 튀어나온 모양이다.

"이봐, 이봐. 저기 저 도련님이 대놓고 현경 본부에 맞서려나 본데?"

2 일본어에서 '후퇴'와 '교체'는 발음이 같다.

수사관들 사이에서 그렇게 소곤거리는 소리가 들렸다.

모리 부서장이 딱딱한 목소리로 나직이 말했다.

"교체는 없다……. 이 말씀은 현경 본부에 보고해야 하는데, 그래도…… 된다는 말씀입니까?"

아니 아니, 잠깐만요, 모리 씨. 뭐가 어떻게 돌아가는 건지 알아야 말이죠.

관할서 수사관 하나가 목소리를 높였다.

"수사본부 부본부장, 아니, 사건 관할서인 우리 서 서장님이 그리 말씀하셨습니다. 교체할 필요 없습니다!"

수사관들 사이에서 "맞아, 맞아" 하는 소리가 잇달아 터져 나왔다.

꼼짝 않고 서 있던 니노미야 주임수사관이 간신히 입을 열었다.

"알겠습니다. 주임수사관 교체 안은 승인되지 않았으므로, 소관은 그대로 주임수사관으로서 수사를 지휘하겠습니다."

니노미야 주임수사관은 떨리는 목소리로 그렇게 말하더니 자리에 털썩 주저앉았다.

나는 지난번 수사회의 직전에 사이온지 형사부장에게 들었던 말을 기억해냈다. 혹시 주임수사관을 교체한다는…… 그런 이야기를 하던 중이었나?

머릿속이 하얘졌다.

뭐든 변명거리를 생각해내려는데 "해산. 다음 회의는 저녁 여덟 시다"라는 부서장의 한마디를 끝으로 수사회의는 끝났다.

나는 비틀거리며 서장실로 돌아와 서장 의자에 주저앉았다.

이 일을 어떡하나 싶어 머리를 감싸 쥐고 있는데 전화벨이 울렸다. 수화기를 집어든 기쿠치 경사가 보류 버튼을 누르고 말했다.

"현경 본부의 사이온지 형사부장님이십니다."

나는 천근만근 같은 수화기를 들었다.

"다나카 군인가."

지금 거신 번호는 없는 번호입니다, 라고 대꾸하고 싶었지만, 나는 "네, 다나카입니다……" 하고 꺼져 들어가는 목소리로 대답했다.

"무슨 생각인지 모르겠지만, 니노미야 주임수사관 일은 나중에 자세히 보고 듣겠네. 그리고……."

한 호흡 뜸을 들이는가 싶더니 곧이어 더없이 차가운 목소리가 들렸다.

"이번 일에 대한 책임은 조만간 지게 될 것이네."

전화가 끊겼다.

"무슨 일 있으셨습니까?"

기쿠치 경사가 말을 걸어왔다.

"안색이 창백하신데요."

나는 비슬거리며 일어섰다.

"잠깐 옥상에 나가 바람 좀 쐬고 올게요."

그리고 서장실을 나와 계단을 오르기 시작했는데 혼이 빠진 나머지 그만 발을 헛디디고 말았다.

병원에서 진찰 받은 결과 다리뼈 골절로 판명되었다. 목발을 짚은 채 깁스한 다리를 끌고 서로 돌아오니 한숨이 나왔다.

무슨 수를 내야만 한다. 이 서로 오고부터 공적으로나 사적으로나 위기를 맞고 있다. 무엇보다 당장 눈앞에 닥친 가오리와의 '첫 데이트 기념일'을 어떻게든 해결해야 한다. 하지만 아무리 생각해도 10일이었는지 11일이었는지 기억이 나질 않는다. 잃어버린 이삿짐의 행방도 여전히 알 길이 없다.

나는 회의실 문을 열었다. 수사본부의 수사관 전원이 목례를 했다. 지각이 이만저만이 아니지만 나를 질책할 만한 위치의 사람도 없고, 어차피 장식품에 불과한 나는 있어도 그만 없어도 그만이다.

한 수사관이 뭔가를 보고하는 중이었다. 최초 피해자의 주변 인물에 대한 보고인 듯하다. 범인은 특정 인물을 노린 것이 아닌, 묻지마식 연쇄살인범임이 밝혀졌다. 때문에 피해자 주변 인물 수사에 동원되었던 수사관들은 신경이 있는 대로 곤두서 있었다. 보고하는 목소리만 들어도 알 수 있다.

나는 그런 수사관들의 심기를 건드리지 않으려고 부본부장 자리에 살그머니 앉았다.

곤두선 목소리가 보고를 계속한다.

"사건 당일, 해당자는 근무지인 식품회사에서 거래처인 농원으로 출장을 갔다고 함. 이쪽에서도 확인했음."

보고 내용을 멍하니 듣고 있던 나는 '출장'이라는 말에 귀가 번쩍 뜨였다.

옳거니. 10일과 11일, 내가 출장으로 집에 없으면 되는 거다. 그렇게 은근슬쩍 '기념일'을 넘겨버리면 된다. 분명히 이번 달에 어디론가 출장이 잡혀 있었는데. 언제였더라.

나는 옆에 앉은 모리 부서장에게 작은 소리로 물었다.

"저어, 출장 말인데요."

모리 부서장은 내 얼굴을 빤히 쳐다보는가 싶더니 별안간 목소리를 높였다.

"서장님께서 해당자의 출장에 대해 물으신다!"

아니, 해당자의 출장이 아니라 내 출장…….

보고 중이던 수사관이 의아하다는 얼굴로 나를 보았다.

"피해자의 동료가 출장 간 일 말입니까?"

"아니면 어느 놈이 출장을 갔는데!?"

아시카가 경위가 고함을 질렀다.

수사관은 얼굴을 찌푸리더니, "보고한 그대로! 범행 당일! 해당자는 출장 중이었음! 범행 시간대에 현장에 가는 것은 불가능!" 하고 소리쳤다.

"서장님께선 그 출장지에 네놈이 직접 확인하러 갔었는지 물으시는 거다!"

으응!?

아시카가 씨! 난 그런 말 한 적 없어요! 맹세코 그런 말은 한 적 없다고요!

"출장지에는 다녀오지 않았습니다. 대신 출장지 관할서에 공조 수사를 요청하고 저도 관계자에게 전화로 확인했습니다. 그거면 충분

할 것 같아서!"

"뭐가 '같아서'야! 장사 하루 이틀 하냐!"

아시카가 경위에게 일갈을 들은 수사관은 잔뜩 열이 받은 얼굴로 나와 아시카가 경위를 노려보더니, 발소리도 높이 회의실을 뛰쳐나갔다. 그러고는 곧바로 서류 한 장을 손에 쥐고 돌아왔다.

수사관은 내 앞에 내동댕이치듯이 서류를 내려놓았다.

"출장지인 농원에 다녀오겠습니다. 출장 허가서 및 해당 관할서에 제출할 수사 협조 의뢰서, 결재 바랍니다."

나는 서류에 적힌 출장지 주소를 힐끔 보고 놀랐다.

옆 현…… 이네요…….

더구나 해당 인물은 첫 번째 피해자와는 동료 관계이지만 두 번째 피해자와는 전혀 연관이 없다. 게다가 범행은 묻지마 살인. 해당자가 범인일 가능성은 한없이 제로에 가깝다. 원래대로라면 전화 확인만으로 끝내도 될 사안인데, 이 수사관은 해당 관할서에 공조 수사까지 요청했다. 전혀 흠잡을 데가 없다.

슬그머니 시선을 들어 앞에 선 수사관을 보았다. 말 그대로 머리카락이 곤두서 있다. 마치 사찰 앞에 버티고 선 무시무시한 인왕역사 같다.

나는 서둘러 안주머니에서 도장을 꺼내 서류에 찍었다. 찍고 나서 알았는데, 허둥댄 나머지 글자가 거꾸로 찍혔다. '다나카田中'가 '나카다中田'가 돼버렸다.

"그 정도로 제 태도가 불만이십니까?"

분노로 떨리는 목소리가 머리 위로 내려왔다.

"당연하지. 주제를 알게."

물론 그렇게 말한 사람은 내가 아니라 모리 부서장이다.

수사관은 빠드득 소리가 날 만큼 이를 악물었으나, 책상 위 서류를 잡아채듯 집어 들고 회의실을 나갔다. 그 등에 대고 "뭐라도 잡기 전에는 돌아오지 마라!", "출장 선물은 농원의 버섯도 괜찮다!"라고 외치는 수사관들의 목소리.

아, 저 수사관한테는 앞으로 평생 미움받겠구나 싶어 나는 한숨을 푹 내쉬었다. '현장 수사에 참견하거나 관여하지 마라.' 경찰청 선배가 그토록 충고했건만…….

관사로 돌아오니 가오리가 웃는 얼굴로 맞이했다. 촉촉한 눈이 무언가를 호소하는 듯한 빛을 띠고 있다.

기념일이 다가올 때면 아내는 늘 이런 눈을 한다. '이제 곧이야'라는 느낌이다. 대화를 나누는 중에 '첫 데이트 기념일'이 10일인지 11일인지 탐색해보려 했지만 도무지 알아낼 수가 없다.

나는 포기하고 서재로 들어왔다. 책상 위에는 만들다 만 '유키카제'가 있다.

붓을 들었다.

안 돼, 손이 떨린다.

걱정거리가 사라지지 않는 한 '유키카제'는 완성하지 못할 것 같다.

또다시 한숨을 쉬고 나서 '유키카제'의 조립 설명서를 펼쳤다. 나는 군함이 지닌 조형미가 좋을 뿐이다. 군함의 역사 따위에는 흥미가 없다. 지금까지 설명서에 쓰여 있는 '군함의 약력' 같은 것도 훑어본 적이 없다. 하지만 딱히 할 일도 없어서 설명서에 적힌 '유키카제의 활약' 어쩌고 하는 것들을 읽어보기로 했다.

"구축함 유키카제는 세계대전 전 기간을 통틀어 큰 손상을 입지 않은 행운 함정으로 유명했습니다. 그러나 동료 함정의 승조원들 중에는 '유키카제'가 피해를 입지 않은 만큼 자신들이 승선한 함정이 피해를 입는 것인지도 모른다는 생각에 함께 작전 행동에 나서기를 꺼리는 사람도 있었습니다."

……동료끼리 너무하네. 나는 '유키카제'를 진심으로 동정했다.

다음 날 저녁 수사회의가 끝나갈 즈음 수사관 셋이 커다란 보스턴 가방을 몇 개씩 그러안고 회의실로 들어왔다.

"가나가와 현경에서 돌아왔습니다."

아마도 가나가와에서 일어난 사건의 수사 자료를 열람하기 위해 출장 갔던 수사관들인 듯하다.

"선물은?"

힐끗 쏘아보며 묻는 아시카가 경위에게 수사관은 대답 대신 히죽 웃어 보였다. 어쩐지 등골이 오싹해지는 미소다. 나이에 안 어울리게 입술 사이로 비어져 나온 뾰족한 덧니가 무시무시하다.

"선물 보따리는 여기. 그쪽 수사 자료, 눈에 띄는 것들은 모조리 복사해 왔습니다."

수사관이 보스턴 가방에서 파일 철을 차례차례 꺼냈다.

"그리고 복사할 수 없는 건, 빼왔죠."

그 말에 나는 놀란 숨을 삼켰다.

뭐? 설마…… 설마, 그 오래된 파일 철은 수사 자료 원본? '빼왔다'니…… 그 말인 즉…… 당신들, 그걸 저쪽 허락 없이 가지고 왔다는…….

"좋았어!"

아시카가 경위가 기쁨에 찬 목소리를 높였다. 모여 있던 수사관들이 우와아아! 하고 환성을 지르며 파일 더미에 달라붙었다.

나는 눈앞에 펼쳐진 광경에 놀라 벌어진 입이 다물어지지 않았다. 뭐가 '좋았어!'라는 거야? 이 사람들은 들개가 아니야. 미친개야!

"분담해서 정리해!"

아시카가 경위가 고함치듯 명령하더니 내 쪽으로 시선을 홱 돌렸다.

"저는 모릅니다. 아무것도 못 들었어요……."

떨리는 목소리로 그 시선에 대답했다.

아시카가 경위는 고개를 끄덕이면서 히죽 웃었다.

현기증이 이는 것 같다.

그 '끄덕이면서 히죽'은 대관절 무슨 의미입니까? 설마 내가 '묵인'했다고 여기는 겁니까?

제발 무슨 말이든 해달라는 심정으로 좌우를 봤지만, 모리 부서장도 니노미야 주임수사관도 자리에 없다. 당황하여 회의실을 둘러봤더니, 있었다. 두 사람 다 파일 더미에서 빼낸 서류를 읽는 데 정신이 팔려 있다. ……그랬지. 이 사람들은 들개들의 우두머리였지.

"돼지마쓰! 넌, 서에 있는 복사기 몽땅 쓸어 와!"

홍이 오른 아시카가 경위가 어물거리던 돼지마쓰 군의 엉덩이를 냅다 걷어찼다.

"가나가와에서 알아차리고 징징대기 전에 모조리 복사해!"

무릎이 덜덜 떨렸다.

원본을 들고 나온 사실을 가나가와 현경에서 바로 알아차릴 것이다. 그리고 즉각 이쪽 현경 본부에 거세게 항의하리라.

나는 비틀거리며 일어나 깁스 때문에 무거운 발걸음을 옮겨 서장실로 돌아왔다.

문을 열자 기쿠치 경사가 수화기를 들고 서 있었다.

"서장님. 외선 보류 1번에 가나가와 현경 본부, 2번에 사이온지 형사부장님 전화입니다. 양쪽 다 화급을 다투는 일이라는데 어디부터 받으시겠습니까?"

나는 서장 의자에 풀썩 쓰러지고 말았다.

결국 후속 수사회의는 중단되었다. 수사관들은 가나가와 현경에서 빼내온 수사 자료에 밤을 새가며 몰두하고 있다.

그 모습을 나는 간부석에서 멍하니 바라보고 있었다. 머릿속에선 '끝장'이라는 단어가 점멸하고 있다. 나에 대한 상층부의 평가는 이미 결정 난 거나 마찬가지다. ……현경 본부의 지시에 반기를 든 분수 모르는 놈. 경험도 없으면서 현장 수사에 참견하는 얼간이. 부하들의 폭주도 못 막는 무능한 놈……. 나는 딱히 출세하고 싶다는 생각은 해본 적이 없지만, 자칫하다가는 평범한 인생을 사는 것조차도 어려워질지 모르겠다.

자료를 읽고 있던 아시카가 경위가 일어나 회의실 구석으로 가더니 안주머니에서 휴대전화를 꺼냈다. 아마 진동 모드로 해둔 휴대전화에 전화가 걸려온 모양이다. 뭔가 대화에 열중하고 있다.

“뭐라고!?”

소곤거리던 아시카가 경위가 별안간 언성을 높였다.

“이제 발견했습니다, 라니, 그게 무슨 헛소리야!?”

회의실에 있던 전원이 아시카가 경위를 보았다. 아시카가 경위의 얼굴이 거무칙칙하게 물들어간다. 분노 때문인지 휴대전화를 움켜쥔 손이 떨리고 있다.

“멍청아! 넌 이제 돌아올 필요 없어! 태평양에나 뛰어들어버렷!”

아시카가 경위는 떨리는 손으로 휴대전화를 움켜쥔 채 날 향해 고개를 숙였다.

“죄송합니다. 방금, 출장 가 있는 녀석에게서 보고가 있었습니다.”

생각났다. 내가 ‘나카다’라고 도장을 찍어 출장을 허가했던 그 수사관.

“출장지에서 범행 현장에 남은 족적과 동일한 웨이더를 발견했다고 합니다.”

수사본부에 소란이 일었다.

“계속하지.”

모리 부서장은 평소와 다름없이 감정이 드러나지 않는 목소리로 아시카가 경위를 재촉했다.

"농원 종업원 몇 명이 현장 족적과 동일한 웨이더를 착용하고 있었답니다. 버섯 재배장에서 물을 뿌릴 때 사용했다고……. 그런데 사건이 일어나기 얼마 전, 그중 한 벌을 도둑맞았답니다. 종업원의 기억이 확실치 않아서 사라진 기간에는 한 달 이상 간격이 있습니다만."

회의실 여기저기서 으르렁거리는 소리가 들린다.

"그쪽에 나가 있는 수사관에게, 농원에 사건 당일 결근이나 조퇴한 자가 있는지 철저히 조사하도록 지시하게."

니노미야 주임수사관이 명령했다.

"이미 하고 있답니다."

"우리 쪽은 웨이더를 도둑맞았을 가능성이 있는 기간에 식품회사에서 출장이나 상품 집하를 위해 농원에 출입한 자가 있는지 샅샅이 알아보고. 아시카가, 반을 나누지. 범인이 눈치채지 못하게 신중히 해야 해."

니노미야 주임수사관의 명령에 아시카가 경위가 수사관들을 차례차례 지명하고, 호명된 사람들은 회의실을 뛰쳐나간다.

"저도 가겠습니다."

아시카가 경위는 그렇게 말하더니 먼저 나간 수사관들을 쫓아나갔다.

수사본부에는 나와 모리 부서장과 니노미야 주임수사관, 그리고 아무런 지시를 받지 못한 돼지마쓰 군만 남았다. 돼지마쓰 군은 수사관들 책상에 어지러이 흩어져 있는 가나가와 현경의 수사 자료를 정리하고 있다.

모리 부서장은 니노미야 주임수사관과 대화에 열중하고 있었다.

"범인은 첫 번째 피해자 주변에 있는 것 같군."

"그런 것 같습니다. 하지만 웨이더를 도둑맞은 시기가 명확하지 않은 데다 트럭 운전사를 포함해서 농원에 출입한 사람이 적지 않습니다. 용의자를 가려내기가 쉽진 않겠지요."

"문제는 시간인가."

"네. 다음 희생자가 나온다면 제 목이 날아가는 것만으로 끝나진 않을 겁니다."

듣고 싶지도 않은 무서운 이야기를 둘이 꺼내기에 나는 간부석을 벗어났다. 목발을 짚으며 뒤쪽으로 이동해 화이트보드를 보았다. 피해자들 사진이 붙어 있다. 수사관들이 그랬듯이 나도 눈을 감고 고개를 숙여보았다. 수사관들은 본부를 떠날 때면 항상 이 사진에 목례를 하고 가는데 개중에는 이 사진을 본 후 콘크리트 기둥을 힘껏 후려치고 가는 사람도 있다.

그 기둥을 보았다. 곳곳에 갈색 얼룩이 있다. 뭔가 싶어서 가까이 들여다보고 그것이 핏자국임을 알았다.

나도 모르게 몸을 뒤로 젖혔다. 이 들개들, 자신의 주먹이 으깨져라 후려치다니……. 전혀 제어가 안 되고 있어. 역시 미친개야. 나와는 태생이 달라.

나는 기둥에서 도망치듯 물러나 수사 자료를 한 권 집어 들고 간부석으로 돌아왔다. 들개 무리의 우두머리들 사이에서 멀뚱하니 앉아만 있기가 겁났기 때문이다.

목차를 보고 이 자료가 관내에서 두 번째로 살해된 피해자에 대한 자료임을 알았다. 종이를 훌훌 넘기며 훑어보던 중에 어쩐지 거슬리는 글자가 눈에 들어왔다. 피해자의 병력란이었다. 거기에는 '화학물질 과민증 있음(특히 농약 성분에 취약)'이라고 쓰여 있었다.

등줄기로 냉기가 흘렀다.

나는 음식물이나 꽃가루뿐 아니라 농약 같은 약품도 알레르기를 일으킨다는 사실을 몰랐다. 그런 것 때문에 알레르기가 일어난다면, 프라모델 도료도 알레르기를 일으킬 수 있다. 어쩌면 내 유일한 취미를 포기해야 할지도 모른다……. 생각만 해도 오싹하다. 몸이 덜덜 떨렸다.

"무슨 일 있으십니까?"

고개를 들어보니 돼지마쓰 군이 걱정스레 나를 보고 있었다.

"여, 여기……."

나는 떨리는 손으로 화학물질 과민증이라는 글자를 가리켰다. "약품으로도 알레르기가 일어날 수 있군요……."

"네에, 알레르기와 과민증은 조금 다른 것 같긴 하지만……."

돼지마쓰 군은 사안의 중대성을 이해하지 못했는지 덤덤하게 대답했다.

맥이 풀렸다. 어느 쪽이든 간에 도료를 쓰지 못하게 되면 끝장이다. 돼지마쓰 군에게 물어본 것이 잘못이었다.

"원래 있던 자리에 놓아주세요."

나는 자료를 돼지마쓰 군에게 떠넘기고 자리에서 일어섰다. 얼른 서장실로 돌아가서 프라모델 도료가 알레르기나 과민증을 일으킨 사례가 있는지 인터넷으로 검색해봐야 한다.

서장실로 돌아가려고 회의실 문을 여는 찰나, 가나가와 현경의 수사 자료에 재차 몰두하고 있던 모리 부서장이 불쑥 말을 걸어왔다.

"서장님. 실례지만, 가나가와 현경의 다나카 겐 경감이라는 분이 혹시……."

나는 이 서에 온 후로 벌써 몇 번째인지 모를 한숨을 내쉬었다.

또다. 아버지가 '겐'이고 아들에게 '겐이치'라는 이름을 붙인 덕택에 바로 부자지간임이 밝혀지고 만다. 내가 고등학교에 진학했을 때도 교장선생님에게 "너, 다나겐 아들 녀석이냐?"라는 말을 들었는데, 설마 사회인이 되고 나서도 그 말을 듣게 될 줄은 몰랐다.

"다나카 겐은 제 아버지입니다만, 어떻게 그걸?"

그 말을 들은 모리 부서장의 눈썹이 미세하게 치켜 올라갔다.

"가나가와에서 가져온 수사 자료에 다나카 겐 경감이라는 이름이 있었습니다. 가나가와에서 발생한 사건의 수사본부가 해산되고 장기 수사 체제로 접어들 당시 퇴직하신 모양입니다만."

모리 부서장 말에 나는 깜짝 놀랐다. 아버지가 마지막으로 맡았던 사건이 지금 사건과 연관된 사건일 줄은 전혀 몰랐다.

"네. 정년 전이었지만 퇴직하셨습니다."

"……역시. 그렇게 된 거였습니까. 그래서 서장님이……."

그렇게 말하더니 모리 부서장은 뭔가 납득이라도 한 양 고개를 끄덕였다.

보아 하니 모리 부서장이 지금 뭘 떠올리고 있을지 대충 상상이 갔다. ……미궁에 빠진 사건 때문에 아버지가 원통하게 퇴직하고, 그 아들이 아버지의 억울함을 풀어주기 위해 이 서로 왔다……. 뭐, 그런 건가.

하지만 모리 씨, 그런 건 절대 아닙니다. 아버지가 경찰을 그만둔 건 지병인 탈장이 악화되어서였고, 나 같은 병아리 관료는 자기 부임지를 결정할 힘 같은 게 없다고요.

이상한 오해는 풀고 싶었지만, 한시라도 빨리 도료 과민증에 대해 알아보고 싶었던 나는 모리 부서장에게 설명하는 것도 미루고 서둘러 서장실로 향했다.

그리하여 마침내 운명의 10일이 되었다. 잃어버린 이삿짐은 끝내 돌아오지 않았고, '첫 데이트 기념일'이 10일이었는지 11일이었는지도 기억해내지 못했다.

그래도 여유롭다. 나는 드디어 문제를 해결할 방법을 찾아냈다. 계단에서 굴러 떨어져 다리뼈가 부러진 것마저도 이용한다……. 위기를 기회로 바꾸다니, 역시 관료다워! 대단하다, 엘리트! 나는 빙그레 웃었다.

"이 꽃다발을 들고 기다리면 됩니까?"

커다란 꽃다발을 들고 관사 앞까지 따라온 돼지마쓰 군이 물었다.

"그래요. 그리고 문 옆에 서 있다가 내가 전화로 신호를 보내면 나와서 나한테 꽃다발을 건네주면 됩니다."

"전화가 안 오면 어떻게 합니까?"

"그때는 그대로 서로 돌아가서, 서장실 앞에 꽃다발을 놔두면 되고요."

"네……."

돼지마쓰 군은 영문을 모르겠다는 표정으로 꽃다발을 응시했다.

"질문은 없습니다. 그럼, 잘 부탁합니다."

나는 주머니 안에 휴대전화가 잘 들어 있는지 확인한 후, 현관 앞에 서서 벨을 눌렀다.

곧 가오리가 나올 것이다. 그리고 빈손인 나를 보고도 싫은 내색을 하지 않는다면 나는 돼지마쓰 군에게 전화를 걸지 않는다. 내일, 서장실 앞에 놓여 있을 꽃다발을 들고 집에 들어오면 된다. 만약 가오리의 눈썹이 치켜 올라간다면 주머니 속 휴대전화로 몰래 돼지마쓰 군에게 신호를 보낸다. 그러면 돼지마쓰 군이 꽃다발을 안고 등장. 나는 가오리에게 "목발 때문에 들고 올 수가 없어서 부하 직원에게 들어다 달라고 부탁했어" 하고 돼지마쓰 군에게서 꽃다발을 받아 가오리에게 건넨다. 부하 직원에게 부탁할 수밖에 없었다는 핑계를 대기 위해, 양손을 쓰지 않으면 들고 올 수 없을 만큼 커다란 꽃다발을 샀다. 비싸긴 했지만……. 이번 달 용돈의 절반이 날아가버렸지만…….

현관에 불이 켜졌다. 마지막으로 확인하기 위해 나는 뒤를 돌아보았다.

무슨 생각을 하는지 손에 든 꽃다발을 물끄러미 보고 있던 돼지마쓰 군은 퍼뜩 깨달았다는 표정으로 고개를 들었다.

"그런가……. 그런 거였구나……."

그러더니 꽃다발을 든 채 돼지마쓰 군이 달려 나갔다.

"이봐!"

나는 황급히 돼지마쓰 군의 등에 대고 소리쳤다.

"서장님, 알아냈습니다! 감사합니다!"

돼지마쓰 군이 사라진 어둠 쪽에서 목소리가 들렸다.

현관문이 열리고 가오리가 얼굴을 내밀었다. 빈손인 나를 본 가오리의 눈썹이 휙 치켜 올라간다. 꽃다발은 돼지마쓰 군과 함께 사라졌다…….

어젯밤은 끔찍했다…….

'첫 데이트 기념일'은 어제였다. 빈손이었던 나는 가오리에게 필사적으로 변명하면서 몇 번이고 돼지마쓰 군을 불러내려 했다. 하지만 돼지마쓰 군의 휴대전화는 응답이 없었고, 그러는 사이 휴대전화 전원이 나가버렸다.

진짜 최악이다.

가오리는 보나마나 앞으로 일주일 동안은 밥을 차려주지 않을 것이다. 한 달은 말 한 마디 못 붙이게 하겠지. 그런 분위기에서는 프라모델 도색을 못 한다. 조금이라도 마음이 흐트러지면 도료가 뭉치거

나 얼룩이 생겨버린다

'나쁜 일은 혼자 오지 않는다'라는 말은 나를 위해 있는 것이 아닐까?

나는 수사본부가 차려진 회의실을 향해 터덜터덜 걸어갔다. 지각도 이만저만이 아니었지만 이제 아무려나 상관없다.

회의실 문을 열었다. 열자마자 아시카가 경위의 고함이 들려왔다.

"범인은 꽃다발을 든 여자를 보면 죽이고 싶어진다고!? 돼지마쓰, 너 지금 장난치냐!"

그 목소리에 움츠러들면서도 돼지마쓰 군은 어렵사리 말을 이었다.

"아뇨. 장난치는 게 아닙니다. 피해자 세 사람 모두 꽃다발을 손에 들고 있었습니다."

"또 그 소리!"

한 대 칠 기세로 벌떡 일어난 아시카가 경위를 주위 수사관들이 간신히 말렸다.

"어쨌든 들어보지."

모리 부서장의 한 마디에 아시카가 경위는 더없이 못마땅한 표정으로 의자에 털썩 앉았다.

"다시 말씀드리지만, 이건 범인의 성벽性癖입니다. 범인은 꽃다발을 든 여성을 보면 살의가 솟는…… 그런 경향을 지니고 있는 이상성격자로 보입니다."

"가나가와현 피해자는 꽃집 점원이었어. 그러니 꽃다발을 드는 건 일상 아니겠냐고."

수사관 중 하나가 쓴웃음을 지으며 말했다.

"확실히 첫 번째 피해 현장에도 꽃다발은 있었어. 결혼을 앞둔 퇴사라서 직장 동료가 꽃다발을 줬지."

다른 수사관 하나가 그렇게 말하고 나서 고개를 가로저었다.

"하지만 말야, 두 번째 피해자는 어떻게 된 거지? 사건 현장에도 집이나 차 안에도 꽃다발 같은 건 없었는데."

수사관들의 지친 웃음과 한숨이 회의실 안에 흘렀다.

"아뇨."

돼지마쓰 군이 계속했다.

"두 번째 피해자도 살해당한 날 밤, 한 번은 꽃다발을 들었습니다. 콘서트에 게스트로 나와서 바이올린 독주를 했죠."

아…… 하는 소리가 회의실 곳곳에서 들렸다. 그리고 무슨 말이냐며 어리둥절해하는 소리.

"초청한 독주자에게 꽃다발 증정을 했던 건가……." 니노미야 주임수사관이 앞으로 다가앉았다. "그래서, 왜 그 꽃다발은 현장에 없었던 거지?"

"이유가 있습니다. 피해 여성은 농약 성분에 대한 과민증이 엄청 심한 사람이었습니다. 병력란에도 기재되어 있습니다. 피해자는 콘서트가 끝난 시점에 한 번은 꽃다발을 손에 들었을 겁니다. 청중들이 보는 앞에서 꽃다발 증정을 거절할 수는 없을 테니까요. 하지만 피해자는 농약에 민감합니다. 보통 사람이라면 전혀 문제되지 않을 양이겠지만, 피해자는 꽃다발을 오래 갖고 있을 수가 없죠. 함께 공연한 연주자에게 확인했는데, 대기실로 돌아가자마자 바로 꽃다발을 버렸답니다……. 그래서 피해자 주변에 꽃다발이 없었던 겁니다."

아시카가 경위의 이마에 땀이 배어 나왔다. 이런 봄 날씨에.

"그러니까…… 그러니까, 꽃다발을 든 모습을 본 사람은 한정되어 있다는 말인가……. 출연자, 청중 그리고 콘서트홀 직원……."

"콘서트장이 어디였지?"

니노미야 주임수사관이 수사관들을 향해 질문했다.

"시민회관 소형 홀입니다!"

누군가가 목소리를 높였다.

"청중은 그리 많지 않았겠군."

모리 부서장이 나직하게 말했다.

"네."

돼지마쓰 군이 대답했다.

"티켓은 거의 가까운 지인들에게 팔렸다고 합니다. 바로 가려낼 수 있을 겁니다. 그 가운데 농원에 간 자가 있다면……."

"보통이 아닌 걸……."

아시카가 경위가 신음하듯 말했다.

"돼지마쓰, 너 혼자서 그런 생각을 해낸 거냐."

"아뇨."

돼지마쓰 군이 고개를 저었다.

"전부 다나카 서장님 지시입니다. 과민증이나 꽃다발을 눈여겨보라는."

그 자리에 있던 모두가 놀란 듯이 나를 보았다.

하지만 내가 제일 놀랐다. 그런 지시를, 내가, 했었나?

"아무튼 티켓을 추적해!"

니노미야 주임수사관이 목소리를 높였다.

"아시카가! 당장 반을 나눠!"

아시카가 경위가 기운차게 일어섰다.

"피의자 검거에 따라 오늘부로 수사본부는 해산한다."

기분이 아주 좋아 보이는 사이온지 형사부장이 수사관들을 둘러보면서 선언했다.

"우여곡절이 많았지만, 제군들 그동안 수고가 많았다. 아울러 큰 공을 세운 마쓰노코지 아야히토 순경에게는 추후 현경 본부장 명의의 특별공로상이 주어질 예정이다."

사이온지 형사부장의 말이 떨어지기 무섭게 돼지마쓰 군이 용수철처럼 벌떡 일어섰다.

수사는 종료되었다.

자백에 따르면, 범인은 대학생 때 가나가와에서 꽃집 점원을 살해했다. 하지만 부친에게 그 사실을 들켜 감금당했다고 한다. 그 부친이 최근 사망하면서 범인은 자유의 몸이 되었다. 그리고 이 동네로 왔다.

정말 민폐도 이런 민폐가 없다.

사이온지 형사부장은 기나긴 인사말을 마치고 자리에 앉더니 내

귀에 대고 속삭였다.

"자네는 내일부터 가나가와로 출장을 가야겠어. 수사 자료를 무단으로 반출한 뒤처리를 해야지. 가나가와 현경에서는 관할서 서장이 석고대죄 하는 정도로 끝날 일이 아니라며 펄펄 뛰고 있다는데, 어떻게든 해결하고 와."

사이온지 형사부장 말에 나는 온몸의 힘이 쭉 빠져나가는 것을 느꼈다.

"행운아야."

감격한 나머지 직립부동 자세로 눈물을 철철 흘리는 돼지마쓰 군을 보면서 모리 부서장이 나직하게 말했다. 그 '행운'이란 말에 나는 만들다 만 행운함 '유키카제'를 떠올렸다.

……'유키카제'가 피해를 입지 않은 만큼 자신들이 승선한 함정이 피해를 입는 것인지도 모른다는 생각에 함께 작전 행동에 나서기를 꺼리는 사람도 있었습니다…….

나는 이곳에 부임한 이래 백 번째는 되지 싶은 한숨을 내쉬었다.

어쩐지 그 동료 전함 승조원들의 심정을 알 것 같아…….

진행을 맡은 사건주임관이 사이온지 형사부장에게 말했다.

"그러면 본부장님. 수사본부 간판을 내리겠습니다."

사이온지 형사부장이 손을 내저었다.

"아, 그건 관할서 서장에게 맡기지. 이 사건에 대한 집념이 대단했던 모양이니까."

한껏 빈정거리는 말투였다.

하지만 이미 힘이 빠질 대로 빠진 나는 도저히 일어설 수가 없다.

"그건 니노미야 주임수사관이 해도……."

그 말을 들은 니노미야 주임수사관은 놀란 듯이 나를 보더니, 깊숙이 고개를 숙이며 떨리는 목소리로 말했다.

"……감사합니다."

간부진이 니노미야 주임수사관 뒤를 따라 회의실을 나간다. 그 뒤를 수사관들이 서로 어깨를 두드리며 따랐다.

넓은 회의실에 나 혼자 남았다. 복도에서 환성과 박수 소리가 들려온다.

문득 고개를 들어보니 기쿠치 경사가 서 있었다.

"서장님. 조금 전 이삿짐센터에서 연락이 왔습니다. 그 상자가, 나나오시市 영업소에서 발견되었다고. 모레쯤 이리로 배달될 예정이랍니다."

그렇게 말하고 나서 기쿠치 경사는 잠시 망설이는가 싶더니 마음을 굳힌 듯 입을 열었다.

"공사를 혼동해서는 안 된다고 명심하고 있습니다만, 이번 한 번만은……. 서장님께 감사 인사를 드리고 싶습니다. 첫 번째 사건의 희생자와 저는 초등학교부터 고등학교까지 줄곧 같은 반 친구였습니다. 결혼식에도 갈 예정이었고요. ……서장님께서 원수를 갚아주셨습니다. 정말 고맙습니다."

그렇게 말하고 기쿠치 경사는 한 점 흠잡을 데 없는 경례를 했다. 그리고 발길을 돌려 문을 향했다.

나는 회의실을 나가는 기쿠치 경사의 등을 바라보았다.

방금 기쿠치 경사가 했던 말의 의미가 멍한 머릿속에 천천히 스며들면서 모양을 갖춰나간다.

……나나오시 영업소? ……나나오시면, 이시카와현 아닌가……?

의미가 뚜렷하게 상을 맺었다. 나는 벌떡 일어섰다. 그리고 분을 못 이겨 목발로 철제 의자를 내리쳤다.

"뭐라고!? 뭘 어떻게 착각하면 시코쿠로 올 상자가 그 먼 노토 반도로 가버리는데!?"

서너 차례 더 의자를 후려치고 나자 갑자기 허망해졌다.

나는 땅이 꺼져라 한숨을 쉬고 나서 쓰러진 의자를 바로 놓고 대회의실을 나왔다. 수사본부임을 표시하는 간판은 없다. 복도에 있던 수사관들도 사라지고 없다. 들개들은 각자 집으로 돌아갔을 것이다.

집에 들어갈 생각을 하니 벌써부터 기분이 가라앉는다. 내일 가야 하는 가나가와 쪽 일을 생각하면 더더욱 마음이 무겁다.

휴대전화가 울렸다.

액정 화면을 보니 아버지였다. 아버지가 전화를 하다니 좀처럼 없는 일이다.

나는 전화기를 귀에 갖다 댔다.

"예?"

"……겐이치냐? 잘 지내냐?"

"네. 아버지는요?"

그 물음에 대한 대답 대신 전화기 너머로 낮은 목소리가 들렸다.

"예전 동료에게서 들었다……. 고맙다."

그 말을 끝으로 전화는 끊겼다.

끊긴 전화기를 내려다보다 깨달았다. 아버지에게 '고맙다'는 말을 들은 게 처음이라는 걸. 그리고 그 목소리에서, 아버지가 경찰을 그만둔 이유가 지병인 탈장이 악화되어서가 아니었다는 것도 알게 되었다.

경찰관 시절 아버지 모습을 떠올려보려 했지만 머릿속에 떠오르는 것은 티브이 야구 중계를 보면서 혼자 맥주병을 기울이는 뒷모습뿐이다.

나는 휴대전화를 주머니에 집어넣고서 중얼거렸다.

"아버지도 들개였어."

그리고 서장실로 이어지는 길고 긴 복도를 목발을 짚으며 걸었다.

서장
다나카 겐이치의 사투

……이 나라 녀석들은 대체 왜 이리 행복해 보이는 얼굴들을 하고 있는지…….

녀석들 얼굴을 보고 있자면 정말이지 짜증이 나. 참을 수가 없어. 너무 화가 나서 몸이 부들부들 떨릴 지경이야.

……하지만 그것도 이젠 끝이다.

우리가 그 얼굴을 바꿔주마.

이 나라에…… 이 나라에 사는 놈들에게…… 우리가 존재했다는 증거를 보여주마…….

"서장님……."

폭신폭신한 의자에 앉아 꾸벅꾸벅 졸고 있던 나는 기쿠치 경사의 목소리에 잠에서 깼다.

이 서장용 의자에 앉으면 늘 잠이 온다.

뭐, 지방 관할서에선 나 같은 커리어는 장식품이나 다름없고, 할 일이 없으니 조는 것도 어쩔 수 없잖아.

“무슨 일인가요?”

나는 잠이 덜 깬 눈을 하고 기쿠치 경사에게 대답했다.

경사의 단정한 눈썹이 꿈틀 움직였다.

비서 격인 기쿠치 경사는 엄청난 미인이다. 하지만 마음을 놓아선 안 된다. 어찌됐든 기쿠치 경사는 아직 20대인데 무려 검도 4단인 용자니까.

학창 시절, 체육 수업 때 검도를 배워야 했다. 실은 테니스를 하고 싶었지만 희망자가 넘쳐서 검도로 밀려났다. 그때 시합 연습 상대가 검도 2단이었다. 뭐라더라, 시현류示現流[1] 인지 뭔지 하는 무시무시한 검술 수업도 받는다던 녀석이었는데 그 녀석의 일격에 나는 그만 뇌진탕을 일으키고 말았다. 호면[2] 도 쓰고 있었는데…….

그 정도가 2단이다. 그러니 4단 어쩌고 하는 사람에게 얻어맞는 날엔 머리통이 찌부러질지 모른다.

“서장님, 슬슬 출발하지 않으면 현경 본부 회의에 늦으실 텐데요.”

날 응시하는 날카로운 눈을 마주하자 나도 모르게 눈을 내리깔게 된다.

역시 난 현장 경찰관들의 눈이 질색이다. 경찰학교를 갓 졸업한 신

1 이른바 첫 공격에 모든 것을 걸고 삼천 지옥까지 내리친다는 강렬한 의지의 검법. 에도 막부 말기 사쓰마 번의 무사들이 쓴 실전 검법으로 유명함.

2 얼굴과 머리를 보호하기 위해 쓰는 기구.

참은 그나마 나은데 현장에서 이삼 년 정도 구르고 나면 눈빛이 확 바뀌고 만다. 등교하는 초등학생에게 웃는 낯으로 말을 건네는 동네 파출소 순경들도 다를 바 없다.

"그럼 잠시 다녀오겠습니다."

나는 폭신폭신한 의자에서 일어났다.

무슨 용건인지는 모르겠지만 이 현 내 모든 경찰서 서장 및 부서장에게 소집령이 내렸다.

"타고 가실 차는 맞은편 정비 공장에 놓여 있답니다."

"고마워요."

우리 서가 있는 시골의 작은 시에서 현경 본부까지는 차로 한 시간 가까이 걸린다. 오늘은 우리 집 차를 가오리가 쓰고 있어서 기쿠치 경사에게 수사용 차량을 준비해달라고 부탁해둔 참이었다.

경찰에 몸담고 나서 안 사실인데 어지간히 특수한 차량이 아니면 전부 민간 정비 공장에서 수리하는 모양이다. 암행 순찰차 같은 것들도 마찬가지다. 우리 서에서는 근처 정비 공장에 차량 유지 및 정비를 위탁하고 있다.

서를 나와 밭 사이에 난 농로를 걸어 정비 공장에 들어섰는데 안을 들여다보고 깜짝 놀랐다. 공장 한구석에 형사과 돼지마쓰 군이 무릎을 꿇은 채 앉아 있는 게 아닌가. 우리 서 순경이 무슨 이유로 정비 공장에 꿇어 앉아 있는 걸까.

"무슨 일입니까, 마쓰노코지 순경."

고개를 떨군 채 꿇어 앉아 있는 돼지마쓰 군에게 말을 걸었다.

안쪽에서 미조구치 씨가 나왔다. 이 정비 공장의 경영자로, 흔히 있는 일이지만 서원들에게 '대장'으로 불리며 존경받는 양반이다.

"요 녀석이 운전 미숙으로 수사 차량에 흠집을 냈어. 우리가 심혈을 기울여 정비하는 차에다가."

생각났다. 분명히 이삼일 전에 돼지마쓰 군이 전신주인가 뭔가에 차를 부딪쳤고, 그걸 처리하는 서류에 도장을 찍었던 기억이 있다. 부딪쳤다지만 살짝 긁힌 정도였을 텐데…….

"그래서 무릎을 꿇리셨습니까?"

"뭐, 일주일 정도는 휴가 내고 앉아 있어야지. 우리 규칙이야. 옛날엔 모리 짱도 꿇어 앉혔어. 아직 경사 배지를 달고 있던 시절이었지, 아마."

그 말에 나는 또 한 번 놀랐다.

모리 짱이라니, 우리 서 부서장인 모리 씨?

모리 부서장의 풀네임은 모리 타로森太郎라는 흔하디흔한 이름이지만, 경사 시절에는 '모리 가로森餓狼'[3]로 불리며 범죄자들뿐만 아니라 동료들도 꽤나 두려워했다고, 현경 본부 사람이 하는 소리를 들은 적이 있다. 기쿠치 경사에게 듣기로, 미조구치 씨는 모리 부서장과 소꿉친구 사이라지만…… 무릎을 꿇리다니……. 만약 수사 차량에 흠집 하나라도 냈다간 나도 꼼짝없이 꿇어앉아 있어야 하는 건가. 민간인에게 커리어의 위력 따위가 통할 리도 없고.

3 '가로餓狼'는 일본어로 '굶주린 늑대'라는 뜻이다.

역시 현경 본부 회의에는 JR이나 버스로 다녀올까, 하는 생각이 언뜻 들었지만, "소중히 다뤄주시게" 하는 미조구치 씨에게 차 키를 건네받고 말았다.

현경 본부를 향해 차를 몰던 나는, 가는 길에 있는 프라모델 가게 주차장에 차를 세웠다. 사실 이러면 안 되지만 현경 회의 때까지는 아직 시간이 좀 남은 것 같아서 잠깐 들여다보고 싶었다. 과연 현청 소재지답게 가게가 꽤 크다. 우리 서가 있는 동네에도 프라모델 가게가 있고 분위기도 좋지만 애석하게도 조금 작다.

가게에 들어서자마자 나는 곧장 함정 코너로 갔다.

내 꿈은 언젠가 수백 척에 이르는 1/700 크기의 '연합함대'를 서재 바닥에 죽 늘어놓고 바라보는 것이다.

하지만 한 척 완성하는 데만도 품이 엄청나게 든다. 퇴임 후 경찰청 산하 단체의 한가한 이사 자리 같은 곳에 낙하산으로 내려앉는다 해도 죽기 전까지 가능할지 의문이다. 한가한 시골 서장 자리에 앉아 있는 동안에라도 될 수 있는 한 많이 만들어두고 싶다.

군함 코너에는 손님 몇이 진열장 안 프라모델 상자를 바라보고 있었다.

프라모델 제작은 혼자 하는 취미이기는 하지만, 이렇게 뜻을 같이하는 사람들을 볼 때면 가슴이 훈훈해진다.

초등학교 고학년쯤 되어 보이는 남자아이가 '아카기赤城'라는 배의 프라모델 상자를 손에 들고 있다. '아카기'란, 항공모함의 일종으로 전투기 따위를 탑재한다. 전함 못지않게 남자아이들이 좋아하는 배다. 하지만 그 아이가 들고 있는 '아카기'는 복잡하고 꽤 만만찮은 모델이라고 들었다.

'함정 모형 제작은 도전으로 시작해서 도전으로 끝난다'는 말이 있다. 부디 힘내기를.

남자아이 건너편에 서 있던 어르신이 꺼낸 건 경순양함이라는 소형함 모델이다. 고령자답게 취향이 수수하다.

'함정 모형 제작은 경순양함으로 시작되진 않지만 경순양함으로 끝난다'는 말이 있지요. 부디 힘내시기를……. 그렇게 마음속으로 응원을 보내며 나도 행복한 기분에 젖었다. 그리고 나도 슬슬 경순양함에 손을 대볼까…… 하는 생각이 들었다.

나는 경순양함 상자를 순서대로 훑었다. 그리고 몇 번째인가 상자에 그려진 일러스트에 마음을 흠뻑 빼앗겼다. 그 배는 공격을 받으면서도 꿋꿋이 밤바다를 나아가고 있다. 적을 향해 서치라이트를 비추는 모습이 너무나도 멋지다. 배 이름은 '진츠神通'라고 하나 보다. 나는 그 경순양함 상자를 들고 계산대로 향했다.

나보다 앞서 온 한 남자가 계산대에 선 여주인에게 말을 걸고 있었다. 상당히 경박한 느낌이 나는 남자로, 프라모델 가게에서는 보기 드문 타입이다.

"아줌마! 주문한 거 왔어요?"

여주인이 뒤쪽 진열장에서 상자를 세 개 꺼냈다.

"같은 모델로만 세 개라니, 어디 프라모델 동호회에서 여럿이 같이 만드나?"

남자는 고개를 저었다.

"아니, 전부 내 거. 함정 모형은 부품이 없어지거나 부러질 때가 많잖아요. 그럴 때를 대비해서 예비용으로 사두는 거죠."

그 말에 나는 소스라치게 놀랐다.

1/700 규모 함정 모형은 부품이 작은 게 사실이다. 크기가 밀리미터 단위인 부품들은 바닥에 떨어지면 찾기도 어렵고 조금만 부주의하면 부러지기 십상이다. 하지만 아무리 그렇더라도 같은 모델을 세 개씩이나 사서 어쩌자는 건지. 그랬다간 설령 한 척을 완성시킨대도 두 번 다시 쓸 수 없는 부품들이 잔뜩 남지 않겠냐고.

나는 속으로 이를 갈았다. 프라모델을 사랑하는 자로서 도저히 용서할 수 없군.

없어진 부품은 나올 때까지 찾고, 망가진 부품은 내 손으로 고친다……. 그것이 프라모델을 사랑하는 자가 갖추어야 할 자세다.

제조업체에 주문하면 필요한 부품을 바로 보내주지만, 뻔뻔한 자들이나 하는 짓이라고 나는 생각한다.

하지만 설마 처음부터 같은 것을 세 상자씩이나 사재기하는 나쁜 놈이 있을 줄은 몰랐다.

거봐, 여주인도 어쩐지 난감한 듯한, 조금 슬퍼 보이는 얼굴을 하고 있잖아.

그런데도 이 개망나니 같은 놈은 그런 표정 변화를 못 알아차린 건지, 아니면 알아도 신경 쓰지 않는 건지, 돈을 지불하고 쌩하니 나가버렸다.

……늦었나…….

프라모델 가게에 생각보다 너무 오래 머무르는 바람에 현경 본부에 도착했을 때는 회의가 막 시작되기 직전이었다. 나는 서둘러 계단을 뛰어올라가 회의실 문을 열었다.

아뿔싸. 현경 본부 간부진을 필두로 이미 전원이 착석한 상태였다. 간부석에 앉은 사이온지 형사부장이 나를 힐끗 쏘아보았다.

나는 고개를 숙이고 입실했다. 회의실 안에서 커리어 출신은 현경 본부장, 형사부장 그리고 나까지 세 사람……. 죽 늘어앉은 서장과 부서장은 전부 정년이 코앞인 아저씨들뿐이다.

그 아저씨들의 수십 개에 이르는 날카로운 시선을 한 몸에 받으며 나도 모르게 목을 움츠렸다.

앞서 말한 대로 나는 현장 경찰관의 눈이 딱 질색이다. 경찰청에 들어오기 전에 깨달았어야 했다. 고등학교 동창회 자리에서 마침 시청에 들어간 친구가 하는 이야기를 듣고 있노라면 아, 내가 왜 지방 시청에 들어가지 않았을까, 하는 마음에 한숨이 절로 나온다.

물론 시청 직원에게도 나름의 고민과 노고가 있겠지만 적어도 이렇게 무시무시한 눈매를 한 인간들에게 에워싸이는 일은 없을 테지.

현경 본부 회의실에 들어선 나는 모리 부서장 옆자리가 비어 있는 것을 발견하고 고개를 푹 숙인 채 살금살금 그 자리로 향했다.

모리 부서장의 눈도 무섭지만 그래도 같은 서 사람인 만큼 조금은 마음이 놓인다.

"이제 올 사람은 다 온 것 같군. 시간도 없고 하니, 서론 없이 바로 전달하겠다."

사이온지 형사부장이 목소리를 높였다.

"경찰청에서 내려온 정보다. 모 국가의 테러리스트 그룹이 우리 현에서 활동을 개시했다고 한다."

순간 회의실 안 공기가 술렁였다. 사이온지 형사부장은 그 술렁임이 진정되었을 즈음 말을 이었다.

"테러리스트 그룹의 인원이 어느 정도인지, 목적이 무엇인지는 아직 밝혀진 바 없다. 다만 그 멤버는 오랜 기간 우리 나라에 머물며 유사시 주요 거점을 파괴하도록 훈련받은 듯하다. 그런데 본국에서 정변이 일어나 이 그룹의 상부 조직 간부들이 모조리 숙청되었다. 요컨대 자신들의 미래를 비관한 테러리스트 그룹이 폭주할 가능성이 있다는 뜻이다. 이들이 표적을 정한다면 그것은 아마도 중요 시설일 가능성이 크다. 원자력 발전소, 공항, 터미널, 대형 상업시설, 석유비축기지, 화학공업단지 등이 예상된다."

사이온지 형사부장은 자기 말이 제대로 전달되었는지 확인하려는 듯 회의실 안을 천천히 둘러보았다.

그 와중에 나는 책상 밑에서 손가락을 꼽으며 확인하고 있었다.

어, 그러니까, 표적이 뭐랬더라……. 원전, 공항, 터미널…….

다행이다, 다행이야. 원전은 옆 경찰서 관내고, 다른 시설들도 우리 관내는커녕 반경 20킬로미터 안에는 하나도 없다. 우리 서가 속한 시에 있는 거라고는 장사를 하는지 마는지 알 수 없는 상점가와 작은 어항漁港 그리고 귤밭이 전부다. 테러리스트가 노릴 만한 건 전혀 없다.

한시름 놓긴 했지만 왠지 모르게 슬퍼졌다.

그런 내 기분과는 무관하게 사이온지 형사부장은 딱딱한 표정으로 말을 이었다.

"표적이 무엇이든, 혹시라도 테러리스트 그룹이 움직이기 시작하면 이를 저지해야만 한다. 다만 현재 국제 정세를 감안하여, 또한 쓸데없는 동요와 혼란을 피하기 위해 경계 태세 구축은 은밀하게 행할 것. 따라서 이 자리에서 전달한 내용은 기밀사항으로 하고, 정보 공개 범위는 경감 이상으로 한정한다."

그 말에 회의실 안 공기가 또다시 술렁였다.

엥? 정보 공개 범위는 경감 이상?

경감 이상이면 우리 서에서는 나와 모리 부서장뿐인데.

"이상이다. 질문 있나?"

이걸로 끝?

어쩐지 상황이 전혀 이해되지 않아.

하지만 물론 나는 질문 같은 건 하지 않는다. 사이온지 형사부장은 질문을 재촉했지만 그것이 형식일 뿐이라는 건 이 세계에 몸담은 사람이라면 누구나 안다. 우리가 알 수 있는 정보는 이게 전부이고, 나머지는 윗선에서도 모르거나 알아도 전달할 수 없거나, 그런 것이다.

그래도 뭐, 이로써 눈매 사나운 아저씨들이 득실대는 회의도 끝이

날 듯 보여 나는 한시름 놓았다.

책상 위에 놓아둔 수첩을 챙기려는데 옆자리에 앉은 모리 부서장이 불쑥 손을 들었다.

간부석에 앉은 높으신 양반들이 눈썹을 찌푸렸다.

"질문이 뭔가?"

사이온지 형사부장의 목소리에도 언짢은 기운이 묻어났다.

모리 부서장이 일어섰다.

"다른 정보는 없는 겁니까? 그리고, 상세한 사항을 알리지 않고 관할 서원들에게 경계 태세를 취하도록 지시하기는 어렵다고 봅니다."

"정보는 이상이다. 경계 태세를 어떻게 구축할지는 각 관할서 판단에 맡긴다."

사이온지 형사부장의 그 말이 끝나자 간부석에 앉은 사람들이 일제히 일어섰다.

사이온지 형사부장은 회의실을 나서기 전에 뒤돌더니 내게 눈짓을 했다.

나는 황급히 자리에서 일어나 형사부장을 뒤쫓았다. 복도를 한참 달려서 간신히 따라잡은 후 고개를 숙였다.

"무슨 하실 말씀이라도?"

"자네 서의 모리 부서장, 어쩐지 어깨에 힘이 들어간 것 같더군."

"아."

"뭐, 그보다, 후배인 자네에게 충고 한마디 해두려고."

사이온지 형사부장이 얼굴을 가까이 댔다.

"현장 일에 참견한다거나 관여하지 말라고. 현장 일은 현장에 맡겨. 커리어인 자네가 할 일은 부하가 올리는 서류에 도장을 찍는 일뿐이야."

나는 고개를 끄덕였다.

그런 거라면 당연히 알고 있다. 물론 테러리스트를 제압할 수 있다면 더 바랄 나위가 없겠지. 하지만 커리어인 내가 할 수 있는 일은 아무것도 없다. 경찰 관료의 일은 기획 입안과 조직의 유지관리다. 경계 태세 같은 건 현장이 할 일.

"명심하고 있습니다."

사이온지 형사부장은 음, 하고 고개를 끄덕이더니 복도를 성큼성큼 걸어갔다.

나는 그 등에 대고 다시 한 번 깊숙이 절을 했다.

그 후 곧장 주차장으로 향했는데 모리 부서장의 차가 없다. 아무래도 먼저 출발한 모양이다.

조수석에 '진츠'가 든 서류 가방을 내려놓고 시동을 걸었다. 어서 돌아가 경찰서 화장실 칸에서라도 프라모델 상자를 열어보고 싶다. 뭐니 뭐니 해도 새로 산 프라모델을 개봉할 때만큼 가슴 뛰는 때는 없다.

나는 의기양양하게 가속페달을 밟았다.

순간, 내 몸이 운전석에 파고드는가 싶게 엄청난 가속이 붙었다. 나는 황급히 가속페달에서 발을 뗐다.

……위험해, 위험해…….

이 차는 늘 타고 다니는 중고 경차가 아니었다. 엔진을 쌩쌩하게 튜닝한 수사 차량이다. 가속이든 감속이든 반응 속도가 굉장하다. 정신 바짝 차리고 운전하지 않으면 어디로 튀어나갈지 알 수 없다. 자칫 잘못해서 어디 부딪치기라도 하면 큰일이다. 돼지마쓰 군처럼 일주일간 정비 공장 구석에 꿇어앉아 있어야 할지도 모른다.

크게 심호흡을 한 나는 안전 운전을 명심, 또 명심하면서 우리 서가 있는 동네로 향했다.

우리 서 관내로 진입하기 직전에 차량 한 대가 앞으로 슥 끼어들었다. 모리 부서장의 차다. 아마도 이 근처에서 나를 기다렸던 모양이다. 모리 부서장의 차는 따라오라는 듯이 우측 깜빡이를 켠 채 산길로 들어섰다. 이유도, 어디로 가는지도 알 수 없었지만 도리 없이 나도 운전대를 꺾었다.

잠시 달리자 조금 트인 장소가 나왔다.

모리 부서장의 차가 멈추고, 나도 그 뒤에 차를 세웠다.

모리 부서장이 차에서 내렸다. 그대로 절벽 쪽으로 걸어간다.

대체 뭘 하려는지 알 수 없었지만 나도 차 밖으로 나와 뒤를 쫓아갔다.

모리 부서장은 절벽 위에 서서 무언가를 보고 있다. 옆에 서니 무얼 보는지 알겠다. 이곳에선 우리 서의 관할구역 전체가 한눈에 들어온다.

"일이 곤란하게 됐습니다."

모리 부서장이 옆에 선 내게 나직이 말했다.

"이 지역은 삼면이 산으로 에워싸여 있고 한 면은 바다와 면해 있지요. 출입구는 지역을 관통하는 국도와 JR선뿐. 테러리스트로부터 지켜내기에는 더할 나위 없는 땅입니다. 하지만……."

"하지만?"

되묻는 내 얼굴을 모리 부서장이 돌아보았다.

"테러리스트의 존재도 알리지 않고, 어떤 말로 전 서원에게 경계 태세를 취하도록 할지……."

뭐야. 모리 씨, 그런 고민을 하고 있던 겁니까?

기쿠치 경사에게 들었는데 이 동네는 모리 씨가 나고 자란 곳이라지요. 그러다 보니 아무래도 더 마음이 쓰이겠지만, 걱정 없습니다. 사이온지 형사부장이 언급한 중요 시설은 우리 관내에 없어요. 진짜로, 아무것도……. 가장 가깝다고 할 중요 시설이 옆 경찰서 관내에 있는 원전이라는 것도 한심하긴 하지만……. 뭐, 그런 동네라고요.

하기야, 형식뿐이라고는 해도 시 전체에 경계 태세 지시를 내리기란 쉽지 않은 일이지. 하지만 그 방법을 생각해내는 건 모리 부서장이 할 일이다. 누차 말하지만 커리어인 내게는 현장을 지휘할 능력도 그럴 의사도 없다. 솔직히 내게 그런 걸 기대하는 사람도 없으리라. 게다가 나는 갓 사온 따끈따끈한 '진츠' 상자 속 내용물을 한시라도 빨리 확인하고 싶다.

"경계 태세에 관한 일은 모리 씨에게 일임하겠습니다."

나는 그렇게 말하고 나서 모리 부서장을 남겨두고 차로 돌아왔다.

조수석에 놓인 서류 가방을 보며, 안에 있을 '진츠'에게 미소를 보내고 나서 후진 기어를 넣고 가속페달을 밟았다. 별안간 내 차가 앞으로 나가는가 싶더니 모리 부서장의 차를 있는 힘껏 들이받았다.

……나 일낸 거야……?

후진 기어를 넣은 줄 알았는데 그만 착각해서 전진 기어를 넣은 모양이다.

나는 바들바들 떨면서 차에서 내려 부딪친 부분을 살폈다.

내가 타고 있던 수사 차량의 방향지시등이 아주 시원스레 박살 났다. 모리 부서장의 차는 범퍼가 찌그러져 있었다.

순간, 온몸의 기운이 쫙 빠졌다.

수사 차량을 살짝 긁어먹은 돼지마쓰 군이 일주일간 꿇어앉아 있어야 한다는데, 나는 무려 두 대를 박살 냈어……. 꼼짝없이 2주 동안은 꿇어앉아 있게 생겼네.

가까이 다가온 모리 부서장이 찌그러진 범퍼를 힐끗 보더니 "오호라……. 그런 방법이 있었습니까?"라고 말하곤 자기 차로 돌아가 문을 열고 무선 마이크를 꺼냈다.

"모리다. 내 차와 서장님이 운전하던 차가 파손됐다. 지금 바쁘지 않은 사람은 전원 이리로 와주길 바란다."

30분도 채 지나지 않아 좁은 공터는 서원들로 가득 찼다.

모리 부서장은 서원들을 흘깃 둘러보았다.

"나와 서장님이 차에서 잠시 벗어난 틈을 타 어떤 자가 수사 차량을 파손했다. 현장 위치로 보아 단순한 행인의 장난으로 보기는 어렵다. 우리 서, 혹은 경찰 기구에 대한 도전일 가능성이 있다."

서원들 사이에서 분노에 찬 술렁임이 일었다.

"우리 서에 도저어언?! 그런 돼먹지 않은 자식에겐 반드시 뼈저린 후회를 안겨줘야지!"

형사과의 누군가가 내뱉은 낮은 목소리에 나는 목을 움츠렸다.

"이러한 행위를 묵과한다는 것은 우리 서의 위신에 관한 문제이다. 범행이 가속화될 가능성도 있다. 이번 수사에 관한 일은 서장님께서 내게 일임하셨다. 약간의 과잉 진압은 내가 책임진다. 다행히 달리 긴급한 안건은 없다. 서원 전원이 합심하여 거동 수상자를 쫓도록!"

모리 부서장 명령에 서원들은 고개를 끄덕이고 현장을 떠나갔다.

현장에는 나와 모리 부서장, 현장을 촬영 중인 서원 몇 명, 그리고 정비 공장의 미조구치 씨가 남았다. 방향지시등이 망가진 수사 차량을 몰고 갈 수는 없으니 모리 부서장이 미조구치 씨를 부른 것이다.

찌그러진 수사 차량을 살펴보던 미조구치 씨가 고개를 들었다. 눈썹을 치켜 올리고 나를 노려보더니 성큼성큼 다가왔다.

……들켰다…….

등에 땀이 퐁퐁 솟았다.

당장이라도 멱살을 잡을 기세로 달려드는 미조구치 씨와 나 사이에 모리 부서장이 끼어들었다.

"기다려봐, 미조구치!"

"……기다리긴 뭘 기다려. 아주 그냥……!"

미조구치 씨가 치뜬 눈으로 나를 노려보았다.

"서장님께서 다 생각하신 바가 있어서 하신 일이야. 변명은 않겠네. 하지만 그렇게 해야만 할 이유가 있었어. 이해해줘."

미조구치 씨는 여전히 뭔가 할 말이 있어 보였지만, 다시 한 번 나를 노려보더니 자기 차로 돌아가 수리 공구와 교환용 부품을 꺼내기 시작했다.

결국 시내로 내려왔을 때에는 이미 해가 저문 뒤여서 나는 서로 가지 않고 곧장 집으로 돌아왔다.

식사도 샤워도 하는 둥 마는 둥 서둘러 마치고 서재로 들어와 '진츠' 상자를 개봉했다. 세상 더 없이 행복한 순간이다. 조립 설명서를 보면서 제작 순서를 생각하는…… 이 또한 즐겁기 그지없는 일이다.

나는 플라스틱 틀에서 부품을 떼어내고, 그 부품을 핀셋으로 하나씩 집어 작은 부품용 접시에 올려나갔다. 나도 모르게 콧노래가 나오려는 것을 참았다. 요즘 나오는 군함 모형은 정밀하기 이를 데 없어서 부품 크기도 밀리미터 단위가 많다. 그러다 보니 자칫 콧김에도 날아갈 수 있어, 하나하나 아주 조심히 다뤄야 한다.

그렇게 조심스럽게 '진츠'의 부품 하나를 핀셋으로 집어 올렸다.

내 딴에는 신중하게 다룬다고 다뤘는데 들어 올린 순간, 부품이 핀셋에서 튕겨 나갔다.

운 나쁘게, 하필이면 그 순간 눈을 깜박이는 바람에 어느 방향으로 튕겨 나갔는지 모르겠다.

그러나 여기서 당황하면 안 된다.

나는 우선 책상 위를 확인했다. 늘어놓은 공구들과 조립 설명서 아래, 프라모델 상자 주변이 수상쩍다.

……없네…….

이어서 내 옷을 확인했다. 옷 주름 사이에 끼었을 가능성이 있다. 주머니 같은 곳도 잘 살펴봐야 한다. 1년 전인가, 아무리 찾아도 없던 부품이 사흘 후, 세탁한 셔츠 주머니 속에서 나온 적이 있다.

……없어…….

그렇다면 바닥에 떨어졌나?

물론 그렇다고 해서 급하게 의자에서 내려와 발밑을 확인하려 들면 안 된다. 선불리 의자를 움직였다가는 바닥에 떨어진 부품을 의자 바퀴가 짓뭉개버릴 수 있다. 2년쯤 전인가, 그러는 바람에 힘들여 조립한 함교[4]라는 가장 중요한 부분이 산산조각 나버렸다. 그 후 일주일은 다시 생각하기도 싫다. 0.1밀리미터 단위의 조각들을 직소 퍼즐 맞추듯 맞추느라 신경쇠약에 걸릴 뻔했다. 게다가 함교를 복구하기는 했는데 어쩐지 일그러져 보이고…….

나는 마음을 가라앉히기 위해 심호흡을 하고 나서 발밑을 확인한 다음, 살며시 바닥에 발을 디뎠다.

의자 주변을 확인한다.

……없다……. 하지만 당황하지 말자…….

4 군함의 통제실. 보통 배의 갑판 부분에서 솟은 형태다.

여기서 냉정을 잃으면 안 된다.

의자를 옆으로 살짝 밀었다.

카펫에 얼굴을 바짝 대고 부품을 찾는다.

도대체 왜 서재 카펫은 회색이지? 회색 부품이 안 보이잖아…….

바닥을 기면서 수색 범위를 반경 50센티미터에서 1미터로 넓혔지만 부품은 보이지 않는다.

……어쩌면 소맷부리나 옷깃으로 튀어서 옷 속에 들어갔을지도 몰라.

나는 천천히 셔츠를 벗어 살살 털어보았다.

계속해서 러닝셔츠, 바지, 양말을 벗었다. 하나하나 벗을 때마다 조심스레 털어봤지만 부품은 나오지 않는다.

마지막으로 남은 팬티까지 다 벗었다.

……없네……. 없어…….

울고 싶어졌다.

하지만 분명 이 방 안에 있을 터이다.

이럴 때일수록 성질을 부려선 안 된다. 부품은 겁쟁이니까. 겁이 나서 점점 더 깊이 숨어버린다.

나는 숨을 크게 들이쉬었다.

"아저씨, 겁낼 거 하나도 없으니까 어서 나와요."

여전히 부품은 모습을 드러내지 않는다.

벌거벗은 채 네발로 기면서 카펫 위를 더듬고 있노라니 점점 화가 치밀어 올랐다.

"빨리 나오라니까!"

그만 큰소리를 내고 말았다.

그때, 서재 문이 열려 있다는 것을 깨달았다. 알몸으로 기어 다니는 나를 가오리가 눈을 휘둥그레 뜬 채 보고 있었다. 내가 큰소리를 내는 바람에 무슨 일인가 싶어 보러 온 모양이다.

"……아, 이거…… 요가야. 알몸으로 고양이 자세를 하면 건강에 좋다나 봐…… . 티브이에서 하더라고……. 당신도 해볼래?"

가오리는 입을 벌린 채 나를 물끄러미 바라보다가 "……문 열기 전엔 노크할게" 하고는 문을 슥 닫아버렸다.

부품을 찾느라 밤을 샌 덕에 늦잠을 자버리고, 자칫 지각하게 생긴 시각에 집을 나섰다. 결국 잃어버린 부품은 찾지 못했다.

터덜터덜 걸어 경찰서 현관 로비에 들어선 나는 기겁했다. 건물 안이 사람들로 미어터질 지경이었다. 만원 지하철 못지않게 혼잡하기 이를 데 없었다.

……뭡니까, 이게……!?

아연실색해 있는 내게 형사과의 니노미야 과장이 쓱 다가왔다.

"어제 있었던 수사 차량 손괴범 수사 건입니다만, 조금이라도 거동이 수상한 자를 발견하면 다른 건이든 뭐든 상관없으니 일단 끌고 오라는 모리 부서장님 명령입니다. 괜찮으시지요."

기가 차서 말이 안 나왔다.

뭐가 괜찮으시지요, 입니까. 고릿적 경찰도 아니고, 이런 일을 시민이 묵과할 리가 없잖아요? 행여 매스컴이 냄새라도 맡으면 어쩌려고 이러시냐고요들.

그만두시라고 말하려는 순간, 또다시 한 남자가 경찰관에게 팔을 붙들린 채 끌려 들어왔다. 낯익은 얼굴. 프라모델 가게에서 똑같은 걸 세 상자나 사간, 바로 그 나쁜 놈이다.

내 시선을 눈치챘는지 니노미야 형사과장이 말했다.

"오토바이로 주행하면서 일시정지 신호를 무시하기에 세웠는데, 말대꾸를 하기에 일단 끌고 왔답니다."

꼴좋다, 설교나 실컷 들어라. 순간 그런 생각이 들었다. 그래서 "괜찮으시지요"라는 니노미야 형사과장 말에 나도 모르게 그만 "시의적절한 판단입니다"라고 대답해버렸다.

"그러면 이대로 진행하겠습니다."

그렇게 말하고 니노미야 형사과장은 로비로 내려온 모리 부서장에게 달려가 뭔가 이야기를 나누기 시작했다.

엥? 잠깐, 잠깐. 난 경계 태세 전체에 대해서 말한 게 아닌데. 그걸 허가한 게 아니란 말입니다…….

니노미야 형사과장을 쫓아가 방금 했던 말을 취소하려는데 모리 부서장이 먼저 말을 꺼냈다.

"다나카 서장님. 인근 각 관할서에서도 서장이나 부서장의 차가 습격당했다고 합니다."

순간 무슨 일인지 이해가 가질 않았는데 잠시 생각해보니 이유를 알겠다. 아마 다른 서들도 테러리스트의 존재를 알리지 않고 어떻게 서원들에게 경계 태세 지시를 내려야 하나 고심했던 모양이다. 그래서 우리 일을 알고 따라 한 거겠지.

지나치게 신속한 반응이지만 이유는 알 것 같다. 논커리어들 간의 정보 전달 속도는 만만하게 볼 것이 아니다. 현지의 초·중·고등학교 및 대학 동창, 경찰학교 동기, 전근 전에 근무했던 부서의 동료, 혼인으로 맺어지는 인척 관계……. 이런 네트워크로 인해 좋은 일이건 나쁜 일이건 눈 깜짝할 사이에 퍼져나가고 만다.

"매스컴에는 아직 발표하지 않았기에 모방범으로 보기는 어렵습니다. 다시 말해 범인은 동일 인물이며, 넓은 범위를 오가며 활동하고 있는 것으로 보입니다."

니노미야 형사과장의 미간에 주름이 잡혔다.

"어, 어쩌지요……."

나는 말끝을 흐렸다.

"JR역 주변 인원을 증강하겠습니다. 국도 진입로에도 검문을 세우고요. 그 괘씸한 자를 반드시 검거해 보이겠습니다."

그 말에 모리 부서장이 고개를 끄덕였다.

"그리고 용의자는 수사 차량을 파손하기 위한 흉기를 상시 휴대하고 있을 가능성이 높아졌다. '경찰관 등 권총 사용 및 취급 규범' 제2조 3항에 의거하여 형사과의 권총 휴대를 허가한다. 또한 '2001년 경찰청 통달 제385호'에 의거하여 권총 약실에 탄환 장전을 허가한다."

"형사과 전원 권총 휴대 및 약실에 탄환 장전, 시행하겠습니다."

그렇게 복창하고 니노미야 형사과장은 발길을 돌렸다.

엥? 형사과 전원 권총 휴대?! 약실에 탄환 장전?! 저기, 잠깐만요!

황급히 니노미야 형사과장을 말리려던 나는 모리 부서장의 다음 한 마디에 우뚝 멈춰 섰다.

"서장님께서는 여기까지 고려하고 계셨던 겁니까."

"제, 제가 고려를, 요?"

"수사 차량이 습격당한 각 서의 관할구역을 종합하면 저희 현 남부는 경계 태세가 거의 완료되었습니다. 그리고 지금까지 국도에 검문 검색을 강화할 대의명분을 찾을 수가 없었는데, 이로써 만전의 태세를 갖출 수 있게 되었습니다."

말도 안 돼요. 그건 절대 내가 의도한 게 아니거든요?

그렇게 말하고 싶었지만 나를 보는 모리 부서장의 무시무시한 눈 때문에 말이 입 밖으로 나오지 않았다. 게다가 나는 이미 모리 부서장에게 모든 지휘권을 넘겨버렸다.

뭔가 일이 점점 커지고 있어…….

그것도 엄청나게 빠른 속도로…….

난 이제 몰라…….

"……저는 서 밖으로 나가보겠습니다."

나는 흐느적거리며 서를 나섰다.

동네 어디를 가든 눈에 핏발이 선 경찰관들이 있었다.

나는 가능한 한 그들과 맞닥뜨리지 않으려고 외곽 방향으로 계속 걸어갔다.

한숨이 나왔다.

어쩌자고 경찰청 같은 곳에 들어왔는지……. 역시 지방 시청에 취직했어야 하는데…….

어느새 나는 산길을 걷고 있었다. 확실히 이 근처에는 경찰관이 없다. 민간인도 없지만…….

진드기에 물리기는 싫어서 걸으면서 생각하기로 했다. 경계 태세에 대해서 생각하는 건 아니다. 그건 커리어인 내가 머리 썩인다고 해결될 일이 아니다. 사이온지 형사부장도 현장 일에는 참견도 관여도 하지 말라고 했으니.

지금 생각해야 할 것은 사라진 '진츠' 부품의 행방이다.

도대체 그 부품은 어디로 가버린 걸까.

발이 달린 것도 아니고 분명 서재 어딘가에 있을 터. 하지만 구석구석 샅샅이 뒤졌는데도 나오질 않는다. 가장 가능성이 높은 곳은 바닥인데 하필이면 카펫 색깔이 회색이라서 회색 부품을 찾기가 너무 어렵다. 전함 모형은 회색 부품이 제일 많은데.

대체 왜 애초에 회색 카펫을 깔아둔 거냐고. 이래서는 앞으로도 부품을 떨어뜨릴 때마다 고생해야 하잖아. 부품을 찾는 즉시 카펫부터 바꿔야겠어. ……그런데 무슨 색이 좋을까…….

회색 부품이 떨어졌을 때 가장 찾기 쉬운 색은…… 핑크? 아니, 잠깐만. 아무리 그래도 서재에 핑크색 카펫은…….

"회색에 녹색이면 눈에 잘 띌까."

나도 모르게 혼잣말을 내뱉고는 이내 머리를 흔들었다. 사실 군함에 적재된 비행기는 녹색이 많다. 녹색으로 도장한 부품을 녹색 카펫에 떨어뜨렸다간 그 또한 큰일이다.

역시 핑크가 나오려나…….

그런 생각을 하다 보니 어느새 다시 주택가로 내려와 있었다. 나는 도리 없이 서로 돌아가기로 했다.

서에 들어왔을 무렵, 휴대전화가 울렸다. 액정 화면을 보니 '사이온지'라는 글자가 떠 있다. 나는 정면의 현관 기둥 그늘에 들어가 통화 버튼을 눌렀다.

"자네는……."

사이온지 형사부장은 자기가 전화를 걸어놓고선, 한 마디 하고 나더니 말을 잇지 못하고 있다. 뭔지 몰라도 화가 많이 난 눈치다.

"무슨 일 있으셨습니까……."

"자네는, 지난번 회의에서 대체 뭘 들은 건가!?"

사이온지 형사부장의 목소리가 노여움으로 떨리고 있었다.

"내가 은밀하게 진행해야 한다고 명령했을 텐데!"

"네. 그렇게 말씀하셨습니다……."

나는 우리 서의 소동이 벌써 사이온지 형사부장 귀에 들어갔나 싶어 마음의 준비를 하고 다음 말을 기다렸다.

"방금, 방위청에서 강력하게 항의가 들어왔어."

방위청……?

생각지도 못한 단어에 나는 고개를 갸우뚱했다.

"이번 건과 관련하여, 국가공안위원회와 경찰청은 원전이 있는 관할구역에 한해 자위대의 대테러부대 행동을 용인한 상태였네."
"네에, 그건 처음 듣는 이야기입니다만."
"……자네 서원들이 원전을 은밀하게 경호 중이던 자위관自衛官에게 직무질문을 했다더군. 민간인 차림을 한 자위관은 신분을 밝힐 수 없었기에 어떡해서든 그 자리를 피하려 했지만, 그 자위관을 자네 서원들이 마구잡이로 구타해서 연행해갔어. 모르겠나!? 다시 말해 현장은 자네 서의 관할구역이 아니라고! 옆 동네라고, 옆 동네!"
월경 수사도 모자라 임무 수행 중인 자위관을 폭행…….
머리에서 핏기가 쫙 가시는 느낌이었다.
"다시 한 번 상황을 가르쳐주지! 그 소동이 일어난 곳에서 불과 50미터 앞에 자위대 저격수가 대기 중이었어. 까딱했으면 자네 서원들이 변장한 테러리스트로 오인받아 저격당했을지도 모른다, 그 말이야!"
핏기가 가시다 못해 순간 의식이 희미해졌다.
"곧 그 자위관이 자네 서로 연행되어 올 거야! 오는 즉시 풀어줘! 그리고 이 야단법석, 당장 중지시켜!"
그 말이 끝나기 무섭게 전화는 끊겼다.
그 순간, 등 뒤에서 날카로운 브레이크 소리가 들렸다. 돌아보니 수사 차량에서 경찰관들에게 양 팔을 붙들린 남자가 내렸다. 경찰관도 남자도 상처투성이다.
나는 부리나케 달려가서 그 남자의 귀에 속삭였다.
"자위대 분이시군요."

남자는 날카로운 눈으로 나를 응시하고, 고개를 끄덕였다.

"이 사람을 당장 풀어주세요."

내 말에 경찰관들은 무슨 헛소리냐는 듯한 눈으로 나를 보았다.

"됐어요. 이 사람은 여러분이 쫓는 자가 아닙니다. 풀어주세요."

경찰관들은 서로 얼굴을 마주 보았으나 결국 마지못한 태도로 남자의 팔을 놓아주었다.

남자는 경찰관들을 흘낏 쳐다본 후, 떠나려고 했다.

나는 황급히 남자에게 다가가 소맷자락을 잡고 매달렸다.

"그쪽 지휘관에게 전해주십시오. 우리 서는 전 서원을 관구管區 경계선에서 100미터 물리겠습니다."

자위관은 내 눈을 똑바로 바라보았다.

나는 필사적이었다. 투지에 불타는 우리 서원들은 형사과를 포함해 탄환을 장전한 권총을 소지하고 있다. 만약 또다시 옆 관구와의 경계 지역에서 자위대와 접촉하여 자칫 발포하는 소동이라도 벌어진다면 그길로 나는 사직서를 제출해야 할 판이다. 장차 자그마한 산하 단체에라도 들어가 프라모델 제작에 전념한다는 노후의 꿈이 산산조각 나고 마는 것이다. 이제 와서 시청이 나를 채용해줄 리도 없고…….

"지휘관에게 꼭 좀 전해주십시오!"

나는 외치듯이 말했다.

"전달하겠습니다."

그렇게 말하고 자위관은 경찰서 문을 성큼성큼 걸어 나갔다. 그와 엇갈리듯 돼지마쓰 군이 들어왔다.

나는 비틀거리며 돼지마쓰 군에게 다가갔다.

"마쓰노코지 순경. 모리 부서장에게 연락해서 전 서원에게 전달하라고 하세요. 우리 관할구역 경계선 100미터 너머로는 절대 들어가지 않도록!"

"100미터 후퇴하는 겁니까?"

돼지마쓰 군은 뜨악한 얼굴이다.

"그렇습니다! 100미터 후퇴합니다!"

그렇게 말하고 나는 흔들거리면서 문을 나섰다.

갈수록 일이 커지고 있어…….

점점 손을 쓸 수 없게 돼가고 있어…….

나는 그저 가벼운 접촉 사고를 냈을 뿐인데…….

갑자기 속이 울렁거렸다. 어쩐지 숨쉬기도 괴롭다…….

"서장님은 어디 가십니까?"

내 등에 대고 돼지마쓰 군이 질문했다.

"나는…… 피곤해서, 집에 갑니다……."

사흘이 지났다.

밤에는 늦게까지 자지 않고, 사라진 '진츠' 부품을 찾고 있다. 하지만 아무리 찾아도 보이질 않는다.

아침이 되면 물론 출근하지만, 서에 있노라면 핏발 선 눈으로 오가는 서원들을 보아야만 한다. 그래서 요즘은 서에 얼굴을 내민 뒤 기쿠치 경사에게 "저도 거동 수상자를 찾으러 나갑니다"라는 말을 남기고 외부로 나온다.

오늘도 나는 수사 중인 서원들이 없을 만한 방향을 골라 걷고 있다. 산길의 진드기도 싫지만 날조된 기물 손괴범을 죽기 살기로 찾아다니는 서원들과 마주치는 건 더 싫다. 테러리스트가 우리 시를 습격할 리가 없으니, 말짱 헛짓거리를 시키고 있음을 어쩔 수 없이 떠올리게 된다. 더구나 서원들은 폭주하고 있고…….

진드기는 싫지만, 다행히 괜찮은 장소를 발견했다. 아마도 임업 업자가 차를 대는 장소인 듯했다. 지면이 콘크리트로 다져져 있다. 이런 곳이라면 진드기는 없겠지.

다만 그곳은 우리 관할구역의 끝자락으로, 그 너머 숲에는 원전을 지키는 자위대의 경호부대인지 특수부대인지가 있을 것이다.

오인해서 나를 쏘지는 말아주세요…….

매번 기도하는 마음으로 그 숲을 바라본 후, 적당한 바위를 골라 주저앉는다. 그리고 가오리가 싸준 도시락을 까먹으면서 사라진 '진츠' 부품을 어떻게 할지 따위를 생각한다.

그러는 와중에 가끔은 경찰서 일도 떠오르고, 역시 지방 시청에 취직했으면 좋았을걸, 하는 후회가 끓어오르기도 한다.

나는 한숨과 함께 반찬으로 싸온 자반연어를 입에 넣었다.

문득 남쪽 숲속에서 연녹색 작업복을 입은 남자 몇이 다가오는 것이 보였다. 등에 뭔가 커다란 짐 꾸러미를 지고 있다. 작업복을 보니 가슴에 전력회사 로고가 찍혀 있었다. 이 근처 땅은 임업 업자 소유인가 싶었는데 아마도 전력회사 소유지였던 모양이다.

"아, 죄송합니다."

나는 얼른 일어나 고개를 숙였다. 불법 침입으로 오해받으면 큰일이다.

내가 그렇게 말을 건넸는데도 남자들은 아무 말 없이 계속 다가왔다. 어느새 나는 남자들에게 포위당하는 꼴이 되고 말았다.

순간, 격통과 함께 머릿속에서 빛이 폭발하고, 나는 의식을 잃었다.

몇 가지 나쁜 꿈과 '진츠' 부품을 찾아내는 좋은 꿈을 꾸고 난 후, 나는 입안의 통증을 느끼며 눈을 떴다.

여기가 어디지?

주위를 둘러보다 내가 병원 침대에 누워 있다는 것을 깨달았다.

어떻게 된 거지?

"깨어나셨어요?"

방에 들어온 하얀 옷을 입은 여성이 내 얼굴을 들여다보았다.

"얻어맞았을 때 혀가 좀 심하게 찢어진 듯하니 말씀은 하지 마시고요……. 하긴 어차피 당분간은 하고 싶어도 못 하시겠지만."

이 여성은 아마도 간호사인가 보다.

그런데 얻어맞았다고? 누구한테? 어째서?

대체 어쩌다가 이런 꼴이 되었는지 통 모르겠다. 나도 모르게 목소리를 높였다.

"……어…… 으……!"

웍! 입안에서 격심한 통증이 폭발했다.

"말하지 마세요."

간호사가 미간을 찌푸렸다.

통증이 조금 가라앉았기에 혀를 살짝 움직여보려 했지만 무언가로 고정시켜놓았는지 잘 움직여지지가 않았다.

이게 대체 어떻게 된 영문인지 누가 설명 좀 해줘요.

기도가 통했는지 병실에 남자 몇이 들어왔다. 사이온지 형사부장, 모리 부서장, 마쓰노코지 순경 그리고 선글라스를 낀 양복 차림 남자.

선글라스남은 처음 보는 사람이다. 하지만 짙은 선글라스 너머로 날카로운 눈빛이 느껴진다. 가슴팍이 두텁고 자세도 흐트러짐 없이 꼿꼿하다. 우리 서원들이 들개라면, 이 선글라스남은 군용견 같은 느낌이다.

"자리 좀 비켜주시겠습니까?"

사이온지 형사부장 말에 간호사는 어깨를 으쓱해 보이곤 병실을 나갔다.

사이온지 형사부장은 침대에 누운 나를 내려다보았다.

"정신을 잃은 동안 무슨 일이 일어났는지 알고 싶겠지. 나도 자네에게 묻고 싶은 일이 산더미야."

나는 고정된 혀를 가리켰다.

"뭐, 됐어……."

사이온지 형사부장은 고개를 저었다.

"테러리스트에게 습격당하고 그만한 부상으로 끝난 건 천만다행이지.”

테러리스트!?

엉겁결에 소리를 지를 뻔했으나 좀 전의 격통이 떠올라 꿀꺽 말을 삼켰다.

테러리스트라니, 지금껏 살면서 들은 적은 있어도 본 적은 없다.

……그런데, 설마…… 그 연녹색 전력회사 작업복을 입고 있던 사람들이 테러리스트?

“우선, 자네를 습격한 테러리스트 일당은 여기 이분의 부대가 제압했네.”

사이온지 형사부장이 선글라스남의 얼굴을 보았다.

“저는 육상 자위대의 모 부대에 소속되어 있습니다. 계급과 이름은 임무 관계상 말씀드릴 수 없습니다. 그 점 양해 바랍니다.”

사이온지 형사부장이 떨떠름한 표정을 지었다.

“다나카 군에게 일의 경위를 들을 생각으로 왔는데 말이야.”

그러자 모리 부서장이 입을 열었다.

“대신 제가 아는 한도 내에서 말씀 올리겠습니다. ……사건의 발단입니다만, 저희는 현경 본부로부터 테러리스트에 대해 경계 태세를 갖추도록 명령받았습니다. 그러나 정보 공개는 경감 이상으로 한정되었고, 그 상태로는 부하들을 움직일 수가 없었습니다.”

“그건 알고 있네. 다나카 군은 수사 차량을 이용해 고의로 접촉 사고를 내고, 있지도 않은 기물 손괴범을 만들어 관할서 서원 전원을 움직였다……. 일이 그렇게 되었다지. 하지만 주변 서에서까지 그걸 모방하다니…….”

“그 또한 서장님은 처음부터 계산에 넣어두셨던 것으로 보입니다.”

모리 부서장의 말에 사이온지 형사부장은 “그게 무슨 말인가?” 하고 물었다.

“저희 관구만 경계 태세에 만전을 기한들, 현 내 어디에 있을지 모르는 테러리스트의 움직임을 억제할 수는 없습니다. 그래서 모방하기 쉬운 방안을 짜낸 것으로 보입니다. ……하긴, 나중에서야 서장님의 이 모든 계획을 이해할 수 있었지만 말입니다.”

사이온지 형사부장이 미간을 찌푸렸다.

“분명 경계 태세를 은밀하게 펼치라고 말했을 텐데. 그리고 정보 공개 범위는 경감 이상으로 지정했을 터. 그런데 자네 서의 마쓰노코지 순경은 이번 사안을 꽤 구체적으로 알고 있는 모양이던데?”

돼지마쓰 군이 머리를 흔들었다.

“아닙니다, 서장님이나 부서장님은 아무 말씀 없으셨습니다. 처음엔 저도 서장님의 생각을 전혀 이해하지 못했습니다. 이해는커녕 부서진 수사 차량의 파손 부위를 보았을 때 이건 어쩌면 서장님이 실수로 사고를 내신 게 아닌가 생각했을 정도였습니다.”

“그럴 리가 없지.”

그렇게 말한 사람은 물론 내가 아니라 모리 부서장이다. 나는 하마터면 ‘죄송합니다’ 하고 고개를 숙일 뻔했다.

돼지마쓰 군이 고개를 끄덕였다.

“그렇습니다. 그런 일은 있을 리 없었습니다.”

돼지마쓰 군은 부끄러운 듯 고개를 숙였다.

"하지만 그 당시 저는, 서장님이 운전 과실을 얼버무리기 위해 그런 명령을 내렸다고 오해하고 말았습니다. '있지도 않은 기물 손괴범 수사 따윌 왜 해' 하면서 다른 동료들과 떨어져 빈둥빈둥 시간을 때우고 있었지요. 그러다 이상한 점을 깨달았습니다. 제가 가는 곳마다 서장님이 계셨던 겁니다. 처음엔 서장님도 저와 마찬가지로 서원들의 눈이 닿지 않는 곳에서 태업을 하고 계신 건가 싶었습니다만, 그게 아니었습니다. 그래서는 다른 서에서도 유사한 사건이 일어난 이유가 설명되지 않습니다. 그래서 이번 사태에 뭔가 중대한 일이 숨겨져 있음을 깨닫게 된 것입니다."

"연쇄 기물 손괴 사건이라는 생각은 안 들던가?"

"그것 또한 있을 수 없는 일이었습니다. 앞서 말씀드린 대로, 서장님과 부서장님의 수사 차량에 난 흠집은 명백히 서장님이 내신 것입니다. 요전에 저도 접촉 사고를 내봐서 알 수 있었지만요……. 아무튼 다른 관할서에서도 서장 및 부서장이 같은 일을 벌이기 시작했다……. 도대체 이게 어떻게 돌아가는 일일까 생각하다, 추측하게 되었습니다. 상층부에서는 저희에게 진상을 알리지 않고 기물 손괴 사건을 조작해서 거수자를 찾아내려 했다는 것을요."

"상층부가 아니라, 다나카 군의 독단이었지……."

사이온지 형사부장이 씁쓸한 표정을 지었다. "현 남부의 거의 모든 서가 다나카 군의 수법을 따라하고 말았어."

"네. 그것이 다나카 서장님의 작전 제1 단계였습니다. 현 남부 전체가 경계 태세에 돌입했다고 판단되었을 즈음, 서장님은 저희 서 관할구역 경계선에서 100미터 상당 구간을 서원 출입 금지 구역으로 만드셨습니다. 이때 비로소 서장님이 뭘 걱정하시는지, 그리고 서장님의 다음 목표를 깨달았습니다."

돼지마쓰 군이 안주머니에서 지도를 꺼내 펼쳤다.

"만약 우리 현 남부에서 거수자가 이동하려 들 경우, 저희 서원과 마주치지 않고 움직이려면 서원들이 없는 경계선상으로 이동하게 됩니다."

돼지마쓰 군의 손가락이 경계선을 따라간다. "그 끝에는……."

나는 지도를 들여다보았다. 돼지마쓰 군의 손가락은 옆 동네 원자력 발전소에서 멈췄다.

"어가혀 가혀효……."

으윽! 또 말을 해버렸다…….

혀를 덮친 엄청난 통증에 나는 오만상을 찌푸렸다.

"다나카 서장은 테러리스트의 표적이 원자력 발전소라고 판단했던 건가?"

사이온지 형사부장의 물음에 모리 부서장이 대신 대답했다.

"아닙니다, 아마 서장님도 원자력 발전소로 범위를 압축했던 건 아니었을 겁니다. 테러리스트가 노린 곳은 다른 시설인지도 모릅니다. 원전이 표적이라 해도 육로가 아닌 북쪽 해상을 통해 침입할 수도 있습니다. 다만 테러리스트의 표적이 원전이었을 경우의 중대성을 고려하여, 관할서로서 할 수 있는 최선의 경계 태세를 깔아두셨다고 봅니다. 하지만 기물 손괴범과 같은 사유만으로 경계 태세를 오래 지속할 수는 없습니다. 즉, 억제에 그치는 것이 아니라 어떡해서든 테러리스트를 끌어낼 미끼도 필요하다는 겁니다."

지금껏 침묵하고 있던 선글라스남이 고개를 끄덕였다.

"저희 부대도 사정은 같습니다. 방위성 쪽으로도 테러리스트 정보가 들어와서, 저희 부대에 이 현의 원자력 발전소를 경호하는 임무가 주어졌습니다. 하지만 한 달이고 두 달이고 무작정 전방위 경계 태세를 지속할 수는 없습니다. 그런데 다나카 서장님은 다음 수를 생각해 두셨더군요. 경찰서에 연행되었던 부하에게서 '서원들을 경계선에서 100미터 안으로 물리겠다'는 다나카 서장의 이야기를 전해 들었을 때 왜 후퇴하는지 의구심이 들었는데, 그 이야기를 하는 서장님의 모습이 필사적이었다는 보고를 받고 예삿일이 아님을 감지했습니다. 그리고 생각 끝에 내린 결론은 그쪽 형사분과 같습니다. 다나카 서장님이 테러리스트를 끌어낼 방법을 고안해내신 것이라는 데에 생각이 미친 것입니다."

"그 전언 한 마디로 말인가……."

사이온지 형사부장이 신음하듯 말했다.

선글라스남이 고개를 끄덕였다.

"그렇습니다. '단 한 마디의 전언'이 있은 후, 서장님과 저희 부대는 의견 교환 없이 쭉 공동 작전을 펼쳤던 겁니다. 당시 저에게는 고민거리가 있었습니다. 그쪽 경찰서의 경계선은 삼림지대입니다. 훈련받은 공작원이 잠입한다면 여간해선 발견하기 어렵습니다. 어떻게 해야 하나 고심하던 찰나, 부하에게서 경계선 저편에 다나카 서장님이 나타나셨다는 보고를 받았습니다. 몰래 정찰하러 갔더니 다나카 서장님이 임업 업자의 작업장에 앉아 계시더군요. 콘크리트로 바닥을 다져놓은 곳에…….”

“회색에 녹색이면 눈에 잘 띌까…….”

돼지마쓰 군이 중얼댔다.

“그게 무슨 말인가?”

사이온지 형사부장의 질문에 돼지마쓰 군이 대답했다.

“서장님이 중얼거리셨던 말입니다. 서장님의 의도를 알기 위해 뒤를 따라갔던 저를 알아차리지 못하셨던 것 같습니다만.”

……어? 들었구나……. 부품과 카펫 색깔 이야기…….

선글라스님이 고개를 주억거렸다.

“그렇습니다. 필시 테러리스트들은 삼림용 위장복이나 그에 가까운 색상의 옷을 입고 올 테고, 삼림 속에서는 눈에 잘 띄지 않습니다. 그러나 단 한 곳, 숲에서 그들이 모습을 드러내게 될 장소가 있습니다. 바닥이 콘크리트로 덮인 작업장이었지요. 다나카 서장님은 매일 그곳에 오셔서 우리 쪽을 응시하고 계셨습니다. 숲에 잠복 중인 저희 부대에 기대하는 것이 있으셨겠지요. 그리고 그 후 한동안 그곳에 앉아 무언가 생각에 잠겨 계셨습니다.”

“그래서, 테러리스트 그룹이 나타난 시점에 총격전이 벌어졌던 건가…….”

사이온지 형사부장 말에 선글라스님은 고개를 가로저었다.

"처음에는 그곳에 나타난 자들이 테러리스트인지 여부를 식별할 수 없었습니다. 전력회사의 연녹색 작업복을 입고 있었으니까요……. 어떻게 해야 할지 망설이는 사이 남자들이 다나카 서장님에게 다가가……."

"때려눕혔기 때문에 테러리스트라고 판단했다……."

선글라스남이 고개를 끄덕였다.

"죄송합니다, 제가 옆에 있었으면서……."

돼지마쓰 군이 고개를 푹 숙였다.

그 어깨에 모리 부서장이 손을 얹었다.

"아니야, 거친 총격전이 벌어지는 와중에 기절한 서장님을 안전한 곳으로 끌어다 누인 사람이 자네 아닌가. 잘했어."

모리 부서장의 말에 돼지마쓰 군이 눈물을 글썽였다.

그 모습에, 내내 아무런 표정을 드러내지 않던 선글라스남이 순간 미소 지은 것 같기도 했다.

"목숨을 걸면서까지 스스로 미끼가 되신 서장님의 모습을 뵈며, 저는 문득 '진츠'라는 구 일본 해군 전함이 떠올랐습니다."

선글라스남의 그 말에 얼마나 놀랐는지 하마터면 소리를 지를 뻔했다.

"진츠?"

사이온지 형사부장이 물었다.

"구 일본 해군의 경순양함입니다. 제2차 대전 중, 남태평양에서 야간 해전이 있었다고 합니다. 밤이었기 때문에 적도 아군도 시야를 확보할 수 없었지요. 그 와중에 '진츠'는 적을 향해 서치라이트를 계속 비추면서 아군의 포격을 지원했다고 합니다."

"밤에 서치라이트를 켜다니……. 그러면 그 배는 당연히 적의 표적이 되지 않나?"

"네. 아군의 함정은 무사했지만, 자신의 위치를 스스로 드러낸 '진츠'는 적으로부터 집중포화를 맞아 침몰하고 말았습니다."

"어찌 그리 상세히 아시는지?"

"저희 조부님이 '진츠'와 함께 작전을 수행했던 구축함 '유키카제'에 승선하고 계셨습니다. 제가 어릴 적에 조부님이 '내가 살아 있는 건 진츠 덕분이다'라고 하시면서, 함께 바다에 갈 때면 남쪽을 향해 합장을 하셨습니다. ……그래서, 스스로 적의 표적이 되어 바위에 앉아 조용히 도시락을 드시는 다나카 서장님을 보다 보니 그런 생각이 들더군요. 어쩌면 '진츠'와 함께 가라앉은 사령관과 함장, 승조원들이 다나카 서장님과 같은 마음가짐 아니었을까 하고……."

나는 세차게 머리를 흔들었다.

그거 아니거든요! '진츠' 승조원 여러분의 명예를 위해 말해두는데, 그건 절대 아니라고 봅니다!

그러나 내 대사는 "크허 아히허흐혀!"로 끝났다. 통증 때문에 얼굴을 찌푸린 나를 보고 선글라스남은 살짝 고개를 기울인 채 미소를 지었다. 허나 그것도 잠시, 이내 진지한 얼굴로 돌아가 자세를 바로 했다.

"테러리스트들은 총기 및 유인·유도용 폭탄 등을 다량 소지하고 있었습니다. 어떻게 입수했는지, 원자력 발전소 내부 겨냥도며 작업용 갱도까지 그려진 상세한 지도도 가지고 있었습니다. 만약 이쪽으로 침입했더라면 저희 부대만으로 원전을 지켜낼 수 있었을지……."

거기서 말을 끊고 선글라스님은 혀가 고정된 나를 보았다.

"결국 다나카 서장님과는 한 번 대화를 나눠보지도 못한 채 작별하게 될 것 같군요. 하지만 다나카 서장님과 공동 작전을 펼칠 수 있어서 정말 영광이었습니다."

그렇게 말하고 나서, 선글라스님은 나를 향해 한 점 흠잡을 데 없는 경례를 했다. 그리고 발길을 돌려 병실을 나갔다.

"테러리스트들은 어떻게 되는 거죠?"

나가는 선글라스님의 뒷모습을 지켜보던 돼지마쓰 군이 사이온지 형사부장에게 질문했다.

"정부의 판단에 따라, 경찰 수사 차량을 파손한 기물 손괴범으로서 그들의 본국으로 송환하게 되었다. 심문을 거친 후에 말이지만."

"심문? 어떤 심문입니까?"

"악몽에 시달리지 않고 편히 자고 싶거든 듣지 않는 편이 나아."

나는 머리를 흔들었다. 절대 듣고 싶지 않아.

"그 사람들, 본국에선 어떤 처우를 받게 될까요?"

"그 질문도 하지 말게."

사이온지 형사부장이 병실 문을 향해 걸음을 옮겼다.

"마쓰노코지 순경, 자네가 체포한 건 단순한 기물 손괴범이야. 특별공로상 정도는 받게 해줄 테니 다른 일은 잊게."

그 말을 남기고 사이온지 형사부장도 병실을 나갔다.

병실에는 나와 모리 부서장 그리고 돼지마쓰 군이 남겨졌다.

모리 부서장이 나직이 말했다.

"나는 알고 있네. 마쓰노코지…… 자네는 서장님을 구하고, 서장님은 이 현의 절반을 구하셨어."

퇴원한 나는 곧장 관사로 돌아왔다.

의사 말에 따르면 당분간은 말을 하기 어렵다지만, 뭐, 말은 못 해도 프라모델은 만들 수 있다.

수사 및 수사 뒤처리를 끝낸 돼지마쓰 군은 일주일분을 마저 채우기 위해 미조구치 씨의 정비 공장에 가 꿇어앉아 있는 모양이다.

미조구치 씨는 내가 수사 차량을 들이받은 일을 문제 삼지 않기로 했단다. 모리 부서장이 어떤 말로 구슬렸는지는 모르겠다.

그래도 내 과실인 건 사실이고 수사 차량 수리비는 세금으로 처리될 터이기에 나는 2주 동안, 하루에 한 시간씩 집에서 꿇어앉아 있기로 했다. 방 두 칸짜리 관사에서 쓰던 앉은뱅이 탁자를 꺼내와 그 위에 만들다 만 '진츠'를 올려놓았다.

……그 자위대원의 할아버지를 구한 '진츠'의 승조원들은 '진츠'와 함께 가라앉아버렸구나…….

생각해보니 구 일본 해군의 배들은 거의가 침몰했다. 바다 밑에 가라앉은 배들은 승조원과 유족들에게 묘비나 다름없으리라.

나는 탁자 앞에 무릎을 꿇고 앉아, 만들다 만 '진츠'를 향해 두 손을 모으고 "나무아미타불, 나무아미타불"을 되뇌었다…….

……자, 염불 끝! 이제 프라모델 제작을 계속한다!

탁자로 옮겨둔 공구를 집어 들었다.

결국 사라진 부품은 찾지 못했다. 그렇다면 만들어야지. 부품이 붙어 있던 플라스틱 틀을 깎아서 부품을 만들어낼 작정이다. 이렇게 하면 상자 안에 든 재료만을 가지고 완성한다는 신념에 어긋나지 않는다.

나는 칼로 플라스틱 틀을 깎아내기 시작했다.

하다 보니 무릎 꿇은 자세로 작업하는 것이 꽤 괜찮다는 걸 깨달았다. 탁자에 팔꿈치를 괴고 앞으로 살짝 체중을 실으면 자세가 안정되어 섬세한 작업이 용이하다. 정말이지 좋은 방법을 발견한 것 같다. 앞으로도 프라모델을 만들 때에는 꿇어앉아서 해야지.

그나저나 벌칙인 무릎 꿇기를 기술 향상으로 변모시키다니……. 넘어져도 빈손으로는 일어나지 않는다는 말은 바로 나를 두고 한 말이네. 역시 관료다워! 대단하다, 엘리트!

나는 빙그레 웃었다.

그럼에도 부품을 깎아내는 일은 여러 차례 실패를 거듭한 끝에 새벽녘이 되어서야 간신히 성공했다. 원래 부품과 완전히 똑같지는 않지만 거의 흡사하게 만들어졌다. 언뜻 봐선 구별이 안 간다.

또 사라지지 않게 얼른 부품 접시에 넣어두자. 가만 있자, 부품 접시가 어디 있더라. 부품 접시, 부품 접시……. 맞다, 아직 책상 위에 있었지.

나는 꿇어앉아 있느라 저린 다리를 주무르면서 일어나 부품 접시를 집어 들었다.

어라?

부품 접시에는 내가 깎아 만든 부품이 이미 들어 있었다. 아니, 이건 내가 만든 부품이 아니라 오리지널 부품이다. 잃어버린 줄 알았던 그 부품이다!

그러니까……. 그러니까, 부품 접시에 넣으려고 핀셋으로 집었을 때 튕겨나간 부품이, 다름 아닌 부품 접시에…… 있어야 할 곳에…… 떨어졌던 거다…….

멍하니 부품 접시를 바라보던 나는, 아주 오래전에 읽은 에드거 앨런 포의 소설을 떠올렸다. ……찾는 물건이 원래 자리에 있으면 오히려 찾지 못한다던가 하는 이야기였던 것 같은데…….

"등잔 밑이 어두웠어……."

나는 어깨를 축 늘어뜨린 채 중얼거렸다.

서장
다나카 겐이치의 분노

……난 붙잡히지 않았어…….

……앞으로도 붙잡히는 일은 없어…….

……장담하건대 나를 멈출 수 있는 자는 없어…….

……그래……. 난 이제 무슨 짓을 해도 괜찮아…….

"지각이다."

나는 현경 본부로 뛰어 들어갔다.

현 내 전 경찰서 서장들에게 소집령이 떨어졌다. 그런데 나는 하필이면 오늘 아침 조금 늦잠을 자버렸다.

현경 본부의 긴 복도를 정신없이 달려가는데, 제복에 붙은 계급장을 확인한 경관이 내게 길을 비켜주며 직립 부동자세로 경례를 붙인다. 얼마 전까지 몸담았던 경찰청에서는 병아리 관료에 불과했던 내가 시코쿠에 있는 이 현에서는 꽤나 높은 사람이 되었다. 나보다 계급이 위인 사람이라고 해봤자 손가락으로 꼽을 정도다.

대회의실 문을 열었다. 이미 거의 모든 서장들이 착석해 있다.

나는 뒤쪽 창가 자리로 슬금슬금 들어가 앉았다.

그런 나를 힐끗 쏘아본 사이온지 형사부장이 일어섰다.

"전부 모인 듯하니 회의를 시작한다. 각자 배부된 자료를 펼치도록."

나는 반듯하게 철해진 서류를 훌훌 넘겼다.

내용은 쉽게 이해되었다. 이런 건 자신 있다. 옛날부터 공부만큼은 잘했다. 그랬기에 도쿄대 문과 1류에 들어가고 국가공무원 1종 시험에도 합격했다.

하지만 그래서 잘된 걸까, 하는 생각이 요즘 들곤 한다.

창밖을 힐끔 보았다. 공원이 보인다. 일이 일찍 끝났는지, 시청이며 현청 직원들이 즐겁게 담소를 나누고 있었다.

역시 어디 지방 시청에나 들어갔으면 좋았을걸. 다들 얼굴이 참 평화로워 보이네…….

험상궂은 아저씨들에게 에워싸여 있는 나는 한숨을 내쉬었다.

누차 말하지만 나는 현장 경찰관의 눈이 질색이다. 민간인과는 다른, 왠지 모를 딱딱함이 느껴지는 빛…… 같은 것이 있다. 웃는 낯으로 교통정리를 하는 경찰관도 마찬가지다. 거짓말 같거든 그 눈을 한번 들여다보시라. 난 그럴 용기가 없지만.

"요컨대."

단상의 목소리가 높아졌기에 그쪽을 보니 사이온지 형사부장이 또 나를 쏘아보고 있었다.

아차, 한눈파는 걸 들켜버렸네.

나는 황급히 서류로 눈을 떨궜다.

"요컨대."

사이온지 형사부장이 되풀이했다.

"요코하마, 고베, 니가타 등 대규모 항구에서 이루어지던 절도품 국외 반출은 경찰의 부단한 노력 덕에 어려워졌다. 그러나 절도 조직은 소규모 항구로 거점을 옮겼다. 이들이 몇 년 전부터 우리 현에서도 활동하고 있는 것으로 보인다. 절도품 종류는 작게는 맨홀 뚜껑과 같은 금속류에서부터 크게는 건설용 중장비, 차량에 이르기까지 다양하다."

사이온지 형사부장은 자료에 쓰여 있는 내용을 그대로 읊고 있다. 하긴 뭐, 자료를 읽어보면 일목요연하게 알 수 있는 사항도 이렇게 굳이 회의를 열어 전달하는 게 공무원 사회이니 어쩔 수 없지.

사이온지 형사부장에 이어 현경 본부 담당자가 이 현에 뿌리를 내리고 있는 절도 조직에 대해 장황하게 설명했다.

마지막으로 사이온지 형사부장이 다시 단상에 올라 "절도품 국외 반출은 반드시 막아야 한다. 무슨 수를 써서라도 우리 현 내 절도단의 활동을 척결해야 한다. 이상, 각 관할서의 분투노력을 기대하겠다"라고 매듭을 짓고, 회의는 끝났다.

현경 본부 주차장에 세워둔 차에 오른 나는 대시보드의 시계를 보았다.

좋아, 여섯 시다! 근무시간 끝!

내 차는 엔진 소리도 드높이 주차장을 나섰다. 이 대차代車는 점검 중인 내 경차와 비교하면 차원이 다르게 성능이 좋다. 딜러는 "경차 대신 렌트해드리기에는 너무 고급이긴 하지만요"라느니, "도난이 잦은 인기 차종이니 주의 부탁드립니다" 따위의 말을 했다. 특히 '인기 차종'이라는 점을 생색이라도 내듯 엄청 강조했다. 하긴, 그런 말을 들어도 마땅한 멋진 차이긴 하지만. 에어컨을 빵빵 틀어도 속도가 전혀 떨어지질 않는다.

나는 의기양양하게 가속페달을 밟았다. 돌아가는 길에 프라모델 가게에 들를 생각이다.

다음에는 뭘 만들어볼까 생각하다 보니 어느새 가게가 눈에 들어왔다.

나는 주차장에 차를 세우고 준비해둔 점퍼를 걸쳤다. 제복 차림으로 가게 안을 슬렁슬렁 돌아다니기는 좀 그렇다.

가게에 들어서자마자 곧장 함정 코너로 향했다.

늘 그렇지만 프라모델 가게에 들어서면 가슴이 뛴다.

문득 '신규 입고' 딱지가 붙어 있는 상자가 눈에 들어왔다. 항공모함 '아카기'의 새로운 모델이란다.

……항모라…….

나는 생각에 빠졌다.

항모……. 항공모함이란 전투기나 폭격기 등을 싣고 다니는 배다. 간단히 말해 비행장을 짊어진 듯한 배라고 할 수 있다. 나도 두세 척 완성해본 적이 있는데 하나같이 손이 엄청나게 많이 갔다.

하지만 신제품이라는 말에 구미가 당긴다. 더구나 지난번에 내가 이 가게에 왔을 때 한 초등학생이 '아카기' 구 모델을 들고 있는 모습을 봤다.

초등학생이 도전하는데…… 엘리트 관료가 질 순 없지.

좋아, 해보자!

나는 '아카기'를 구입하기로 했다.

앞으로 펼쳐질 '아카기' 제작의 나날을 그리며 부푼 가슴으로 계산대 앞에 서려는데 한 남자가 여주인에게 말을 걸고 있었다. 이 남자, 본 적이 있다. 지난번에 똑같은 모델을 세 상자나 사갔던 그 나쁜 놈이다.

"주문한 거 왔어요?"

"음. 순양전함 '아카기', 3단 항모 '아카기', 근대형 '아카기'였지?"

여주인이 상자 세 개를 남자 앞에 늘어놓았다.

어라? '아카기'에도 종류가 있나?

나는 놀랐다.

여주인이 감탄하듯 말을 이었다.

"'아카기'는 처음엔 순양전함으로 만들어졌는데 도중에 초기 모양의 3단 항모로, 그리고 다시 근대형 항모로 바뀌었지. 그런데 세 종류를 다 만들다니 젊은이도 열성파네."

남자가 고개를 가로저었다.

"오늘은 어쩌다 '아카기'만 사게 됐을 뿐이에요. 프라모델을 만들 때는 항상 세 개씩 병행해서 만들거든요. 프라모델은 도료가 마를 때까지라든가, 손을 못 댈 때가 있잖아요. 게다가 같은 작업을 계속하다 보면 질릴 때도 있고. 그럴 땐 다른 모델을 만드는 거죠."

그 말에 나는 울컥 부아가 치밀었다.

나는 프라모델을 만들 때 하나를 완성하기 전까지는 절대 다른 모델에 손을 대서는 안 된다고 생각한다. 학생 때는 돈이 없어서 한 척씩밖에 살 수 없기도 했지만, 지금이야 보너스를 받으면 프라모델 가게 진열장 하나 정도는 쓸어올 수 있다. 그래도 본 마음가짐은 변하지 않았다.

물론 프로 모델러는 사정이 다르다. 여러 곳에서 주문이 들어올 테고, 일정에 따라 어쩔 수 없이 병행 제작을 해야 될 경우도 있을 것이다. 그러나 아마추어라면……. 모델 하나에 진지하게 매진하는 자세야말로 진정한 애호가라 할 수 있지 않을까.

두 모델을 동시에 손대는 바람둥이가 있다는 이야기는 들어봤지만 무려 세 개라니, 뻔뻔한 것도 정도가 있다. 이놈은 결혼해도 반드시 딴 사람에게 눈을 돌려 바람을 피울 타입이야! '난봉꾼' 같으니!

내 안의 분노 강도가 급상승했다.

그러나 남자는 뒤에 서 있는 나의 의분 따위 전혀 못 느낄 정도로 둔감한 놈인지, 돈을 내곤 휑하니 나가버렸다.

나는 프라모델 가게를 나와 주차장으로 향했다. 품에 '아카기'를 안고 있으니 좀 전의 분노도 차츰 가라앉았다.

자, 심기일전해서 이제부터 항모 제작에 매진하는 거다!

나는 차에 올라 시동을 걸었다.

주차장을 빠져나가려는데 출구에 서 있는 중년 여성이 보였다.

어……. 거기 그렇게 서 계시면 차를 밖으로 뺄 수 없는데요…….

그 여성은 별안간 운전석에 앉은 나를 손가락질하며 무시무시한 표정으로 노려보더니 소리치기 시작했다.

"뺑소니야! 저 차 잡아요! 저 사람이 뺑소니친다!"

뭐, 뭐라고요!?

내가 언제 뺑소니를 쳤단 말입니까!

어쩌면 '아카기'에 정신이 팔려 이 여성분의 고양이라도 치었는지 모른다. 아니면, 혹시 나도 모르게 누군가를 치었나?

아니, 그런 충격은 전혀 못 느꼈는데…….

하지만 여성은 계속해서 "뺑소니! 뺑소니!"라며 소리치고 있다. 주위에 사람들이 모여들기 시작했다.

뭐가 뭔지 영문을 모르겠네.

차창을 쿵쿵 두드리는 소리가 났다. 얼굴을 내밀자 지역과 소속 경찰관이 나를 응시하고 있었다. 소란이 일자 무슨 일인가 싶어 온 모양이다.

"잠시 차에서 내려주시겠습니까."

경찰관이 나를 응시했다.

거듭 거듭 말하지만 나는 현장 경찰관들의 그 딱딱한 눈이 정말 질색이다.

나는 몸을 움츠리고 차에서 나왔다. 차 주변을 확인해봤지만 역시 아무 이상이 없다.

이 경찰관인지, 아니면 모여 있던 사람들 중 누군가가 연락했는지 어느새 경찰차 두 대가 나타났다.

"이쪽으로 와주시겠습니까."

경찰관의 말투는 정중했지만 거부할 수 없게 만드는 박력이 있었다. 나를 경찰차 뒷좌석에 태우고 양옆에 경찰관들이 붙어 앉았다.

그중 한 사람이 내게 묻기 시작했다.

"저분은 당신이 뺑소니를 쳤다고 주장하는데."

여성은 아직도 나를 손가락질하며 "뺑소니!"라고 소리치고 있다. 다른 경찰관이 흥분 상태인 여성을 달래는 중이었다.

"전혀 짐작 가는 바가 없는데요."

"운전면허증을 좀 보여주시겠습니까?"

나는 주머니에서 면허증을 꺼냈다.

면허증을 받아 든 경찰관은 그것을 훑어보지도 않고 운전석에 앉은 다른 경찰관에게 건네면서 다음 질문을 했다.

"직업이 어떻게 되십니까?"

"경찰입니다……."

그 말에 차 안 공기가 파도치듯 일렁였다.

경찰관들은 새삼스레 내 얼굴을 들여다보더니 "앗" 하고 조그맣게 목소리를 높였다.

뒷좌석에 앉아 있던 경찰관들이 눈짓을 나누더니 차 밖으로 나갔다. 그리고 어쩐지 심각해 보이는 얼굴로 대화를 나누기 시작했다. 운전석에 앉은 경찰관도 내게 면허증을 돌려주더니 차에서 내려 그 대화에 가담했다.

문제의 여성은 여전히 내 쪽을 손가락질하고 무서운 눈빛으로 노려보면서 옆에 서 있는 경찰관에게 뭔가 연신 호소하고 있다.

경찰차 뒷좌석에 홀로 맥없이 앉아 있는데 다른 경찰차의 무선으로 뭔가 이야기하던 중년 경찰관이 뒷좌석 문을 열었다.

"죄송합니다, 다나카 서장님. 어서 차에서 내리시지요."

일이 어떻게 돌아가고 있는지는 모르겠지만 여하튼 나는 차에서 내렸다.

경찰들은 대신 문제의 중년 여성을 차에 태우고는 쌩하니 출발해 버렸다.

이건 뭐, 갈수록 더 뭐가 뭔지 모르겠다.

"이게 어떻게 된 일인가요……."

나는 남아 있던 경찰관에게 조심스레 물어보았다.

"지금 그쪽 서의 니노미야 경감님이 이리로 오고 계십니다. 설명은 경감님께서 해주신답니다."

뭐?

이 시점에 니노미야 형사과장이 왜 나오는 거지?

경찰관들은 거기에 대해서도 아무런 설명 없이 남은 경찰차 한 대에 올라타더니 주차장을 떠나버렸다.

소란을 보고 모여 들었던 사람들도 하나둘 흩어져가고, 나는 그대로 주차장에 멍하니 서 있었다.

구경꾼들이 전부 사라졌을 무렵, 검은 차 한 대가 들어왔다.

운전석에서 니노미야 형사과장이 내려와 조수석 문을 열었다. 타라는 뜻인 것 같다.

내가 조수석에 앉자 니노미야 형사과장이 서둘러 차를 출발시켰다.

"대체 무슨 일이 일어난 겁니까?"

운전 중인 니노미야 형사과장에게 물었다.

"서장님께 '뺑소니'라고 외쳤던 여성……. 그분은, 부서장님의 여동생입니다."

"부서장이라니…… 모리 씨 말입니까?"

운전석에 앉은 니노미야 형사과장이 고개를 끄덕였다.

"모리 부서장의 여동생이 왜 저를……."

"……3년 전, 뺑소니범에 의한 사망 사건이 있었습니다. 피해자는 부서장님의 조카, 그러니까 아까 그분의 따님이었지요. 당시 중학생이었습니다."

나는 고개를 외로 꼬았다.

"처음 듣는 이야기군요."

"저희 관내에서 일어난 사건이 아니니까요."

"그래서 범인은?"

"아직 못 잡았습니다. 이 현은 흉악한 사건이 좀처럼 없는 평화로운 지역이라 당시 경찰력을 총동원하여 범인 검거에 나섰습니다. 하지만 이렇다 할 유류품이나 목격자도 없고, 수사본부도 최근 축소되었다고 합니다. 어디서 그 이야기를 들었는지, 여동생분은…… 그만 정신을 놓으셨던 것 같습니다. 당시 현장에서 검출한 도료를 근거로 가해자가 타고 있던 차의 차종과 색상은 밝혀냈는데, 그 차종만 보면 여동생분은…… 그렇게……. 남편분이 돌보고 있지만, 잠시만 눈을 떼면 거리로 나와버린답니다."

그런 사연이 있었다니…….

"가슴 아픈 일이로군요."

"부서장님은 부모님을 일찍 여의고 남매가 서로 의지하며 열심히 살아오셨다고, 소문으로 들은 적이 있습니다. 경찰이 되고 나서는 여동생분이 대학에 가고 결혼할 때까지 지원을 아끼지 않으셨다더군요. 태어난 조카도 무척 예뻐하셨다고……."

"그 사건과 관련하여 부서장님은?"

니노미야 형사과장이 고개를 가로저었다.

"아시다시피, 경찰관은 가족이 피해를 입은 사건에는 관여할 수 없습니다. ……얼마나 원통하셨을까요. ……지금은 서에서 서장님을 기다리고 계십니다."

이야기를 나누는 사이 차는 우리 서에 들어섰다.

현관에 모리 부서장이 나와 있었다. 차에서 내리는 내게 경례를 하고 나서 곧바로 건물 안으로 들어갔다.

"이쪽으로 오시죠."

니노미야 형사과장은 젊은 경관에게 차 키를 건네고 나를 인도하듯 앞서 걷기 시작했다. 어쩔 수 없이 나는 점퍼를 벗어들고 니노미야 형사과장을 따라갔다. 시골 경찰서에서 시간 외 근무를 하게 될 줄은 미처 몰랐다…….

서장실 앞에 모리 부서장이 서 있었다. 여전히 감정이 드러나지 않는 눈으로 나를 바라본 후, "들어가시죠" 하며 서장실 문을 열어주었다.

내 뒤로 모리 부서장과 니노미야 형사과장이 따라 들어왔다.

"저한테 무슨 볼일이라도?"

모리 부서장이 안주머니에서 봉투를 꺼냈다.

뭔가 싶어서 봉투를 열고 안에 든 문서를 꺼내보았다. '일신상의 이유로 사직합니다'라고 쓰여 있었다.

옆에서 들여다본 니노미야 형사과장이 "어엇!" 하고 목소리를 높였다.

모리 부서장이 다시 고개를 숙였다.

"누이가 폐를 끼쳐 죄송합니다."

"아니, 저야 딱히……."

"서장님뿐만이 아닙니다. 누이는 경찰이며 민간인에게 여러 번 폐를 끼쳤습니다. 누이가 거주하는 관내에서는 다들 아는 일이어서 소동으로까지 이어진 적은 없는데, 이번에는 그런 곳까지 나가서……."

나는 서장용 의자에 앉아 사표를 책상에 놓았다.

"퇴직하고, 어떻게 하실 생각이십니까."

"아직 정하지 않았습니다."

모리 부서장은 냉정한 어조로 대답했다.

그렇단 말이지…….

모리 부서장에게는 동정이 가지만, 내가 할 수 있는 일은 아무것도 없다.

"그렇습니까……."

알겠다고 말하려다가 나는 갑자기 머리가 띵해졌다. 경찰관이 정년 전에 사직한다는 것의 의미가 떠올랐기 때문이다.

장기간 근무한 경찰이 정년 전에 사직하면, 현경 본부로부터 철저한 조사가 들어온다. 불법 조직에 약점이 잡혀 그만두는 것은 아닌지, 뭔가 부정한 일을 저질렀기 때문은 아닌지, 혹은 큰 빚을 져서 퇴직금으로 그것을 청산하려는 것은 아닌지……. 그것들이 차후의 불상사로 이어질 경우, 설령 이미 퇴직한 후라 해도 경찰은 매스컴과 시민단체로부터 거센 지탄을 받게 된다.

따라서 상사는 사표를 수리하면, 즉각 현경 본부에 보고해야 한다. 그뿐만이 아니다. 퇴직에 이르게 된 경위 및 평소 행동 등과 관련하여 사정 청취를 받기 위해 상사는 몇 번이고 현경 본부에 불려 들어가게 된다.

그런데 부서장인 모리 씨의 상사는…… 나밖에 없잖습니까!

농담이라도 절대 안 될 일입니다! 지금부터 '아카기' 제작에 돌입하는 귀중한 대장정이 시작된단 말입니다. 제발 부탁이니 이번 한 달간은 평온한 나날을 보낼 수 있게 해줘요. 현경 본부에 뻔질나게 불려가 무시무시한 눈을 한 아저씨들에게 사정 청취를 받아야 하다니, 진짜 죽기보다 싫다고요.

나는 사표를 모리 부서장 쪽으로 슬그머니 밀어냈다.

"퇴직 건은 알겠습니다만, 한 달 후로 미뤄주실 수는 없겠습니까?"

"한 달 후입니까……."

모리 부서장이 눈을 감았다.

"알겠습니다. 저 자신도 아직 마무리 지어야 될 일들이 남아 있고, 방금 현경 본부로부터 절도 조직에 관한 수사 태세를 정비하라는 지시도 내려왔습니다. ……그럼, 퇴직은 한 달 후로."

그 말을 끝으로 모리 부서장은 발길을 돌려 서장실을 나갔다.

이 모든 대화를 경청하고 있던 니노미야 형사과장의 얼굴이 파랗게 질려 있었다.

"어떻게든 안 되겠습니까. 저 사람은 뼛속부터 경찰관입니다. 그런데 사정이야 어찌됐든 정년 전에 그만둔다는 건 너무……."

나는 고개를 저었다.

니노미야 씨의 그 마음은 이해합니다. 모리 씨도 딱하다 싶고요. 하지만 내가 할 수 있는 일은 아무것도 없습니다.

나는 사표를 책상 서랍에 집어넣었다.

여하튼 이로써 한 달은 평온한 나날을 보낼 수 있을 것 같다.

자, 집에 가서 '아카기'를 만들자!

나는 흠칫 몸을 떨었다.

아……. '아카기'는 내 차 안에……. 차는 프라모델 가게 주차장에……. 까맣게 잊고 니노미야 씨 차로 와버렸네…….

나는 니노미야 형사과장에게 조심스레 말했다.

"저어…… 형사과의 마쓰노코지 순경을 잠시 빌릴 수 있을까요."

돼지마쓰 군이라면 한가할 테니, 수사 차량으로 가게까지만 좀 데려다달라고 해도 괜찮지 않을까 싶었다.

니노미야 과장의 눈이 번쩍 빛났다.

그 눈빛에 나도 모르게 몸이 바르르 떨렸다. 니노미야 과장은 평소에는 온순한데 이따금 이렇게 무서운 눈을 한다. 내가 이래서 현장 경찰은 싫다니까…….

"마쓰노코지 말씀이십니까. 알겠습니다. 당장 이쪽으로 보내겠습니다."

그렇게 말하고 니노미야 과장은 발소리도 높이 방을 나갔다.

……역시 애초에 부하 직원을 사적으로 부리려 한 게 잘못이었나…….

집에 돌아온 나는 식사고 목욕이고 하는 둥 마는 둥 하고 부랴부랴 서재로 들어왔다.

자, 이제부터 '아카기'를 만들자!

고난 속에서도 과감하게 도전하다니, 역시 관료다워. 대단하다, 엘리트!

나는 조심스레 상자를 열었다. 더 없이 행복한 순간이다.

상자에서 조립 설명서를 꺼내 부품과 비교했다. 1/700 스케일이라 해도 항공모함은 크다.

요즘 소형함만 만들어온 터라 더 그렇게 느껴지는지도 모르겠지만, 그래도 상당히 크다. 더구나 항공모함은 여타 군함과 구조가 전혀 다르다. 오해가 없도록 말해두는데 전함이나 순양함, 구축함 같은 배들은 전부 대포를 쏘는 배다. 기본적인 구조는 비슷비슷하다.

그러나 항공모함은 다르다.

전투기나 폭격기를 싣고 다니면서 이착륙 시키는 것이 항공모함의 역할이다. 구조가 다른 게 당연하다. 그러나 '아카기'는 이전에 만들었던 항공모함과 비교해도 뭔가 좀 다른 느낌이다.

나는 인터넷으로 '아카기'의 역사를 알아보았다.

프라모델 가게 여주인이 말한 대로였다. '아카기'는 대규모 개장을 두 차례 거치는 동안 순양전함에서 3단 항공모함, 근대형 항공모함으로 변모했다. 전함과 비행기를 실어 나르는 항공모함과는 당연히 모든 것이 다르다. 아마도 탱크를 만들다가 트럭으로, 그리고 그것을 다시 버스로 만드는 수준의 엄청난 개장이었을 것이다. 내 눈에는 그 역사가 항공모함 전체의 복잡한 형상에 고스란히 투영된 듯 느껴졌다.

어쩌면 '아카기'는 항공모함에 대해서는 초심자나 다름없는 내가 도전할 만한 배가 아니었는지도 모르겠다.

하지만 일단 사온 이상, 기필코 만들어내 보이리라!

그것이 나의 긍지다! 의지다!

평온한 나날은 모리 부서장이 퇴직하기까지 남은 한 달뿐. 시간과의 싸움이다!

이튿날 아침, 서장실에 들어선 나는 흠칫 놀랐다.

못 보던 철제 사무용 책상이 놓여 있고 그 앞에 돼지마쓰 군이 앉아 있었다.

"여기서 뭘 하는 겁니까?"

돼지마쓰 군이 눈을 끔벅거렸다.

"니노미야 형사과장님이 서장님의 수사를 보좌하도록 명령하셨습니다."

뭐어? 수사?

커리어인 나는 경험이 없다. 수사 같은 걸 할 수 있을 리 없다.

"절도 조직 수사라면……."

"아뇨, 그쪽은 모리 부서장님과 니노미야 형사과장님이 맡고 계십니다. 형사과도 저 이외에는 전부 그쪽 수사에 매달리고 있습니다. 제가 명령받은 것은 부서장님의 조카분 뺑소니 사망 사건입니다. 서장님께서 직접 수사하시게 되었으니, 그 일을 보좌하라고."

돼지마쓰 군은 무슨 뻔한 이야기를 다시 하느냐는 표정으로 나를 보았다.

"어젯밤, 사건을 담당하고 있던 서에서 수사 자료 가운데 중요한 것들을 추려 복사해왔습니다. 그런데 한 달 안에 사건을 해결하실 생각이시라면……."

에엥? 어떻게 이야기가 그렇게 됐지?

혹시, 사직은 한 달 후라고 한 내 말을 니노미야 씨는 그런 식으로 해석해버린 건가?

돼지마쓰 군을 빌려달라는 말을 한 건 맞지만, 그건 어디까지나 프라모델 가게에 데려다달라고 부탁하기 위해서였는데…….

난감한 내 심정은 알지도 못하고 돼지마쓰 군은 수사 자료에 눈을 떨군 채 말을 이었다.

"이건 어려운 사건입니다. 현장의 유류품으로 뺑소니 발생 직후 가해 차량의 차종과 색상은 알아낼 수 있었습니다. 해당 차종의 소유자들을 일일이 찾아가 차량 상태, 차량 번호를 확인한 것 같습니다. 그 결과, 저희 현에 등록된 차량에는 아무 이상이 없었습니다. 당연히 수리 공장, 폐차장 등도 전부 해당됩니다. 가해 차량이 현 외부 차량일 수도 있기에 현 경계 부근의 도로 주변에 설치된 감시 카메라, 카페리 터미널의 방범 비디오를 입수하여 분석했지만 사고를 일으킨 것으로 보이는 차량은 통과하지 않았습니다."

나는 감탄했다.

그 산더미 같은 수사 자료를 이미 훑어봤구나…….

밤을 샜는지 눈이 빨갛게 충혈된 돼지마쓰 군이 한숨을 쉬었다.

"당시 저는 지역과에 근무하고 있었는데, 그때 일은 기억이 납니다. 차를 몰래 폐기했을 수도 있어서 현경 경찰이 총동원되어 산속이며 연못까지 샅샅이 수색했습니다."

하긴, 평화로운 시골 현이니만큼 흉악한 사건이 일어나면 현경 전체가 움직일 테지. 그나저나 그만한 수사로도 해결하지 못한 사건을 돼지마쓰 군 혼자 한 달을 더 수사한들 딱히 나아질 것 같진 않은데.

뭐, 그래도 의미가 있는 일일지 몰라.

모리 부서장의 경찰 인생 마지막 한 달만이라도, 누군가가 조카를 위해 수사하고 있었다는 사실 자체로 조금은 위로가 되겠지. 그것 말고는 어차피 다 부질없는 일이 되겠지만 건투를 빌겠네. 다만 돼지마쓰 군과 한 달간 얼굴을 마주해야 하다니, 그건 좀 부담스럽군.

그때 기쿠치 경사가 서장실에 들어왔다.

기쿠치 경사는 내 책상과 돼지마쓰 군 책상 위에 차가운 보리차가 담긴 컵을 내려놓았다.

"감사합니다."

돼지마쓰 군이 얼굴을 붉혔다.

그 얼굴을 보니 조금 신경이 쓰였다.

나는 사내 연애에 대해 편견을 갖고 있지는 않다. 좋은 짝을 찾아내 함께 행복한 인생을 보낼 수 있다면 그야말로 멋진 일이라고 생각한다. 하지만 한때의 유희로, 혹은 가벼운 마음으로 사귀다가 나중에 아수라장이 나는 꼴은 안 보고 싶다. 그렇잖아도 한 달 후면 모리 부서장 퇴직 건으로 현경 본부에 불려 다닐게 뻔한데.

다시 설명을 시작한 돼지마쓰 군의 옆얼굴을 보았다.

돼지마쓰 군은 형사과에서는 아직 애송이라 선배들에게 엉덩이를 걷어차이기 일쑤이지만, 단정한 외모 덕에 여경들 사이에서는 꽤 인기가 있다고 들었다. 혹시라도 바람기 같은 게 있으면 곤란한데. 돼지마쓰 군이 '바람둥이'인지 아닌지 살짝 확인해보고 싶은 생각이

드는 찰나, 프라모델 가게에서 보았던 '난봉꾼'이 머리에 떠올랐다.

"차량 쪽에서 접근하는 건 의미가 없을 것 같습니다. 이번에는 다른 각도에서……."

끝없이 설명을 늘어놓는 돼지마쓰 군의 말을 가로막았다.

"마쓰노코지 순경. 혹시, 뭔가 만드는 취미 같은 거 있습니까?"

돼지마쓰 군은 어리둥절한 표정으로 내 얼굴을 보았다.

"하아……. 뭔가, 라면 뭘 말씀하시는지……."

"예를 들면 프라모델이라든지, 아니면……. 프라모델이라거나……."

"프라모델 말씀이십니까? 어, 그러니까, 중학생 때부터 건프라[1]를 만들고는 있습니다만."

건프라란 애니메이션에 나오는 로봇 프라모델을 말한다. 함정과는 많이 다르지만, 같은 프라모델 팬이라고 하니 조금 친근감이 솟았다.

"그럼, 프라모델을 만들기 시작하면 완성할 때까지는 다른 모델을 곁눈질하지 않고 오직 한 모델에 몰두하는 타입인가요? 아니면 여러 가지를 동시에 만드는 타입입니까?"

"동시에 만드는 타입입니다. 형사 일을 하다 보니 짬이 잘 나지 않아서요. 이따금 시간이 날 때마다 두세 개를 동시에 제작합니다."

그 말에 나는 눈썹을 치켜 올렸다.

잠시나마 친근감을 느꼈던 내가 어리석었다.

1 '건담 프라모델'의 약어.

이 녀석도 '바람둥이'였어. 직장 내에서 말썽이 생기는 건 사양하고 싶다.

"마쓰노코지 순경."

나는 손가락으로 책상을 톡톡 두드렸다.

"한 가지 일을 마무리하지 않고 다른 일에 손을 대는 태도를 어떻게 봐야 할까요?"

돼지마쓰 군은 잠시 어리둥절한 표정으로 나를 보다가 이윽고 부끄러운 듯 고개를 숙였다.

"드릴 말씀이 없습니다. 서류만 보고 차량 관련 수사에 대한 재검증을 끝마치려고 했던 제 자신이 부끄럽습니다. 차량을 철저하게 추적해보겠습니다."

그렇게 말하고 돼지마쓰 군이 일어섰다.

아니, 차량 수사니 뭐니, 내 말은 그런 뜻이 아니라…….

나는 서장실을 나가는 돼지마쓰 군의 뒷모습을 멍하니 쳐다보았다.

이미 그 많은 경찰관이 확인한 차들을 재조사한다고 뭐가 나올 리 없다. 헛된 노력이다.

하지만 뭐, 됐어. 이로써 서장실에서 돼지마쓰 군과 얼굴을 마주하고 있지 않아도 된다.

잠시 후 기쿠치 경사가 각 부서에서 올라온 결재 서류를 가져왔다.

출장 경비 정산서, 신규 장비품 구입 품의서……. 나는 차례차례 도장을 찍어나갔다. 문제가 있으면 과장, 부서장 단계에서 지적이 있었을 터. 그러니 굳이 내용을 확인할 필요도 없다. 모든 서류에 도장을 찍는다 해도 일이 분이 채 걸리지 않지만 시골 경찰서장에게는 이게 유일한 일거리다.

그렇게 차례차례 도장을 찍어 나가던 중, 서류 한 장에 눈길이 멎었다.

돼지마쓰 군의 유급휴가 신청? 그것도 일주일씩이나?

나는 잠시 고개를 갸우뚱했지만, 생각해보니 돼지마쓰 군 기분도 이해가 갔다. 어차피 헛고생으로 끝날 테니 차량 수사에 들어가기 앞서 일주일 정도는 놀고 싶었으리라. 쉬는 동안 건프라를 만들지도 모르겠네.

결국 서류를 가져온 기쿠치 경사에게는 아무 말 하지 않고 도장을 꾹 눌렀다.

돼지마쓰 군이 유급휴가를 받아 쉬는 동안에도 우리 서는 문제의 절도 조직 수사에 형사과뿐 아니라 지역과, 교통과, 소년과까지 전 서원이 총동원되었다. 우리 서뿐만 아니라 이 현 내의 다른 모든 관할서가 그렇겠지만.

그런 분주함과 동떨어져 있는 건 서장실뿐이다.

나는 요 일주일간, 서장실에 앉아 '아카기' 제작 절차에 대해 고심했다.

사실상 '아카기' 제작은 막다른 골목에 부딪힌 상태다. 이제까지 전함이나 구축함 등을 제작하며 쌓은 노하우가 항공모함에는 도움이 안 되고 있다. 무언가를 만들어낼 때에 가장 중요한 '감'이라는 것도 도무지 작용할 기미를 안 보인다.

어떻게든 방법을 찾아야 하는데……. 그런 생각에 잠겨 있는데 서장실 문이 열렸다.

들어온 사람은 돼지마쓰 군이다.

일주일 사이에 얼굴이 새까맣게 그을렸다.

"휴가 동안 산이나 바다에라도 다녀왔습니까?"

내 질문에 돼지마쓰 군은 머리를 흔들었다.

"사건 당시, 현 내에 있던 해당 차종을 전부 재조사하고 왔습니다."

"유급휴가를 써서요?"

돼지마쓰 군이 고개를 끄덕였다.

"해당 차량 대부분은 저희 서 관할이 아닙니다. 게다가 저는 사건을 담당하고 있는 관할서 소속도 아니고, 담당 서로부터 수사 촉탁도 받은 바 없습니다. 그러니 유급휴가를 얻어 민간인 신분으로 움직이는 수밖에 없었습니다."

그런 사정이……. 그제야 나는 납득했다.

하지만 유급휴가 중이면 교통비도 자비로 충당해야 했을 텐데. 헛일일지언정 열심히 하는구나. 잠깐 그런 생각이 들었다.

"그래서, 어떻게 됐습니까?"

돼지마쓰 군은 내 책상 앞에 서더니 수첩을 펼쳤다.

"사건 당시, 해당 차종은 현 내에 183대가 있었습니다. 그 전부를 조사했습니다."

뭐, 결과는 들어보나 마나 뻔하다. 사고 직후 현경이 나서서 전부 조사했지만 사고 흔적이 발견된 차량은 없었다.

"수고 많았습니다."

기쿠치 경사가 돼지마쓰 군에게 차가운 보리차를 내주었다.

돼지마쓰 군은 고개를 꾸벅 숙이고 나서 보고를 계속했다.

"차량 183대 중, 당시 소유자가 현재까지 보유하고 있는 것이 155대. 중고차로 판매된 것이 27대입니다. 인사 사고로 인해 전파된 것이 1대, 이 차는 폐차되었습니다. 그 외에 대물 사고 차량이 1대. 수리 후 중고차로 판매되었습니다. 결론을 말하자면, 폐차된 1대를 제외한 모든 차량을 추적하여 제 눈으로 직접 확인했지만 딱히 수상한 점은 없었습니다. 죄송합니다."

전파로 인해 폐차된 차량을 제외하면 182대, 그걸 전부 조사했다……. 더구나 중고차로 판매된 27대의 소재지는 이 현으로 한정되지도 않았을 텐데…….

내 말을 오해한 것 하나로 돼지마쓰 군은 진짜 생고생을 한 모양이다. 내가 몹쓸 짓을 한 게 아닐까, 하는 생각이 들었다.

돼지마쓰 군은 자기 자리로 돌아가 수사 자료를 다시 읽기 시작했다. 다음 단계로 뭘 해야 하나 생각하고 있겠지.

나는 서장용 의자에 앉아 팔꿈치를 괴고 손깍지를 꼈다.

부질없는 일을 하고 있는 돼지마쓰 군에게는 미안하지만, 내가 할 수 있는 일은 도장을 찍는 것 말고는 아무것도 없다. 커리어 선배로부터 현장 수사에는 참견하지도 관여하지도 말라는 이야기도 들은 바 있고…….

내가 지금 생각해야 하는 건 '아카기'다. 구조가 복잡하게 뒤얽힌 '아카기'는 일단 완성하고 나면 깊은 맛이 나겠지만, 문제는 그 복잡한 형태다. 그것은 '아카기'가 두 번의 대규모 개장을 거쳤다는 사실에서 기인하는 것이리라.

"두 번의 개장이라……."

"네?"

자료를 들여다보던 돼지마쓰 군이 얼굴을 들었다.

아차. 머릿속을 맴돌던 생각이 그만 입 밖으로 튀어나오고 말았다. 집중할 때면 생각이 그만 입 밖으로 나와버리는 것이 내 나쁜 버릇이다.

"내진 공사를 말씀하시는 거예요."

기쿠치 경사가 돼지마쓰 군의 컵을 쟁반에 거둬들이면서 말했다.

"근처 초등학교에서 하고 있잖아요. 1층 부분이 끝나고 지금은 2층을 손보는 중인데. 공사 소음이 생각하는 데 방해되지 않아요?"

돼지마쓰 군이 고개를 가로저었다.

"아뇨……. 난카이 대지진이 오기 전에 완성되면 좋겠네요……."

거지반 건성으로 기쿠치 경사에게 대답하고 나서 돼지마쓰 군은 다시 수사 자료에 눈을 떨궜다.

위험해, 위험해. 근무 시간 중에 개인사에 몰두하고 있는 걸 들킬 뻔했다. 기쿠치 씨, 덕분에 살았습니다!

그 기쿠치 경사는 컵에 보리차를 더 따라서 돼지마쓰 군 책상에 가만히 내려놓았다.

평화롭구나.

나는 맛있는 보리차를 느긋하게 음미하면서 마셨다.

"……그런가."

돼지마쓰 군이 고개를 들었다.

"젠장……. 그런 거였어!"

돼지마쓰 군이 책상을 쾅 내리쳤다.

나는 움찔 몸을 떨었다.

혹시 나 때문에 헛고생했다는 걸 알아버렸나?

돼지마쓰 군이 벌떡 일어섰다.

"서장님, 죄송합니다! 서장님의 생각도 모르고 제가 멍청한 짓을 했습니다! 오늘부터 일주일간 유급휴가, 부탁드립니다!"

그렇게 말하고 나서 돼지마쓰 군은 서장실을 뛰쳐나갔다.

기쿠치 경사가 어리둥절한 표정으로 나를 보았다.

아휴, 그런 눈으로 좀 보지 말아줘요. 나도 뭐가 뭔지 통 영문을 모르겠다고요…….

결국 돼지마쓰 군은 돌아오지 않았다.

유급휴가 신청 서류도 제출하지 않은 채.

어쩔 수 없이 기쿠치 경사가 돼지마쓰 군의 유급휴가 신청서를 대신 작성하고, 공연한 짓을 시켜 찔리기도 한 내가 그 서류의 주임, 계장, 과장, 부서장, 서장란 전체에 내 승인 도장을 찍어서 처리했다.

사나흘이 지나고 돼지마쓰 군 책상이 내 가방 놓는 자리가 되었을 즈음 서장실 전화벨이 울렸다. 수화기를 든 기쿠치 경사가 목소리를 높였다.

“서장님, 마쓰노코지 순경 전화입니다. 외선 보류 1번이에요.”

나는 버튼을 누르고 수화기를 향해 말했다.

“여보세요.”

“서장님, 마쓰노코지입니다. 과경연에 제출할 감정의뢰서 승인 부탁드립니다.”

돼지마쓰 군은 빠르게 말을 쏟아냈다.

“감정 의뢰를 과경연에? 과수연이 아니라?”

나는 고개를 외로 꼬았다.

과경연이란 과학경찰연구소의 약칭으로, 경찰청 직속 거대 연구기관이다. 고도의 과학수사나 방범 기술 개발을 담당하고 있다.

통상적으로 관할서가 무언가를 감정할 필요가 있을 때는 과수연에 의뢰한다. 과수연이란 과학수사연구소를 말하며 각 현경 본부에 소속되어 있다. 과경연과 명칭은 비슷하지만 전혀 다른 조직이다.

그 과경연에서 돼지마쓰 군은 뭘 감정받으려는 걸까.

“마쓰노코지 순경, 지금 어디에 있습니까?”

“과경연 법과학 제2부 기계연구실입니다.”

뭐!? 지금 치바현 카시와시에 가 있다고?

그때 서장실 팩스가 작동하기 시작하더니 서류를 뱉어냈다.

기쿠치 경사가 그것을 내게 내밀었다.

분명히 과경연에 보내는 감정의뢰서다.

"서류는 받았는데……."

"거기에 도장을 찍어서 곧바로 팩스로 보내주십시오."

"잠깐만요……."

"여기는 연구실이라서 실내에선 휴대전화 사용 금지랍니다. 제 전화기도 전원을 꺼야 하니 뒷일은 잘 부탁드립니다."

그 말을 끝으로 전화가 끊겼다.

"무슨 일이죠?"

기쿠치 경사가 나를 빤히 보며 물었다.

어휴, 그러니까, 그런 걸 내가 알 도리가 없거든요. 묻지 좀 마요…….

돼지마쓰 군에게서 영문 모를 전화가 걸려온 후 또다시 일주일이 흘렀다.

매일 밤 '아카기'를 제작하느라 고군분투 중인 나는 수면 부족으로 벌게진 눈을 비비며 출근했다.

죽기 살기로 매달린다면 몰라도, '아카기'는 한 달 안에 완성할 수 있는 물건이 아니었다. 설상가상 모리 부서장의 사직 날짜는 코앞으로 닥쳐오고…….

한숨을 쉬면서 서장실에 들어선 나는 흠칫 놀랐다.

돼지마쓰 군이 돌아와 있는 건 그렇다 치고, 니노미야 형사과장에 모리 부서장까지 와 있다. 기쿠치 경사도 섞여서 뭔가 심각해 보이는 이야기를 나누고 있었다.

"무슨 일입니까?"

내 물음에 니노미야 형사과장이 흥분한 어조로 대답했다.

"마쓰노코지가 그 뺑소니 사건의 범인을 찾아냈다고 합니다."

모리 부서장은 변함없이 표정 없는 어두운 눈으로 허공을 보고 있었다.

"상세히 말씀드리게."

니노미야 과장 말에 돼지마쓰 군이 고개를 끄덕였다.

"처음부터 설명 드리겠습니다. 저는 서장님으로부터 동형 차종을 철저하게 수사하도록 명령받았습니다. 저희 현에서 외부로 나간 사고 차량은 없습니다. 버려진 차량도 없었습니다. 그렇다면, 현 내에 해당 차량이 있을 터이기 때문입니다."

"하지만 어느 차에서도 사고 흔적은 발견되지 않지 않았나?"

"네. 범인은 차를 두 차례 개장했던 겁니다."

앗, 하고 기쿠치 경사가 목소리를 높였다.

"'두 번의 개장'. ……나는 서장님이 초등학교 내진 공사를 말씀하시는 줄로만 알았는데……."

돼지마쓰 군이 머리를 흔들었다.

"그건 경사님이 잘못 알아들으신 겁니다. 서장님은 범인의 차가 두 번 개장되었다고 말씀하신 겁니다."

아니 아니, 돼지마쓰 군도 잘못 알아들었거든요? 난 그저 '아카기'가 두 번 개장된 걸 생각하다가 무심코 뱉은 건데…….

돼지마쓰 군이 말을 이었다.

"수사관이 사고 차량을 조사하러 오기 전에 범인은 파손된 차량의 부품을 같은 차종의 정상 부품으로 교체하고 수사망을 빠져나갔던 겁니다. 그리고 그 후, 파손된 원래 부품으로 다시 갈아 끼우고 일부러 사고를 냈습니다."

돼지마쓰 군이 자료를 내밀었다.

"두 번째 사고 보고서입니다."

니노미야 형사과장이 그것을 받아들었다.

"옆 현에서 일으킨 건가."

"네. 오토바이 운전자를 치었지만 부상은 없어서 대물 사고로 처리되었습니다."

"설마……."

"그렇습니다. 그 오토바이 운전자가 협력자였습니다. 그자는 아마도 트럭이나 다른 운반 차량에 사고로 파손된 부품과 오토바이를 실어 옆 현으로 넘어갔을 것입니다. 그리고 인적이 드문 곳에서 뺑소니범과 협력자는 교체한 정상 부품과 파손된 원래 부품을 다시 교체하고, 오토바이로 들이받습니다. 이로써 경찰의 증명이 첨부된 사고 차량이 완성됩니다. 수리해서 중고차로 팔아도 뺑소니 사건 수사망에 걸리지 않습니다. 덧붙여서 오토바이 운전자는 뺑소니 용의자와 중학교 동창 사이라는 사실도 알아냈습니다."

"무슨 이야기인지는 알겠네만……."

니노미야 형사과장이 고개를 외로 꼬았다.

"그걸 실행하기는 불가능에 가까워. 동형 차량은 어떻게 된 거지? 그런 차가 있다면 역시 수사 대상인데."

돼지마쓰 군이 고개를 끄덕였다.

"말씀하신 대로입니다. 하지만 아무도 그 존재를 알지 못하는 차가 있다면 이야기는 달라집니다."

"절도 조직……."

기쿠치 경사가 중얼거리듯이 말했다.

"그렇습니다. 이 두 사람은 절도 조직에 속해 있거나 혹은 가까운 관계인 자들입니다. 이 현에서 해외로 반출되는 차량 중에 사고 차량과 같은 차종이 있었던 것으로 보입니다. 뺑소니범의 차는 해외에서도 인기가 있는 차종이어서 도난 사건도 잦으니까요. ……잠시 부품을 빌렸던 차는 다시 원상태로 복구하여 밀수출했겠지요."

"마쓰노코지 순경이 과경연에 간 이유가?"

"사고를 두 번 일으켰다는 서장님의 가설을 뒷받침할 증거를 찾기 위해서였습니다. 현 소유주에게 협조를 구하고 차를 빌려 과경연에 가지고 갔습니다. 이게 그 감정보고서입니다."

돼지마쓰 군이 두툼한 서류를 내게 건넸다.

그것을 훌훌 넘기면서 읽어보았지만 도무지 무슨 말인지 알 수가 없었다.

'……딤플 패턴에 의한 연성 파괴로 추정되는 영역 및 주변에서 관찰되는 조직 유동의 방향 및 균열 형태로 보아, 비주기성 충격적별 응력에 의한 급속한……'

……이거 일본어…… 맞나?

나는 얼굴을 찡그린 채 신음했다.

옆에서 보고서를 들여다보던 니노미야 형사과장이 신음하는 나를 보며 말했다.

"그렇게 중요한 내용이 적혀 있습니까? 저는 전혀 모르겠는데요."

돼지마쓰 군이 고개를 끄덕였다.

"네. 중요한 겁니다. 사고 차량의 손상된 보닛은 교체되었지만, 차체에 보닛을 연결해주는 부품은 남아 있었습니다. 이것은 그 부품을 감정한 보고서입니다. 그와 같은 부품에는 사고로 보닛에 가해진 충격이 전해져 균열이 생기는데 이 균열이 한 번의 충격으로 생긴 것인지, 아니면 위장 사고를 포함해 두 번의 충격을 받아 생긴 것인지, 조사하면 알아낼 수 있다고 합니다. 이건 그 감정 결과에 대한 보고서입니다. 저희 현경의 과수연에는 그런 분야를 연구하는 사람이 없어서 과경연으로 찾아갔던 겁니다."

"그래서, 결론이 어떻게 났지?"

니노미야 형사과장의 숨이 거칠다.

"그 차는 시간을 두고 두 번의 충격을 받았다는 것이 판명되었습니다. 위장 사고를 뒷받침할 근거를 잡자 다른 부서에서도 협력해주어서 차량을 철저히 조사할 수 있었습니다."

돼지마쓰 군은 작은 비닐 봉투를 꺼냈다.

"안에 들어 있는 것은 앞유리 파편입니다. 사고로 부서진 앞유리 일부가 차 안 시트 틈에 남아 있었습니다. 거의 눈에 보이지 않을 정도로 작은 크기여서 수리 중에도, 중고차 시장에 내놓을 때도, 못 보고 놓쳤던 모양입니다. 과경연 법과학 제1부 생물 제3 연구실의 감정 결과, 유리 파편에 극히 미량의 피부 조직이 붙어 있다는 것이 밝혀졌습니다. 피해자의 것일 확률이 높아 보입니다. 마찬가지로 제4 연구실의 감정으로 DNA를 채취할 수 있었습니다. 현재 뺑소니 사건을 담당한 관할서가 가지고 있는 피해자의 DNA와 대조 중입니다. 결과는 곧 나올 겁니다."

"용케도 알아냈군……."

지금껏 말 한 마디 없이 돼지마쓰 군의 보고를 듣고 있던 모리 부서장이 낮은 목소리로 말했다.

그나저나 대체 이건 또 어떻게 된 일이랍니까?

주말 동안 '아카기'와 악전고투한 나는 서에 출근하자마자 수사 차량에 태워졌다.

운전석에는 돼지마쓰 군이, 옆자리에는 니노미야 형사과장이 타고 있다.

"무슨 일입니까?"

영문을 알 수 없었던 나는 니노미야 형사과장에게 물었다.

"마쓰노코지의 보고에 따라 뺑소니 용의자를 추적하던 현경 본부 수사관이 절도 조직의 본거지를 알아냈다고 합니다. 현재 은밀하게 포위하고 돌격 시기를 가늠하고 있다는 연락이 왔습니다."

"그게 저랑 무슨 관계가……?"

"현경 본부로부터, 저희가 그 현장에 입회하도록 지시받았습니다. 저희 관할 사건이 아닌데도 말입니다."

니노미야 형사과장이 흥분한 표정으로 말을 이었다.

"서장님과 마쓰노코지의 공헌을 현경 본부도 인정해준 것이겠지요. 명예로운 일입니다."

명예……. 나는 그런 거 부담스러운데.

나의 당혹감과는 별개로 우리가 탄 차는 현 중부의 항구 마을로 들어섰다.

온 동네가 경찰과 기동대원들 천지다.

니노미야 씨, 분명 수사관들이 은밀하게 포위하고 있다고 하지 않았습니까?

차는 공터에 멈춰 섰다.

그곳에는 현경의 지휘 차량이며 기동대의 인원 수송 차량, 살수차까지 늘어서 있었다.

차에서 내리자 무서운 눈을 한 경찰관이 달려왔다.

"이걸 착용해주십시오."

경찰관은 방탄조끼, 정강이 보호대, 팔 보호대, 철제 헬멧 등을 내게 씌워주었다.

그 엄청난 무게에 눌린 나는 준비된 의자에 주저앉은 채 그대로 동작 불능 상태가 되었다.

"이 장비는 다 뭡니까?"

"곧 돌입할 예정입니다. 절도 조직은 외국과 연계되어 있어서 총기 등으로 무장하고 있을 가능성이 있습니다. 이 정도 거리면 괜찮을 듯싶지만 그래도 방탄 장비는 착용해주시기 바랍니다. 다나카 서장님은 무사히 경찰청으로 돌아가셔야 하는 분이니까요."

아이고……. 그렇다면 애초에 이런 곳으로 불러내질 말았어야죠.

고위 계급장을 단 경찰관이 다가왔다. 모리 부서장 조카의 뺑소니 사건을 담당한 관할서 서장이 분명하다.

그 사람이 경례를 했지만, 나는 장비가 무거워서 당최 팔이 올라가질 않는다.

"현재, 저희 서원 전원과 현경 본부의 지원 부대가 함께 포위하고 있습니다. 이 모든 게 다나카 서장님과 마쓰노코지 순경 덕분입니다. ……원래대로라면 저희 서에서 해결했어야 할 사건인데, 정말 면목 없습니다."

그 사람은 분하다는 듯 얼굴을 일그러뜨렸다.

"하다못해 저희 손으로 범인을 전원 검거하고 싶은 마음입니다. 다나카 서장님께는 독전[2]을 부탁드립니다."

자, 자, 잠깐만요. 독전이라니…… 이게 전쟁은 아니잖습니까.

내 옆을 라이플총이며 대테러용 자동소총을 든 부대가 지나쳐갔다.

"기동대만 와 있는 게 아닙니까?"

"상대가 중무장했을 가능성도 있어서 현경 본부는 오사카 부경, 후쿠오카 현경의 SAT[3]에도 지원을 요청했습니다."

헉!? 대테러 부대까지 불러들인 겁니까!?

2 전투를 감독하고 격려함.

3 Special Assault Team. 일본의 대테러 부대.

흉악범이 농성을 벌인다든지 할 경우 다른 현의 SAT에 지원을 요청하기도 하지만, 두 개 부현의 SAT가 모이다니, 어지간해서는 있을 수 없는 일 아닌가. ……역시 이 사람들, 전쟁을 할 심산인가 보다.

뺑소니범은 잔재주를 부려서 경찰을 속여 넘기려 했지만, 우롱당했다고 느꼈을 때 보이는 경찰의 무시무시함을 뼈저리게 느끼게 되겠군. ……나도 방금 깨달았지만.

살기 어린 기동대원이며 눈 한 번 깜박이지 않는 SAT 대원들을 눈앞에 두고 이러지도 저러지도 못하게 된 나는 옆의 니노미야 형사과장에게 살그머니 말했다.

"저쪽 서장님이 독전이라고 하셨는데, 이런 건 나보다는 모리 부서장님이 해주시는 게……."

니노미야 형사과장이 고개를 내저었다.

"가족이 피해 입은 사건에는 관여할 수 없다고……. 고지식한 분입니다. 본인 눈으로 확인하고 싶은 마음이야 오죽하시겠냐마는."

니노미야 형사과장은 눈물까지 글썽였다.

"다나카 서장님과 니노미야 경감, 그리고 마쓰노코지 순경은 움직이지 말고 이 자리에 계셔주십시오."

서장님의 그 말이 아니더라도 방호복이 온몸을 짓누르는 데다 머리에는 두꺼운 철제 헬멧까지 덮여 있어서 움직이려야 움직일 수가 없거든요. 움직이기는커녕 혹시 쓰러지기라도 하는 날엔 두 번 다시 못 일어날 겁니다…….

"돌격!"

기동대 지휘관이 높이 쳐든 팔을 흔들었다.

그 순간, 내 머리에 강렬한 충격이 전해졌다.

나중에 알았는데, 절도 조직원 중 한 사람이 자포자기하여 마구잡이로 총을 쏘았고, 그 총알이 내가 쓰고 있던 헬멧을 직격한 모양이다. 과연 일본산 철제 헬멧답게 총알은 튕겨냈지만, 그 충격으로 나는 뇌진탕을 일으키며 보기 좋게 실신했다.

악몽 같았던 포위 섬멸 작전이 있은 지 일주일이 지났다.

뇌진탕은 대단치 않았지만, 착탄着彈 충격으로 목이 아직 조금 아프다. 프라모델 제작 때문에 그렇잖아도 고개 숙이는 자세를 취해야만 하는 나로서는 괴롭기 짝이 없는 나날이었다.

"뺑소니 및 절도 조직 사건 모두 무사히 해결될 것 같습니다."

현경 본부에서 돌아온 니노미야 형사과장이 서장실에서 내게 보고했다.

서장 자리에 앉은 내 옆에는 모리 부서장, 돼지마쓰 순경 그리고 기쿠치 경사가 나란히 서 있다.

니노미야 형사과장이 말을 이었다.

"두 사건 모두 물증과 자백을 완벽하게 얻어낸 것 같습니다. 제아무리 날고 기는 변호사라도 공판에서 뒤집기는 불가능할 겁니다. 그리고 마쓰노코지 순경에게는 특별공로상이 수여되는 것으로 결정났습니다."

나는 고개를 끄덕였다.

"그런데 모리 씨. ……동생분은 좀 어떠십니까?"

모리 부서장은 역시 감정을 읽을 수 없는 눈으로 나를 보았다.

"네. 범인을 잡았다는 소식을 듣고 나서부터 상당히 진정된 듯 보입니다. 주치의도 더디기는 하지만 차도가 있지 않겠냐고……."

나는 모리 부서장의 시선을 은근슬쩍 피하며 "정말 다행입니다" 하고 고개를 크게 주억거렸다.

결국 '아카기'는 한 달 안에 완성하지 못했다. 항공모함은 역시 만만치 않다. 대략적인 부분은 만들었는데 배에 싣는 비행기는 아직 손도 못 댔다. 앞으로 한 달을 더 하면 완성할 수 있을는지.

그래도 뭐, 사건이 해결됐으니 모리 부서장이 그만둘 일은 없어졌고, 나도 현경 본부에 불려 다니지 않아도 된다. 앞으로도 '아카기' 제작에 몰두할 수 있다.

"정말 다행입니다."

나는 다시 한 번 고개를 크게 주억거렸다.

해피엔드, 해피엔드.

"서장님."

모리 부서장의 목소리에 얼굴을 들었다. 하지만 늘 그렇듯 감정이 드러나지 않는, 빛이 없는 눈으로 바라보기에 나는 황급히 눈을 내리깔았다.

"무슨 일인가요."

"정확히 한 달입니다. 약속하신 대로 사직 승인 부탁드립니다."

순간, 내 사고가 정지했다.

모리 씨, 지금 뭐라고 하셨어요? 사직, 승인? ……사직 승인!?

뭐라고오!?

모리 부서장 말에 나는 아연실색했다.

아직도 가족이 경찰과 내게 폐를 끼쳤다는 생각에 집착하고 있는 겁니까!? 고지식한 건지 고집이 센 건지 옛날식인 건지 모르겠지만 정도라는 게 있잖아요! 그 고생을 해가며 사건을 해결했는데! ……고생한 건 돼지마쓰 군이지만……. 아무튼, 그러면 나는 점검받고 돌아온, 에어컨도 안 나오는 경차로 날마다 현경 본부에 불려가야 한단 말입니다! 퇴직 사정 청취 같은 성가신 일에 휘말려들게 된다니까요! 그런 정신 사나운 와중에 내 '아카기'는 어떻게 하라는 겁니까!?

나는 완전히 뚜껑이 열리고 말았다.

책상을 쾅 내리치며 모리 부서장을 쏘아보았다.

"사건은 해결됐습니다! 동생분도 차도를 보이고 있고요! 그런데, 사직!?"

나는 책상을 쾅쾅 두들기면서 소리쳤다.

"사직이고 뭐고 절대 승인 못 합니다! 모리 씨는 정년까지 근무하세요!"

한동안 씩씩거리는 나를 모리 부서장은 예의 빛이 없는 눈으로 바라보는가 싶더니 홀쩍 시선을 돌렸다.

그리고 잠시 눈을 감고 있다가 자세를 다잡았다.

"알겠습니다. 소관은 서장님 밑에서 정년이 되는 날까지 경찰관으로서 일하겠습니다."

그렇게 말하고 나서 모리 부서장은 나와 돼지마쓰 군에게 한 점 흠잡을 데 없는 경례를 하고, 발길을 돌려 서장실을 나갔다.

그때가 되어서야 무릎이 덜덜 떨리기 시작했다.

아무리 열 받았다고는 해도, 경사 시절 '굶주린 늑대'로 불리던 모리 씨에게 고함을 치고 말았다. 그 어두운 구멍 같은 눈을 똑바로 보고 말았다. 소심한 사람이 한 번 욱하면 이성을 잃고 만다…….

"무슨 일 나는 줄 알았네……."

돼지마쓰 군이 안도의 한숨을 내쉬고 있었다. 니노미야 형사과장과 기쿠치 경사는 눈물을 글썽였다.

정작 울고 싶은 건 나다. 그 새카만 눈……. 오늘 밤, 틀림없이 생각 날 거야…….

문득 책상 서랍 안에서 한 달간 잠자던 모리 부서장의 '사표'가 떠올랐다.

안 돼. 이런 위험한 물건은 가지고 있으면 안 돼. 모리 부서장에게 도로 줘버려야지.

급히 서랍을 열어 봉투를 꺼내 쥐고 서장실을 뛰쳐나왔다.

"부서장님은 어디!?"

마주 오던 경찰관에게 물었다.

"계단으로 올라가셨는데요."

나는 인사도 하는 둥 마는 둥 하고 계단을 뛰어올라가 옥상으로 나가는 문을 열었다.

옥상에서는 모리 부서장이 등을 보인 채 한 곳을 물끄러미 바라보고 있었다.

다름 아닌 조카를 잃은 뺑소니 사건이 일어났던 방향임을 알 수 있었다.

그 모리 부서장의 어깨가 떨리고 있었다.

그 모습을 보니 말을 붙일 용기가 사라졌다. 나는 슬금슬금 뒷걸음질로 나와 옥상 문을 가만히 닫았다. 만약 모리 부서장이 이쪽을 돌아본다면, 그 빛 없이 어두운 눈보다 훨씬 더 엄청난 것을 보게 될 것 같았기 때문이다.

있을 수 없는 일이지만, 이를테면 눈물이라든가…….

서장
다나카 겐이치의 고투

……그 아이는 아무에게도 못 줘.

……가장 아름답게 꽃피는 순간에 그 아이의 시간을 멈춘다.

그러면, 그 아이는 영원히 나만의 것이 되는 거야…….

……영원히, 나만의…….

나는 현경 본부 대회의실을 나섰다.

오늘 회의 의제는 가을철 교통안전 운동 주간에 관한 것으로, 현내 전 관할서 서장들이 소집되었다. 물론 출석한 사람들은 늘 그렇듯 반백 살이 넘은 아저씨들 천지다. 이보다 더 음침할 수는 없다.

지방 시청에 들어간 고교 동창이 있는데 거기는 회의 자리에 젊은 여성들도 여럿 참석하는 등, 분위기가 화사한 모양이다.

나도 지방 시청에 들어갔더라면 좋았을걸…….

복도를 터덜터덜 걷노라니 마주치는 경찰들마다 멈춰 서서 직립부동자세로 내게 경례를 한다.

내가 갓 부임했을 당시만 해도 '경찰청에서 내려온 커리어 출신 서장이라니, 어차피 장식품일 뿐이지'라며 은근히 무시하던 사람들이었는데 지금은 다르다. 다음엔 또 무슨 일을 선보이려나 하는 듯한 기대에 찬 눈으로 나를 본다. 이 모든 것이 행운인지 불행인지 알 수 없지만 몇 가지 사건을 내가 해결한 게 돼버렸기 때문이다.

하지만 그런 눈으로 좀 보지 말아주었으면 싶다. 난 기대받는 게 질색이다.

까놓고 말해서, 기대받는다는 것이 내 인생에 어떤 결과를 가져다주었던가. 고등학교 때는 "너라면 도쿄대 문과 1류도 괜찮을 거야"라는 담임교사의 기대를 등에 업고 공부했고, 대학에서는 세미나 담당 교수가 "자네라면 국가공무원 제1종 시험도 괜찮을 거야"라기에 또 공부했고, 아버지가 경찰관이었기 때문에 깊이 생각하지 않고 경찰청에 들어와버렸다.

도대체가 뭐가 괜찮으냐고.

시코쿠 촌구석 경찰서 서장으로 부임한 이래, 전혀 괜찮지 않은 나날을 보내고 있는데.

"다나카."

이름이 불려 돌아보니 사이온지 형사부장이 서 있었다.

"제게 하실 말씀이라도?"

나는 사이온지 형사부장에게 달려가 깍듯이 고개를 숙였다.

사이온지 형사부장은 떨떠름한 표정으로 나를 노려보았다.

"이제 말하기도 지치지만, 커리어의 업무는 밑에서 올라온 서류에 도장을 찍는 일뿐이야. 설사 잘못이 있더라도 현장 일에는 참견하지 말게, 관여하지 말라고. 개별 사건을 해결한다고 커리어의 경력에 득이 되진 않아. 오히려 개념 없는 인간으로 비쳐 실이 될 수 있다는 사실을 좀 인식하라고."

나는 고개를 끄덕였다.

"넷! 물론 명심하고 있습니다."

"두고 봐야지……."

사이온지 형사부장은 깊은 한숨을 내쉬고, 뒤돌아 가면서 가볍게 손을 흔들었다.

아, 저 눈. 완전히 실망한 눈이다.

하지만 나야 출세에는 관심이 없으니, 뭐 어떠랴. 커리어는 어지간한 일이 없는 한 현경 본부장 정도까지는 올라갈 수 있고, 그 후에는 낙하산 인사 격으로 산하단체 같은 곳에 가게 돼 있다.

그래도 조금 마음에 걸리는 건, 사이온지 형사부장의 눈은 그 '어지간한' 것을 보는 눈이었던 것 같은데…….

역시 약간은 기대를 받는 것이 나으려나.

나는 사이온지 형사부장의 등을 향해 다시 한 번 깊이 고개 숙이고 나서 주머니 안에 든 휴대전화를 살그머니 꺼내 시간을 확인했다.

이런. 점심시간이네.

사이온지 형사부장의 모습이 복도 모퉁이 너머로 사라지기 무섭게 나는 발길을 돌려 차렷 자세를 취한 현경 본부 직원들 사이로 내달렸다.

직원들은 내가 업무가 너무 바빠서 뛴다고 오해할는지 모르지만, 그건 아니다. 프라모델 가게에 가기 위해서다.

누차 말하지만, 내 꿈은 언젠가 '연합함대'를 완성하는 것이다. 그러기 위해 시골의 한가한 경찰서장 자리에 앉아 있는 동안 많이 만들어둘 생각이었다. 그런데 좀처럼 진전이 없다. 지금으로서는 난항을 거듭하는 중이다. 실은 지난달부터 '아카기'라는 항공모함을 만들고 있는데, 이게 아주 골칫거리다. 배 부분은 그럭저럭 모양새가 잡혔는데 전투기며 폭격기 따위의 함재기를 만드는 게 어렵다. 나는 항공기를 만들어본 경험이 거의 없다. 그래서 함재기 질감이 제대로 나오질 않는다. 장난감 비행기처럼 되고 만다. 인터넷이며 프라모델 교본을 뒤져 만드는 법을 조사해봤지만 만족스러운 해답은 찾지 못했다. 그래서 프라모델 가게에 가서 뭔가 힌트라도 얻어올 생각이다.

사실은 곧장 서로 돌아가야 하지만 뭐, 점심시간이니까 괜찮겠지.

나는 현경 본부 주차장에 세워둔 차에 올라 가속페달을 밟았다.

가게에 들어선 나는 비행기 코너로 갔다.

제로센[1] 따위의 상자를 하나씩 꺼내 일러스트를 보면서 뭔가 힌트가 없을까 고심했다. 하지만 좋은 아이디어는 좀체 떠오르지 않는다.

1 정식 명칭은 '0식 함상 전투기'.

바로 그때 그 남자가 가게에 들어왔다. 나의 프라모델 길과는 다른 길을 걷는, 주는 거 없이 싫은 그놈이다.

그런데 내 기억으론 저 남자도 군함을 만든다. 분명히 지난번에 나와 마찬가지로 '아카기'를 사갔다. 그러니 저 남자를 관찰하다 보면, 함재기를 잘 만드는 요령 같은 걸 알 수 있을지도 모른다.

나는 살며시 남자 뒤를 따라갔다.

남자는 도료 코너로 향했다.

혹시 함재기 질감을 내는 비밀이 도료에 있는 걸까.

나는 진열장 그늘에 숨어 남자의 행동을 슬며시 엿보았다. 남자는 손에 든 바구니에 진열장의 도료를 집어넣기 시작했다.

어떤 도료를 사가는 거지? 어디 보자……. 보라색에, 황록색에, 하늘색에, 핑크……. ……핑크?

남자가 담고 있는 도료는 내가 여태까지 한 번도 써본 적 없는 색깔뿐이었다. 아니 그보다, 군함에 왜 황록색이니 핑크색 같은 것들을 쓰지?

아냐 아냐, 거기에 비밀이 있는지도 몰라. 본도장을 하기 전에 밑색을 핑크로 칠한다거나…….

나는 계산대로 향하는 남자의 뒤를 쫓았다.

남자가 계산대에 올려놓은 도료들의 색상을 보고 가게 여주인도 놀란 눈치였다.

"또 의외의 색을 사네? 젊은이, 군함을 만드는 줄 알았는데, 자동차나 로봇으로 전향하는 거야?"

남자는 고개를 가로저었다.

“아뇨, 계속 군함이에요.”

“허어, 그럼 뭔가 웨더링[2] 같은 특수한 방법을 쓰나?”

오—!

사장님, 나이스 샷, 아니 나이스 질문입니다요!

남자 바로 뒤에 선 나는 온 신경을 귀에 집중했다.

“그게 아니라, 이번에 ‘아카기’를 만들었는데, 함재기를 무지개 색으로 칠하려고요. 어차피 1/700 사이즈 비행기라서 질감이 제대로 안 나오니까. 다음 배를 만들 때까지 심심풀이 삼아 칠하고 나서 버릴 생각이에요.”

뭣이라!?

나는 남자의 말에 진짜 기가 차고 화가 치솟았다.

분명 항공모함의 함재기가 배는 아니지만, 어쨌거나 배의 일부분이 아닌가. 그것을 단지 놀이 삼아 무지개 색으로 칠하고 나서 버리다니, 함재기에 대한 애정은 없는 거냐!?

그야, 나도 함재기 때문에 고전하고 있기는 하다. 무엇보다, 항공모함이 아니어도 비행기를 탑재한 배는 많다. 그래서 나도 정성을 다해 제작한다. 뭐, 그리 잘되어가는 것은 아니어서 지긋지긋할 때는 정탐 임무를 수행하기 위해 원거리 비행을 하고 있다는 설정으로 항

2 기본 도장을 마친 후 현실감을 더하기 위해 물때라든지 녹, 이끼, 긁힌 자국 따위의 낡은 느낌을 입히는 작업.

공기를 책상 서랍에 넣어버리기는 하지만……. 그래도 마음을 담아 만들고 있단 말이다!

그런데, 뭐? 핑크니 보라색으로 칠을 한다고?

이놈에게는 함재기에 대한 사랑이 없어! 사랑 자체를 느끼지 못하는 자기중심적인 놈이야! 이런 놈은 언젠가 범죄를 저지를 게 틀림없어!

"아줌마, 주문해둔 전함 '미카사', 오면 바로 연락해줘요. 기다리고 있을 테니까."

뒤에 선 나의 분노를 아는지 모르는지 남자는 그렇게 말하고 일곱 빛깔 도료가 든 봉투를 들고 가게를 나갔다.

"젊은 양반?"

분노에 떨던 나는 여주인 말에 퍼뜩 제정신으로 돌아왔다.

"저 사람, 대체 무슨 생각인 겁니까. 함재기를 핑크색으로 칠하다니……. 프라모델 상자에 들어 있는 한, 아무리 힘들어도 전력을 다해 완성하는 것이야말로 프라모델 애호가가 갖춰야 할 자세이지 않습니까?"

화가 난 나머지 머릿속 생각을 그만 입 밖으로 내뱉고 말았다.

하지만 여주인은 내 열변에 연신 "젊은 양반, 훌륭하네" 하며 고개를 끄덕였다.

"아니, 뭐 훌륭할 것까지는."

조금 멋쩍어져서 머리를 긁적이는데 여주인이 "맞다. 잠깐만 기다려봐요" 하고 가게 안쪽으로 들어갔다.

다시 나온 여주인이 내 앞에 상자 하나를 놓았다.

"이건?"

"젊은 양반의 기개에 대한 답례로 서비스하는 거예요."

나는 계산대 위에 놓인 상자를 보았다.

'1/700 일본 해군기 세트 5(15기 입시)'라고 쓰여 있다.

"아니, 저, 이러시면 제가 죄송해서……."

사양하려는 내게 여주인이 프라모델 상자를 떠밀었다.

"괜찮아요, 괜찮아. 가지고 가요. 아줌마가 기뻐서 그래."

'아카기' 패키지에 들어 있던 함재기 열여섯 기조차도 버거워하고 있는 나로서는 어떻게든 사양하려 했지만, 결국 이기지 못하고 받아 들고 말았다.

함재기가 단숨에 서른한 기로 불어났어…….

"다녀오셨습니까."

서장실로 돌아온 나를 기쿠치 경사가 경례로 맞았다.

나도 경례로 답했다.

"다녀왔습니다."

현경 본부에서 받아온 회의 자료를 기쿠치 경사에게 건넸다.

"가을철 교통안전 주간에 관한 현경 본부의 지시서입니다. 이걸 토대로 교통안전 운동 계획서를 작성하도록 관련 부서에 전달해주세요."

"알겠습니다."

기쿠치 경사가 서류를 훌훌 넘겨보기 시작했다.

이로써 내 업무는 끝이다. 다음은 교통과를 비롯한 관련 부서 직원들이 맡아서 처리해주겠지.

나는 서장석에 앉았다. 책상 위는 깨끗하다. 뭐, 경찰청 시절과 달리 장식품에 지나지 않는 내게 주어진 업무가 없다 보니 지저분해질 일도 없지만. 놓여 있는 것이라곤 이 현의 마스코트 캐릭터인 '미캉 씨'와 현경 캐릭터인 '미캉 순경' 그리고 이 시의 캐릭터인 '미캉 짱' 같은 캐릭터 인형들뿐이다.

이 현에는 특산물이 귤밖에 없나, 하는 생각을 하며 주르륵 늘어선 지역 홍보 캐릭터들을 멍하니 쳐다보았다.

어라? 어쩐지 머릿수가 늘어난 것 같은데…….

"기쿠치 씨, 왠지 캐릭터 인형이 늘어난 것 같은데요."

기쿠치 경사가 생긋 웃었다.

"아, 그거, 우리 시의 새 캐릭터인 '미캉 군'이에요. '미캉 짱'이 그다지 인기가 없다 보니 캐릭터를 하나 더 추가해서 한 쌍으로 팔아보려는 것 같습니다."

원하는 만큼 성과가 안 나오니 수를 늘리는 건가……. 그런 건 안 하는 게 나을 텐데. 나는 그런 생각을 하며 신참인 '미캉 군'의 머리를 손가락으로 가볍게 튕겼다.

"한 쌍이라……. 그런데 '미캉 짱'은 중성 캐릭터 아니었습니까?"

"아, 깜박했네요."

기쿠치 경사가 자기 책상 서랍에서 무언가를 꺼냈다.

"이걸 달아줘야 하는데."

기쿠치 경사는 빨간 리본 스티커를 '미캉 짱' 머리에 붙였다.

"이게 뭡니까?"

"이제부터 '미캉 짱'은 여자 캐릭터가 된답니다. 기존에 발매된 미캉 짱에 이걸 붙이라는 시장님 말씀이 있었는데, 잊고 있었네요."

시장이 몸소? ……뭐, 평화로운 시골 마을에서는 달리 할 일이 없는지도 모르지.

"어머나. '헤이세이 미캉코' 멤버가 일일 경찰서장을 하는가 보네요?"

현경 본부에서 받아온 자료를 읽던 기쿠치 경사가 말했다.

"뭡니까, 그 '헤이세이 미캉코'라는 게."

"우리 현을 대표하는 아이돌 그룹입니다. 다섯 명이 한 팀으로 활동하는데, 이번 교통안전 이벤트 때는 각 지역으로 나뉘어 각자 혼자서 일일 서장을 하는 모양이에요."

현지 아이돌까지 귤이냐…….

나는 책상 위에 놓인 '미캉 군'의 머리를 다시 한 번 쿡 찔렀다.

어…… 머리가 떨어져버렸네…….

관사 서재에서 나는 팔짱을 낀 채 앉아 있다.

평소 같으면 일분일초가 아까울세라 신나게 프라모델 제작에 들어갔을 터이지만 요즘은 마음이 무겁다. 물론 '아카기'의 함재기를 만들고 있기 때문이다. 일주일 전쯤 프라모델 가게 여주인에게서 받은 함재기 제작은 난항을 거듭하고 있다.

함재기의 크기는 고작해야 1센티미터 남짓. '아카기' 패키지에 딸려 있는 함재기는 일체형이라서 색만 입히면 완성이지만, 여주인에게서 받은 함재기는 본체와 프로펠러, 폭탄, 게다가 두 다리까지 다섯 개 부품을 일일이 짜 맞추어야 완성되는 타입이었다. 부품들이 죄다 깨알만 해서 정말이지 말도 안 되게 만들기가 힘들다.

그래도 어제까지 간신히 제로센 다섯 기를 조립하고 도장까지 마쳤다.

이제부터 총 길이가 1센티미터 밖에 안 되는 이 기체의 동체와 날개에 일장기를 붙여야 한다. 일장기는 데칼 스티커인데 이 스티커의 지름이 또 겨우 1밀리미터 정도밖에 안 된다.

나는 숨을 멈추고 핀셋으로 일장기를 들어 올려 조심스레 날개에 갖다 붙였다.

……조금 이상한데…….

좌우대칭이 되어야 하는데, 약 0.1밀리미터 정도 어긋나 보인다.

나는 물 묻힌 면봉을 일장기에 살짝 대고 움직여보았다.

……너무 밀렸어…….

다시 한 번 면봉을 물에 적셔 일장기에 갖다 댔다.

수차례 실패를 거듭한 끝에 간신히 한 기를 완성했다. 일장기는 언뜻 봐선 못 알아챌 수준으로 좌우대칭을 이루고 있다.

나는 숨을 한 번 크게 쉬고 나서, 완성한 기체를 '아카기' 갑판에 놓아보았다.

어라? 어쩐지 제로센이 기울어 보이는데.

동체에 달린 다리 각도가 조금 틀어진 모양이다. 이것도 정확하게 좌우대칭으로 만들어야 한다.

기체를 집어 올려 1밀리미터 정도밖에 안 되는 다리를 살짝 구부렸다. 다시 갑판에 놓아보니, 좀 전과는 반대 방향으로 기울고 말았다.

나는 한숨을 내쉬고, 다시 기체를 들어 올려 다리를 반대쪽으로 구부려보았다.

……다리가 부러졌다.

나는 머리를 감싸 안았다.

좌우대칭은 정말 싫어…….

함재기를 붙들고 끙끙거리다 보니 어느새 교통안전 주간 첫날이 다가왔다.

나는 운동공원[3] 관리실에 하릴없이 앉아 있다.

'아카기' 함재기는 아직 완성하지 못했다. 프라모델 가게 여주인에게 받은 열다섯 기는 죄다 기우뚱하고 일장기 위치도 좌우 비대칭이다.

"서장님?"

함재기를 어떻게 손봐야 할지 생각에 잠겨 있던 나는 기쿠치 경사 목소리에 퍼뜩 정신을 차렸다.

3 도시민의 건강 증진을 위해 조성한 도시 공원.

"무슨 일이죠?"

"이제부터 있을 교통안전 이벤트 내용에 대해 설명드리려고 합니다만."

그랬다.

오늘은 이 운동공원에 시민들을 초청하여 교통안전 주간 이벤트를 열기로 되어 있다. 그래서 이곳에 와 있는 거였다.

"설명 부탁드립니다."

"네. 맨 먼저, 진행을 맡은 교통과 서원이 인사말을 할 예정입니다. 그 후, 서장님은 일일 서장을 맡은 '헤이세이 미캉코'의 하마노 아이 양과 우리 시 홍보 캐릭터인 미캉 짱, 미캉 군에게 '일일 서장' 어깨띠를 둘러주세요."

"그 세 사람이 '일일 서장'을 하는 겁니까?"

"네. 작년엔 미캉 짱이 일일 서장을 했는데 호응이 별로 없어서, 이번에는 셋이서…… 하게 되었습니다. 그리고 하마노 아이 양과 지역 홍보 캐릭터가 출연하는 전반부 무대가 있습니다. 그 후 교통안전 그림연극을 곁들여 후반부 무대를 꾸밉니다. 이상 말씀드린 행사를 이 운동공원과 시민회관 앞 광장 두 곳에서 진행하게 됩니다."

기쿠치 경사는 설명을 이어나갔으나, 정작 나는 그녀의 가슴께가 신경 쓰여 견딜 수가 없다. 넥타이가 오른쪽으로 조금 틀어져 있었기 때문이다. 기우뚱한 함재기와 일장기 위치 수정으로 점철된 나날을 보낸 탓에 신경과민이 되어 있는지도 모르겠다.

"서장님?"

"아……. 네네, 저는 '일일 서장' 어깨띠를 두 차례 둘러주면 되는 거죠?"

뭐, 명색뿐인 서장의 일거리란 그런 거겠지.

"어깨띠를 둘러줄 타이밍은 무대 진행자가 알려드릴 겁니다."

그때 방문을 노크하는 소리가 들렸다.

"들어오세요."

미니스커트를 입은 여자아이와 몸집이 작은 남자가 들어왔다.

"'헤이세이 미캉코'의 하마노 아이입니다!"

고등학생 정도로 보이는 여자아이가 고개를 숙였다.

머리를 양 갈래로 묶은 하마노 아이 양은 과연 아이돌답게 꽤 귀여웠다. 하지만 왼쪽과 오른쪽의 묶은 모양이 조금 달랐다.

신경 쓰이네…….

몸집이 작은 남자는 하마노 아이의 매니저라고 자기 자신을 소개했다. 거품경제 시절에도 민망해서 못 입었을 법한 요란한 무늬의 양복을 입고 있는 건 그렇다 쳐도, 왼손을 주머니에 찔러 넣고 있으면서 롤렉스를 찬 오른손은 허리춤에 대고 있다. 넣을 거면 양손 다 주머니에 넣어주면 좋겠는데. 좌우대칭이 맞지 않으니 무지하게 신경 쓰인다. 같은 시계를 양손에 차라고까지는 안 하겠지만, 하다못해 보통 사람들처럼 왼손에 차줬으면 싶다.

나도 모르게 신경이 곤두섰다.

이거 혹시 병인가…….

매니저가 말했다.

"미캉 군과 미캉 짱은 주차장에 세워둔 밴에서 대기 중입니다. 이전 무대에서 너무 지친 터라 쉬게 두었습니다."

그런가. 이 시에 오기 전에 다른 두 개 시에서 교통안전 주간 무대를 마치고 왔단다.

고생이 많네…….

나는 두 사람에게 예민하게 군 것을 조금 반성했다.

"이곳 경찰서장을 맡고 있는 다나카입니다."

나는 가볍게 고개를 숙였다.

"그런데, 미캉 군과 미캉 짱은 우리 시의 홍보 캐릭터 아닌가요. 다른 시에서도 일일 서장을 합니까?"

"여기 시장님이 '그쪽 시에는 홍보 캐릭터가 없으니까 우리 미캉 군과 미캉 짱을 출연시켜라' 하고 억지로 들이민 모양이더라고요. 미캉 군과 미캉 짱을 어지간히 띄우고 싶으셨던 듯……."

매니저가 이를 드러내며 실실 웃었다.

치열이 좌우 비대칭이야…….

좀 전에 잠깐 반성했지만, 역시 이 사람은 싫다…….

나는 매니저에게서 눈을 돌려 창밖을 보았다. 인근 주민들이 가족 동반으로 모여들고 있었다.

"곧 시작될 모양입니다. 무대 쪽으로 이동하시지요."

기쿠치 경사가 그렇게 말하고 대기실 대용인 관리실을 앞서서 빠져나갔다. 우리도 기쿠치 경사를 따라 행사장으로 향했다.

도중에, 주차장에 세워져 있던 대형 밴에서 미캉 군과 미캉 짱이 나와 합류했다. 책상 위에 놓인 미캉 군과 미캉 짱 인형은 귀여운데 거대한 탈을 뒤집어쓴 미캉 군과 미캉 짱은 어쩐지 좀 낯설었다.

"자, 여러분, 일일 경찰서장님의 등장입니다!"

사회를 보고 있던 교통과 여경이 목소리를 높였다.

미캉 군, 미캉 짱 그리고 하마노 아이가 무대에 올랐다.

"안녕하세요. '헤이세이 미캉코'의 하마노 아이입니다! 오늘 잘 부탁드립니다!"

박수 소리가 띄엄띄엄 들렸다.

아무래도 하마노 아이나 미캉 군이나 미캉 짱이나 그다지 인기가 없는 모양이다. 그러고 보니 집에서 이 행사 이야기가 나왔을 때, 어느새 이곳 사람이 다 된 양 현지 아이돌에 관한 것까지 줄줄 꿰고 있던 가오리가 하마노 아이는 '헤이세이 미캉코' 안에서 가장 인기가 없는 멤버라는 말을 했다. 아마도 인기가 없으니 사람 수가 적은 구역을 돌고 있나 보다.

"서장님, 부탁드립니다."

무대 뒤에서 대기하고 있던 나는 사회자가 보낸 신호에 맞춰 무대로 올라갔다.

나는 미캉 군과 미캉 짱 그리고 현지 아이돌 하마노 아이에게 각각 '일일 서장'이라고 쓰인 어깨띠를 둘러주었다.

하마노 아이가 내게 경례를 했다. 물론 어설프기 짝이 없었지만 나름대로 귀여운 경례였다.

자. 이로써 내 역할은 끝이다.

나는 관객을 향해 웃는 낯으로 경례를 하고 무대에서 내려와 내빈용 의자에 앉았다.

무대 위에서는 미캉 짱과 미캉 군이 익살스러운 몸짓을 선보이기 시작했다. 관객들은 그 모습을 멍하니 바라보고 있다. 역시 이 캐릭터는 별로 인기가 없는 모양이다.

그 후, 하마노 아이가 노래를 부르기 시작했다. '안야라 온도音頭'[4] 라는 이 지방 전통 민요를 현대풍으로 편곡한 노래였다.

하지만……. 음정이 좀 안 맞는 것 같은데……. 게다가 춤도 그리 잘 추지는 못 하네…….

관객들 반응이 시원찮아서인지 뒤에서 춤추는 미캉 짱과 미캉 군도 어쩐지 기운이 없어 보인다.

그렇게 전혀 흥을 돋우지 못한 채 전반부 무대가 끝났다.

하마노 아이와 미캉 군, 미캉 짱이 무대에서 내려왔다. 후반부 무대를 대비해 대기실에서 잠깐 쉬려는 모양이다.

"그럼, 이제부터 교통 규칙을 공부해보도록 합시다."

무대에서는 교통과 직원이 교통안전 그림연극을 시작했다.

이 그림연극은 교통안전에 관심을 갖도록 유도하기 위해 만들어진 것으로, 퀴즈 형식으로 이야기가 진행된다. 처음엔 멀뚱하니 쳐다보고만 있었는데 보다 보니 꽤 재미가 있다. 나는 그림연극에 점점 빠져들었다. 교통과 직원이 "이 문제의 정답을 아는 사람?" 하고 물

4 독창자가 주요 부분을 선창하면 창화자가 제창하는 방식의 일본 전통음악 형식.

었을 때에는 엉겁결에 손을 들 뻔하기도 했다.

그렇게 그림연극에 한창 몰입하고 있는데 누군가가 내 소매를 잡아당겼다.

돌아보니 기쿠치 경사가 조금 난처한 눈으로 나를 재촉했다.

나는 가만히 자리에서 일어나 기쿠치 경사의 뒤를 따라갔다.

"무슨 일 있습니까?"

"잠깐 관리실로 와주셨으면 하는데요."

나와 기쿠치 경사는 관리실로 돌아갔다.

그곳에서 나는 놀랄 만한 광경을 보았다.

미캉 짱이 인형 탈의 상반신을 벗고 있었는데 웬걸, 그 안에 든 사람은 체격이 작은 아저씨였다……. 조금 전까지 귀여운 동작으로 애교를 부리던 미캉 짱, 아니 그 아저씨는 다리를 쭉 펴고 땀투성이가 된 몸을 식히느라 연신 부채질을 하고 있었다.

"아니, 그쪽이 아니라."

기쿠치 경사 말에 나는 방 안쪽을 보았다.

그곳에는 미캉 군 탈을 반쯤 벗은 사람이 널브러져 있었다.

"열사병인 듯싶습니다."

매니저가 그 청년의 목덜미에 물이 든 페트병을 대주고 있었다.

"괜찮으십니까?"

"……괜찮습다."

내 물음에 미캉 군 안의 청년은 그렇게 대답했지만 완전히 축 늘어져 보였다.

그때 미캉 짱 아저씨가 인형 탈을 다 벗어젖히고 일어섰다.

"내가 물을 좀 더 사오겠습니다."

"후반 무대는 어떻게 되는 건가요?"

하마노 아이가 걱정스레 매니저를 보았다.

"야단났네. 대신 나갈 슈트 액터[5]가 없는데."

"당신이 하면 어떻겠습니까?"

내 말에 매니저가 고개를 가로저었다.

"그게, 미캉 군은 장신 캐릭터라서 슈트 액터를 하려면 키가 180센티미터는 넘어야 합니다."

그 말에, 자리에 있던 모든 사람이 일제히 나를 보았다.

어……. 그 눈은 뭐죠.

나는 슬그머니 무릎과 등을 구부렸다.

"서장님, 키가 몇이시죠?"

매니저가 물었다.

"179쯤 되려나……."

5센티미터 정도 속인 걸 알아챘는지 매니저가 의심스러운 눈초리로 머리에서부터 발끝까지 나를 유심히 살펴보고 있다.

이게 말이 됩니까. 364일 동안 서장 일을 하는데 대체 왜 일일 서장까지 내가 해야 하느냔 말입니까.

"아이들이 기대하고 있을 거예요. 제 노래에 맞춰서 몸만 좀 흔들

5 인형 탈을 입고 연기하는 배우.

어주시면 되는데."

하마노 아이가 매달리는 눈빛으로 나를 보았다.

나는 한숨을 내쉬었다.

……네네, 알겠습니다. 입으면 되잖아요, 입으면…….

미캉 군 청년은 완전히 뻗어 있다.

아 진짜, 프로라는 사람이 이렇게 선선한 가을날에 열사병을 일으키면 어쩌자는 거야.

나는 마음속으로 욕을 퍼부으면서 미캉 군 탈을 입었다.

"교통안전 규칙을 꼭 지켜주세요. 약속할 수 있죠?"

행사장에는 네 — 하고 대답하는 아이들의 기운찬 목소리가 울려 퍼졌다.

교통안전 그림연극은 끝난 모양이다.

미캉 군 탈을 입은 나는 서둘러 무대로 향했다.

그런데 이건 좀…….

인형 탈 머리 부분을 뒤집어 쓴 순간부터 내부 온도가 급격하게 오르기 시작하더니 고작 30여 초도 안 되어 인형 탈 안은 사우나로 변모했다.

게다가 어쩐지 숨 쉬기가…… 힘들다.

"자, 하마노 아이 양과 미캉 짱, 미캉 군을 불러볼까요! 하나, 둘, 셋! 아이 양 —! 미캉 짱 —! 미캉 군 —!"

나는 매니저에게 떠밀려 나갔다.

"그럼, 하마노 아이 양이 노래하겠습니다. 「교통안전 온도音頭」입니다."

음악이 나오기 시작했다.

나도 음악에 맞춰 몸을 흔들었는데 인형 탈 안의 온도는 점점 더 견디기 힘들만큼 높아지고, 숨까지 괴롭게 차오르기 시작했다.

아까 무대에서 미캉 짱과 미캉 군의 움직임이 급격하게 느려졌던 이유가 이건가…….

아, 머리가 멍해지기 시작했다.

그와 동시에 산소 결핍으로 머리가 지끈지끈 아프다…….

이, 이거, 상당히 괴롭다……. 중세 유럽이나 고대 중국에서 쓰던 고문 방법에 미캉 군 탈을 쓰는 형벌이 없었던 게 이상할 정도다.

이 힘든 일을 아까 그 청년은 오전에 두 번, 오후에 세 번이나 했단 말인가…….

아까는 안 좋게 봐서 미안하다고, 희미해져가는 의식 속에서 나는 반성했다.

후반 무대가 끝나고, 나는 기쿠치 경사와 매니저의 부축을 받으며 관리실로 돌아왔다.

"이거, 숨 쉬기가 힘든데요."

인형 탈의 머리 부분만을 벗은 나는 매니저에게 항의했다.

"미캉 군 탈은 만든 지 얼마 안 돼서 아직 이것저것 손봐야 할 부분이 있거든요. 특히 공기 순환은 어떻게든 보완해야 할 것 같기는 합니다."

아 진짜, 그런 말은 미리 좀 해달라고. 그러니까 뭐야, 이거 완전 결함품이란 소리잖아…….

대기실로 돌아온 나는 아무튼 심호흡부터 수차례 했다.

"서장님……. 그 모습은 대체……."

대기실 안쪽에서 목소리가 들려 돌아보니, 돼지마쓰 군이 망연자실한 표정으로 나를 바라보고 있었다.

"이거 말입니까? 미캉 군 탈을 쓴 사람이 쓰러지는 바람에 대역을 하게 됐습니다."

나는 이마의 땀을 닦았다.

"마쓰노코지 순경이야말로 어떻게 된 겁니까. 형사과 소속이잖아요."

"네. 급한 안건도 없으니 교통안전 이벤트를 도우라고 니노미야 형사과장님이 말씀하셔서요."

그 말에 나는 돼지마쓰 군을 보았다.

"……마쓰노코지 순경. 키가 얼마죠?"

"음, 183센티미터쯤 되는데요……."

"마쓰노코지 순경. 혹시, 서장 해보고 싶다는 생각, 해본 적 없습니까?"

내 질문에 돼지마쓰 군이 눈을 껌뻑거렸다.

"하아……. 그야 뭐, 정년 전에 하루라도 좋으니 서장이 될 수 있다면 더 바랄 게 없습니다."

그렇단 말이지?

돼지마쓰 군, 일일 서장이라도 되고 싶다고, 분명히 말한 거다?

나는 싱긋 웃었다.

그때 안내 방송이 들렸다.

"알려드립니다. 지금 우시야마 타이조 씨를 찾고 있습니다. 보라색과 노란색이 들어간 챤챤코[6]를 입고 있습니다."

"우시야마 영감님이시네요……."

내게 부채질을 해주던 기쿠치 경사가 말했다.

"아는 분입니까?"

"이 근처에서는 유명합니다. 고령인 데다 치매기가 있으셔서 여기저기 돌아다니다가 이따금 행방불명이 되곤 하죠."

기쿠치 경사가 가지런한 눈썹을 걱정스레 찌푸렸다.

그렇구나…….

뭐, 보라색과 노란색 챤챤코처럼 눈에 띄는 옷을 입고 있다면 곧 발견되겠지.

"저는 우시야마 씨를 찾으러 가보겠습니다."

기쿠치 경사가 대기실을 나갔다.

그때 매니저의 가슴께에서 음악 소리가 났다.

매니저는 바지 주머니에 찔러 넣고 있던 손을 빼더니 가슴팍에서 스마트폰을 꺼내들고 뭔가 이야기하기 시작했다.

그러던 매니저가 스마트폰을 손에 든 채 나를 돌아보았다.

6 솜을 넣어 따뜻하게 만든, 소매 없는 겉옷.

"이동용 밴 기사한테서 온 전화인데, 곤란한 일이 생겼습니다."

"무슨 일입니까?"

"타이어가 펑크 났답니다. ……서장님, 미캉 짱은 택시에 태워 다음 행사장으로 보낼 생각인데, 저와 아이 짱은 경찰차로 데려다주실 수 없겠습니까. 인형 탈과 소도구 부피가 워낙 커서 택시로 이동하려면 두 대는 필요한데 경비가 빠듯해서 한 대분밖에……."

네네. 알겠습니다요. 이왕 이렇게 된 거 운전수든 뭐든 되어드리지요.

"다음 행사장에서는 이 마쓰노코지 순경이 미캉 군 역을 해주기로 했으니 함께 이동하겠습니다."

돼지마쓰 군이 놀란 표정으로 나를 보았다.

뭘 그래, '일일 서장'이라도 하고 싶다고 말한 사람은 자네거든?

매니저는 고개를 끄덕이더니 또 주머니에 한쪽 손만 쑤셔 넣고, 다른 한 손은 허리춤에 얹었다.

또 좌우 비대칭이야…….

"신경 쓰이네."

나는 볼썽사나운 매니저에게 들리지 않게 작은 소리로 욕을 했다.

매니저가 돼지마쓰 군에게 미캉 군이 해야 할 율동에 대해 설명하기 시작했기에 내가 수사 차량을 가져왔다. 그대로 다음 행사장까지 운전하고 가야 하지만, 또다시 '미캉 군' 탈을 써야 하는 것에 비하면 천국이 따로 없다.

결국 조수석에는 머리만 내놓고 인형 탈을 입은 돼지마쓰 군이 타고, 뒷좌석에는 하마노 아이와 매니저가 함께 탔다. 미캉 군의 머리는 트렁크에 던져두었다.

한동안 차를 몰고 있는데 돼지마쓰 군이 전방을 가리켰다.

"서장님, 저기……."

보라색과 노란색 줄무늬 찬찬코를 입은 노인이 길을 걷고 있었다.

……그러지 않아도 보인다고.

나는 보라색과 노란색 찬찬코를 가로막듯이 차를 세웠다.

"할아버지. 어디 가세요?"

돼지마쓰 군이 상냥한 목소리로 노인에게 물었다.

"몰라!"

노인은 큰 소리로 대답했다.

나와 돼지마쓰 군은 눈짓을 주고받았다.

돼지마쓰 군이 차에서 내려 노인에게 살갑게 말을 건넸다.

"할아버지, 어디 가시는지는 모르겠지만, 차로 모셔다드릴게요."

돼지마쓰 군은 조수석에 노인을 태우고 안전벨트를 채웠다.

나는 돼지마쓰 군이 뒷좌석에 탄 것을 확인한 후 차를 출발시키며 백미러를 힐끔 보았다.

경찰서장이 운전하는 차에 탄 지역 홍보 캐릭터 인형 탈을 입은 형사, 현지 아이돌, 그 매니저 그리고 보라색과 노란색 줄무늬 찬찬코를 입은 치매 노인이라…….

경찰 역사상 이만큼 다양한 사람을 태운 수사 차량이 또 있을까 싶다…….

돼지마쓰 군은 내가 건네준 무선 마이크로 "우시야마 씨를 무사히 보호하고 있습니다"라고 보고 중이다.

그런데 차를 출발시키고 나서야 알았는데, 차체가 조금 기울어져 있다. 차 오른쪽에 중량급인 나와 돼지마쓰 군이 앉고, 왼쪽에 영감님과 체구 작은 매니저가 앉았기 때문이다.

신경 쓰이네……. 좌우대칭이 아니면 신경이 쓰여…….

알고 나니 어쩐지 점점 더 신경이 쓰이기 시작했다.

아니야……. 항공모함이 된 기분으로 느긋하게 이 사람들을 싣고 가보자. 이들은 내 소중한 함재기들인 거야.

나는 그렇게 생각하기로 했다.

그때 조수석의 영감님이 큰 소리로 "미안!" 하고 외쳤다.

대체 뭐가 미안하다는 걸까, 생각한 그 순간, 엄청난 방귀 소리가 조수석에서 났다.

"와하하하!"

우시야마 영감님이 큰 소리로 웃어젖혔다.

냄새가 장난 아니다.

영감님……. 대체 뭘 잡수신 겁니까…….

나는 숨을 멈추고 창문을 내렸다.

운전을 하느라 창문 여는 동작이 살짝 지체되었다. 뒷좌석 창문은 이미 활짝 열려 있었다.

잠시 더 달려 차 안을 환기시키고 나서 나는 창문을 닫았다.

그 순간 또다시 영감님의 "미안!" 하는 외침과 요란한 방귀 소리. 차창이 일제히 열렸다. 그 모습을 보면서 영감님은 큰 소리로 웃고 있다.

저기요, 영감님……. 진짜 치매 맞습니까? ……혹시 우리를 놀리고 있는 거 아니에요?

그때 무전이 들어왔다.

운전 중이라서 다시 돼지마쓰 군에게 마이크를 건넸다.

"마쓰노코지입니다."

"그 차량에 하마노 아이 양이 타고 있지 싶은데."

니노미야 형사과장의 목소리다.

"네. 제 옆에 있습니다만."

"방금 시청으로 하마노 양을 살해하겠다는 전화가 걸려왔다."

"뭐라고!"

매니저가 소리쳤다.

"지금 그 목소리는 누군가?"

"하마노 양 매니저입니다."

나는 백미러로 뒷좌석을 보았다. 하마노 아이도 매니저도 깜짝 놀란 눈치다. 돼지마쓰 군은 긴장한 탓인지 마이크를 꽉 움켜쥐고 있다.

"살해 장소라든지 시간이나 방법 등에 대한 예고는 없었습니까?"

"없다. 그저 '하마노 아이를 죽이겠다'라는 한 마디뿐이었다. 단순한 장난 전화인지도 모르겠지만."

"이벤트는 중지야!"

매니저가 고함쳤다.

"안 돼요! 팬들이 기다리고 있는데!"

"지금 그건 하마노 아이 양 목소리군."

하마노 아이가 돼지마쓰 군에게서 마이크를 빼앗아 들었다.

"전 반드시 무대에 오를 겁니다. 저는 인기가 별로 없어서 '헤이세이 미캉코'를 언제 그만두게 될지 알 수 없어요. 이번 무대가 저의 마지막 무대가 될지도 모른다고요."

"그렇지 않아. 반드시 다음 무대도 있을 거야."

부들부들 떨리는 어조로 매니저가 설득하려 했지만 하마노 아이는 막무가내였다.

"만약 이벤트가 중단되면, 저 혼자 거리에 나가서라도 노래할 거예요!"

잠깐 잠깐, 무슨 그런 큰일 날 소릴. 하마노 아이가 제멋대로 행동하게 되면 그야말로 큰일이다. 괴한 입장에서 보면 그만큼 손쉬운 표적도 없다.

"……알았다. 일단 다음 무대인 시민회관 앞 광장은 우리 서에서 경호한다. 상황을 보고 판단하도록 하지."

그때 또다시 "미안!" 하는 목소리와 방귀 소리 그리고 영감님의 시원한 웃음소리.

"……방금 그건 누군가?"

"우시야마 씨입니다. 수색 요청이 들어온……."

돼지마쓰 군이 창문을 열면서 대답했다.

"대체 그 차에 지금 몇 사람이 타고 있는 건가?"

"서장님에 하마노 씨, 매니저님, 수색 요청이 들어온 우시야마 씨, 그리고 접니다."

"……그대로 천천히 다음 행사장으로 가게. 그사이에 경비 태세를 정비하겠네."

"우시야마 씨는 어떻게 할까요?"

"차를 세워서는 안 돼. ……그대로 동행 부탁하네."

무전이 끊겼다.

"서장님. 니노미야 형사과장님 말씀대로 멀리 돌아가주세요. 가능한 한 시간을 벌 수 있게요."

나는 창문을 닫고 나서 운전대를 꺾었다.

한동안 차 안에 침묵이 흘렀다.

갑자기 매니저가 "미안" 하고 말했다. 나는 황급히 창문을 열었다.

매니저가 손을 내저었다.

"아니, 아닙니다. 창문을 닫으려다가 아이 짱한테 팔을 부딪쳐서요."

저기 말이죠…….

이런 판국에 헷갈리는 언동은 제발 삼가주시죠…….

승객을 함재기 삼아 꿋꿋이 견뎌내려 했지만 어쩐지 오히려 함재기에 대한 애정을 잃을 것만 같다…….

그랬다……. 프라모델 조립 설명서에 적힌 해설에 따르면, '아카기'는 적의 공격으로 함재기용 폭탄과 어뢰가 유폭되는 바람에 대폭발을 일으켰다. 그리고 더 이상 항행할 수 없게 된 '아카기'는 아군의 어뢰에 의해 침몰되었다……. 요컨대 '아카기'가 침몰한 것은 함재기 때문 아닌가.

머리로는 불합리한 줄 알면서도 짜증이 부글부글 끓어오르기 시작했다…….

내내 신경 쓰이던 차체의 치우침도 더는 두고 볼 수가 없다.

나는 차를 세웠다.

"마쓰노코지 순경. 잠깐 내려서 하마노 아이 양과 자리 좀 바꿔주지 않겠습니까?"

"네?"

"살짝…… 중량급들이 오른편에 몰려 있다 보니 차가 기우는군요."

우시야마 영감님과 바꿔 앉아줬으면 더 좋겠지만, 치매 노인을 비좁은 뒷좌석에 앉히기는 좀 그렇다.

돼지마쓰 군은 고개를 갸웃거리면서도 차에서 내려 하마노 아이와 자리를 바꿨다.

여전히 조금 기운 듯하지만 아까보다는 한결 나아졌다.

하지만 어차피 번거로운 짓을 할 거면 매니저와 돼지마쓰 군이 바꿔 앉는 게 나았으려나? 짜증이 나면 판단력도 떨어진다. 반성해야지…….

다음 행사장에 도착하자 내 차를 발견한 니노미야 형사과장이 다가왔다.

"일단 경계 태세를 취하고 있습니다만, 완벽하다고는 말하기 어렵습니다."

나는 주위를 둘러보고 깜짝 놀랐다.

그 짧은 시간에 우리 서 형사과 전원이 시민회관 주변 곳곳에 나와 서 있었다. 형사과뿐만이 아니다. 교통과와 소년과 소속 경찰들까지, 거의 모든 인원이 총동원되었다. 시민회관이 우리 서 근처라고는 하지만 용하게도 그 짧은 시간 안에 모은 것이다. 이게 '일단'이라면, '완벽'은 대체 어떤 상태라는 건지.

천천히 온 덕에 행사 시작 시간은 이미 지나 있었다. 하지만 곧장 왔을 미캉 짱이 아직 보이지 않는다.

스마트폰을 만지작거리던 매니저가 고개를 들었다.

"미캉 짱은 택시로 이동 중일 텐데 연락이 되질 않네……."

"어떡하죠?"

하마노 아이가 불안한 표정으로 매니저를 보았다.

"행사 시작 시간은 벌써 지났어. 미캉 짱은 빼고 가야지."

"괜찮겠습니까?"

내 물음에 매니저는 "어차피 미캉 짱은 인기가 없는 캐릭터라서, 있으나 없으나 마찬가지예요" 하고, 시장이 들으면 낙심천만할 대사를 입에 올렸다.

다른 방법이 없었기에 우리는 대기실로 들어갈 것도 없이 곧장 무대에 올랐다.

그다음부터는 아까 행사와 똑같다.

나는 하마노 아이, 그리고 돼지마쓰 군이 들어가 있는 미캉 군에게 '일일 서장' 어깨띠를 둘러주고 무대 옆 내빈석에 앉았다.

인사가 끝난 후, 진행을 맡은 교통과의 여성 경찰관이 나왔다. 행사장에 와주신 시민 여러분에게 감사하단 인사를 전하고 있다.

"서장님."

나를 부르는 소리에 뒤를 돌아보았다. 니노미야 형사과장이 서 있었다.

"무슨 일 있습니까?"

"네. 하마노 아이 양 살해 예고 전화를 건 남자를 체포했습니다."

뭐!? 벌써 잡았다고?

"대체 누가?"

"미캉 짱 담당 슈트 액터입니다. 살해 예고 전화를 거는 모습을 목격한 사람이 있었습니다. 그래서 경찰이 급히 가서 묻자 깨끗이 인정했다고 합니다."

나는 미캉 짱 탈 안에 들어가 있던 체격이 자그마한 아저씨를 떠올렸다.

"왜 그런 짓을?"

"네. 그게, 이 슈트 액터 일이 너무 힘들어서, 어떻게든 공연을 좀 쉴 수 없을까 생각하다 그만 범행에 이르게 되었답니다."

……그 마음은 충분히 이해된다.

"행위는 용서할 수 없지만, 너무 무거운 죗값을 치르지 않았으면 좋겠군요."

내 말에 니노미야 형사과장이 고개를 끄덕였다.

"어쨌든 여기 경비는 풀고, 저희는 통상 근무로 돌아가겠습니다."

"수고하셨습니다."

그렇게 말한 나는, 돌아가려는 니노미야 형사과장을 황급히 불러 세웠다.

"저 사람은 남겨두고 가세요."

나는 키가 크고 건장해 보이는 경찰관을 가리켰다.

"오노 경장 말씀이십니까……."

"꼭 좀 부탁합니다."

니노미야 과장이 손짓하자 오노 경장인가 하는 경찰관이 내 앞으로 왔다.

"제게 뭔가 시키실 일이라도 있으십니까?"

오노 경장의 곧은 시선에 나는 슬며시 눈을 딴 데로 돌렸다.

여전히 나는 현장 경찰관의 눈이 질색이다. 일반인에게선 볼 수 없는 그 딱딱한 빛을 볼 때면 저절로 몸이 움츠러든다. 그럴 리가 없다고 생각이 든다면, 어르신 손을 잡고 웃는 얼굴로 횡단보도를 함께 건너는 여성 경찰관의 눈을 들여다보시라. 물론 내게는 그럴 용기가 없지만.

……아니, 지금은 그런 걸 따질 때가 아니지.

"오노 경장, 미안하지만, 지금 무대 위의 움직임을 잘 보고, 확실히 머릿속에 넣어두세요."

오노 경장은 고개를 살짝 갸웃했지만, 말없이 경례를 하고 나서 객

석 맨 앞줄로 갔다. 이럴 때 질문하거나 의구심을 드러내지 않고 명령에 복종하는 것이 경찰 사회의 좋은 점이다.

내 나름대로 생각이 있었다.

아마도 돼지마쓰 군은 전반부 무대를 마치고 침몰할 것이다. 돼지마쓰 군이 나가 떨어지면 후반부 무대에는 다시 내가 그놈의 인형탈 속에 들어가야 한다. 그랬다간 이번에는 진짜로 죽고 말 것이다.

그래서 나는 경비진 중에서 가장 건장해 보이는 경찰관을 남겨두었다. 이제 돼지마쓰 군이 쓰러져도 예비 인력이 있다.

한 수를 넘어 두 수를 내다보고 손을 쓴다……. 역시 관료다워. 대단하다, 엘리트!

나는 마음 푹 놓고 행사장 의자 깊숙이 앉아 무대 위에서 노래를 부르기 시작한 하마노 아이를 보았다.

역시 노래도 춤도 조금 서툴다……. 가엾지만 '헤이세이 미캉코'에서 잘리는 건 시간문제인가…….

그에 비해 미캉 군 탈을 뒤집어 쓴 돼지마쓰 군의 춤은 꽤 수준급이었다. 도저히 초짜가 연습 한 번 없이 무대에 올랐다고는 생각하기 힘들 정도다.

하지만 그 돼지마쓰 군의 움직임도 급격하게 둔해지기 시작한다.

역시 그렇다니까…….

돼지마쓰 군에게 후반 무대는 무리일 거야. 오노 씨, 돼지마쓰 군의 동작을 잘 봐두세요.

갑자기 무대 옆쪽에서 매니저가 올라오는 모습이 보였다.

어라? 매니저가 등장하는 순서가 있었나?

매니저는 하마노 아이에게 쓱 다가가더니 주머니에서 손을 꺼냈다.

그 손에 쥐고 있는 것은…… 칼이다!

매니저가 그 칼을 쳐든 순간, 옆에서 춤추고 있던 돼지마쓰 군이 매니저에게 덤벼들었다. 거의 동시에 맨 앞줄에 있던 오노 경장도 무대로 뛰어올라가 날뛰는 매니저의 손을 비틀어 칼을 떨어뜨렸다.

갑작스러운 사태 앞에서 하마노 아이는 완전히 얼어붙었지만, 관객들은 무슨 깜짝 쇼쯤으로 착각했는지 환호성을 질러댔다. 데리러 온 가족과 함께 무대를 보고 있던 우시야마 영감님도 아주 흥에 겨워 있었다.

방금 무슨 일이 일어난 거지……?

그 엄청난 환호성 속에서 나는 넋이 나간 채 멍하니 의자에 주저앉아 있었다.

매니저가 체포된 후 하마노 아이는 대기실 대용인 창고에서 낙담에 빠져 있었다.

"괜찮습니까?"

돼지마쓰 군이 녹차가 든 페트병을 하마노 아이에게 건넸다.

"매니저가 저를 죽이려 했다니……."

"수사 차량에 태울 때 울부짖더군요. '하마노 아이의 시간은 내가 멈춘다! 그러면 하마노 아이는 영원히 내 꺼다!'라고……. 비뚤어진 독점욕이 낳은 업일까요."

"형사님은, 쏜살같이 저와 매니저 사이로 뛰어 들어와주셨지요. 처음부터 매니저가 수상하다고 여겼던 거죠?"

돼지마쓰 군은 고개를 저었다.

"아뇨. 저는 완전히 방심하고 있었습니다. 경비하던 경찰들이 물러나는 것을 무대에서 확인하고, '아, 범인이 잡혔구나' 하고 생각했으니까요. 하지만 서장님으로부터 뭔가 명령을 받은 오노 경장님이 맨 앞줄에서 무대 위를 감시하는 것을 보고, 저는 서장님께서 아직 긴장의 끈을 놓지 않으셨다는 것을 깨달았습니다. 그래서 저도 다시금 마음을 다잡았지요. 덧붙여 말씀드리자면 오노 경장님은 검도 5단으로, 저희 서 최강의 용병입니다."

뭐어!?

그렇게 대단한 사람이었어? 미캉 군 안에 들어가도 괜찮을 것 같아서 고른 건데…….

돼지마쓰 군이 말을 이었다.

"그런데 흔히 경비를 한다면 행사장 전체를 보기 마련인데, 오노 경장님은 계속 무대만 보고 계셨습니다. 그래서 분명 서장님이 경계하는 것은 그 시선 끝에 있는 사람이겠거니 짐작하고 주위를 살폈던 겁니다. 그 시선 끝에는……."

"저와, 형사님, 진행을 맡은 교통과 경찰관님 그리고……."

"무대 뒤에 있던 매니저……."

하마노 아이는 놀란 얼굴로 나를 돌아보았다.

"어떻게 그걸……."

날 향한 질문에 돼지마쓰 군이 대답했다.

"실은, 맨 처음 매니저를 보았을 때 저도 잠깐은 경계했습니다. 한쪽 주머니에 손을 넣고 있어서……. 더구나 스마트폰을 다루는 모습을 보고 알게 된 사실인데, 주머니에 넣고 있던 손이 자주 쓰는 손, 그러니까 매니저는 왼손잡이였습니다. 그때 서장님께서 '신경 쓰이네'라고 하시면서 저의 주의를 환기시키셨지요."

아니, 그건 단지 좌우 비대칭이 신경 쓰여서 그랬던 거야.

돼지마쓰 군이 계속해서 말했다.

"경찰학교에서 배웠습니다. 경찰 앞에서 주머니를 누르거나 주머니에 손을 넣고 있는 건 매우 위험한 징후라고. 주머니 속에 든 흉기의 실루엣이 겉으로 드러나지 않도록 가리려 한다거나, 주머니 속 흉기로 불시에 공격하려 마음먹고 있다거나……. 요컨대 주머니에 손을 대고 있는 사람은 늘 경계해야 한다는 거죠. 그리고 차로 이동할 때 기억하십니까? 영감님이 방귀를 뀌었을 때 말입니다. 매니저는 창문 조작 버튼을 누를 때, 바로 버튼 옆에 있는 왼손을 주머니에서 빼지 않고 굳이 반대편의 오른손을 뻗어 눌렀죠. 그랬기 때문에 손을 제자리로 물릴 때에 하마노 씨에게 부딪쳤던 거고요……. 왼손을 그렇게까지 움직이고 싶어 하지 않는다면 그 손을 넣은 주머니 속에 무언가가 있는 거겠지요. 무대 공연이 잘되길 비는 부적이라도 넣어 뒀을까요. 그렇다면 좋았겠지만요."

"그런 이야기, 들은 적이 있어요. 미국 같은 데서는 주머니에 손을 넣으려고 하면 경찰관에게 사살당한다고."

하마노 아이의 그 말에 돼지마쓰 군이 쓴웃음을 지었다.

"그건 과장입니다. '꼼짝 마!'라는 말을 듣고도 그런 행동을 하면 총을 꺼내려는 의도로 여겨질 수 있겠지만."

하마노 아이는 문득 무언가가 떠올랐다는 듯 고개를 들었다.

"혹시, 차로 이동할 때 서장님께서 저와 형사님의 자리를 바꾸라고 하셨던 게……."

돼지마쓰 군이 고개를 끄덕였다.

"맞습니다. 차의 중량 밸런스는 구실이었죠. 정상적인 성인이라면 차가 조금 기운 걸 가지고 그렇게 신경 쓸 리 없으니까요."

그 말에 나는 살짝 욱했다.

내 찌푸린 얼굴은 전혀 눈치 못 챘는지 돼지마쓰 군은 거침없이 말을 이었다.

"살해 예고가 있었다기에 서장님은 만에 하나를 생각해 매니저와 하마노 씨 사이를 떼어놓으신 겁니다. 경찰관은 그 어떤 위험 가능성도 배제해야 하니까요. 살해 예고 연락을 받았을 때는 매니저가 저희 옆에 있었지만, 살해 예고가 언제 있었는지 그 시점에서는 알지 못했고요."

"살해 예고를 한 범인이 잡히고 나서도 말인가요?"

"그래요. 매니저가 주머니에 계속 손을 넣고 있는 동안에는 그렇게 해야만 했던 겁니다. 하지만 저희 서원들도, 저도, 마음을 놓고 말았죠. 서장님뿐이었습니다. 경계를 늦추지 않은 사람은."

하마노 아이가 고개를 갸우뚱했다.

"매니저를 불심검문한다든가 하면, 그런 수고를 하지 않아도 됐을 텐데요?"

돼지마쓰 군이 미소를 띠었다.

"직무질문 말씀이십니까? 경찰관직무집행법 2조 1항에 '경찰관은 수상한 행동이나 그 밖의 주위 사정을 합리적으로 판단하였을 때 어떠한 범죄를 저지르거나 또는 저지르려 하고 있다고 의심할 만한 상당한 이유가 있는 자를…… 정지시켜 질문할 수 있다'라고 나와 있죠. 하지만 그때는 엄밀히 말해 직무질문을 할 수 있는 상황이 아니었습니다. 물론 직무질문이 가능한지 불가능한지 선을 긋기가 애매하고 해석의 여지가 꽤 있어서 재판으로 다툴 수 있는 부분은 있겠지만, 서장님께서는 엄밀한 해석 쪽을 택하셨습니다. 그래서 다른 방법으로 하마노 씨를 지키려 하셨던 겁니다. 그런데 매니저가 하마노 씨를 노리고 있을 확률은 만 분의 일…… 아니, 백만 분의 일 이하였죠. 하지만 시민을 지키기 위해, 저희 경찰은 법률의 범위 안에서 그 백만 분의 일을 대비해야 한다……. 오늘 제가 서장님에게서 가르침 받은 것입니다."

"대단하네요……."

하마노 아이가 한숨을 쉬었다.

"경찰 분들은 그런 것까지 염두에 두고 일을 하시는 거군요. 프로란 정말 대단해요……. 저도, 더, 더 열심히 노력해야겠어요."

그렇게 말하고 일일 서장은 364일 서장인 나와 반나절 서장인 돼지마쓰 군에게 거수경례를 했다. 어설프기 짝이 없었지만, 마음이 담긴 꽤 사랑스러운 경례였다.

나중에 안 사실인데, 무대 위에서 매니저를 제압하는 장면을 관객이 촬영했던 모양이다. 그 동영상은 인터넷을 통해 세상에 퍼져나갔다. '인형 탈을 뒤집어쓰면서까지 아이돌을 호위하는 경찰관' 같은 영문 모를 해설이 달려 전국적으로 방송까지 타게 되었다. 그 덕인지 몰라도 돼지마쓰 군과 오노 경장은 특별공로상을 받게 되었다.

덧붙여서 인터넷과 뉴스에 오른 덕에 지역 홍보 캐릭터인 '미캉 군'의 인기가 급상승한 모양이다. 한껏 들뜬 시장이 현경 본부와 우리 서에 감사장을 보냈다.

그리고 우시야마 영감님 말인데, 행사가 재개되어 예의 교통안전 그림연극 퀴즈 순서가 왔을 때 영감님 혼자 모든 문제의 정답을 맞혔다고 한다.

그 영감님, 진짜 치매일까? 역시 우릴 놀려 먹은 게 아닐까…….

다만 하마노 아이는 '헤이세이 미캉코'를 스스로 그만두었다고 한다. 다시 한 번 기초부터 노래와 춤 연습을 시작한다고 했던가…….

아이 짱, 노력하고 있구나.

그 아이는 아주 잠시 동안이었지만 나의 함재기였다. 돼지마쓰 군은 별도로 하고…… 매니저와 우시야마 영감님은 조금 더 별도로 하고……. 그 아이가 노력하고 있을 모습을 생각하니, 나도 다시 한 번 함재기에 대한 애정을 되찾을 수 있을 듯하다.

서재 책상을 마주하고 앉은 나는 눈앞에 놓인 '아카기'의 함재기를 보았다.

역시나 죄다 조금씩 기울어져 있다. 다리 각도가 제대로 안 맞는 모양이다.

나는 심호흡을 한 번 하고 함재기의 다리를 살짝 구부려보았다.

아……. 다리가, 또 떨어졌어…….

서장
다나카 겐이치의 숙적

어리석은 놈들 투성이에, 정말이지 재미없는 세상이야…….

……따분함을 없애려면 게임을 하는 수밖에 없지.

그것도 아주 위험한 게임을…….

벼랑 끝을 향해 내달리는 듯한 게임을…….

선달그믐인데도 나는 경찰청의 한 사무실에서 자료를 마무리 짓고 있다.

새해 벽두부터 도쿄에서 경제 관련 긴급 국제회의가 열린다고 해서 경비 태세 등을 점검하느라 경찰청 내부는 그야말로 카오스 상태다. 내가 시코쿠 시골 구석에 있는 경찰서 서장으로 부임하기 전에 소속되어 있던 경찰청 외사과外事課도 일손이 턱없이 부족했다. 그것이 내가 일시적인 출장 형식으로 이곳 경찰청에 불려 들어온 이유다.

나는 현재 지방공무원일 뿐인데 말이다.

하긴 나는 국제회의 경호라든지 해외에서 잠입한 테러리스트 추적 같은 일이 아니라 예산 관련 업무를 도와주러 와 있다. 내가 외사과에 근무할 때 진행했던 '해외 출장비 산정 기준 개정 시안'을 작성하는 일이다. 현 담당자가 "지랄 맞게 바쁜 때에 이런 시답잖은 일을 하라는 거냐"라며 내팽개치는 바람에 내가 대신 하고 있다.

그런데 이게 과연 시답잖은 일인 걸까. 해외 출장비 산정 기준 개정 시안……. 꽤 보람 있는 일이라고 생각했는데. 해외 출장비 산정 기준 개정 시안…….

아무튼 그 작업을 크리스마스이브부터 하게 되었는데 해를 넘기기 전에 간신히 마무리 지었다.

나는 작성한 서류를 정리해 외사과 과장 자리로 갔다.

"이 정도면 되겠습니까?"

과장은 내가 건넨 서류를 흘깃 보았다.

"뭐, 괜찮겠지."

"그럼, 저는 이만 가보겠습니다."

아이고, 드디어 겨울 휴가다. 그렇게 속으로 생각하며 과장에게 고개를 숙였다.

"잠깐 있어보게. ……실은, 자네에 관해 좋지 않은 소문이 경찰청 내부에 퍼지고 있어서 말이야."

과장이 자료에서 얼굴을 들었다.

"듣자하니, 시코쿠에서 자네가 현장 수사에 엄청 관여한다던데?"

나는 황급히 고개를 가로저었다.

"그런 일은 없습니다. 어디까지나 우연이나 오해로 빚어진……."

과장이 손을 들어 내 발언을 제지했다.

"잘 들어두라고. 자네는 어디까지나 경찰 관료야. 현장 일은 현장에 맡겨둬. 커리어가 할 일은 밑에서 올라오는 서류에 도장을 찍는 것뿐이야. 선을 넘지 말라고."

……비벼볼 구석이 없군.

"명심하겠습니다."

나는 변명을 포기하고 머리를 숙였다.

"그리해주기를 바라는 바네만."

외사과 과장은 내가 제출한 서류를 내려놓았다.

"그런데, 출세에는 영 관심이 없는가 싶더니 강력한 백을 손에 넣으려 하고……. 자네는 진짜 알 수 없는 사내야."

예? 강력한 백? 뭐죠, 그게?

되물으려 했지만 외사과 과장이 손을 내저었다. 더 이상 내게는 볼일이 없는 모양이다. 나는 다시 한 번 깍듯이 인사하고 외사과 사무실을 나왔다.

복도에서 마주치는 사람들마다 죄 살기를 띠고 있다. 국제회의 대응 때문에 정신이 하나도 없는 듯하다. 연말은커녕 연초 휴가도 그들에게는 꿈일 뿐이다.

다들 고생이 많습니다.

이런 때에 지방 서장이라서 정말 다행이다.

나는 경찰청을 나섰다.

엄청 춥다. 눈이 내릴 것도 같은데.

휴대전화를 꺼냈다. 다음 일정까지 시간이 잠깐 비어서 경찰청 시절에 단골이 된 프라모델 가게에 가보기로 했다.

“어이구, 웬일이에요.”

가게 주인이 나를 알아보고 먼저 인사를 건넸다.

“잘 계셨죠, 오랜만입니다. 오늘 마침 이쪽으로 출장을 나와서요.”

한동안 못 만났어도 나를 기억해주고 따스하게 맞아주니 기쁘다. 나는 주인에게 인사하고 나서 곧장 전함 코너로 갔다. 연초 휴가 때 만들 배를 사가지고 갈 생각이다.

전함 코너에는 새로운 얼굴이 있었다. 그런데 어쩐지 이 얼굴…… 어디선가 본 녀석과 닮았다. 내 신경을 긁는 뭔가가 있다.

나는 가볍게 목례하고 나서 잠수함 모델을 손에 들었다.

“헤에, 아저씨도 함정을 만드나 보네?”

초면에 좀 무례하다는 생각이 들었지만 일단 대답은 했다.

“아, 대학 다닐 때부터 만들고 있어요.”

“대단한데? 난 이번엔 이걸 만들어보려고.”

남자는 손에 든 전함 ‘미카사’ 상자를 내게 보였다. “이 모델은 평판이 어떠려나?”

나는 고개를 갸웃거렸다.

“글쎄, 어떨는지. 나는 연합함대를 만드는 게 목표라서, 러일전쟁 시대 배는 좀…….”

남자는 놀란 듯한, 그리고 어이없어하는 눈으로 나를 보았다.

“혹시 아저씨, 연합함대가 제2차 세계대전 시절 거라고 생각해요? 연합함대는 청일전쟁 때부터 있었는데.”

뭐?

남자의 말에 나는 깜짝 놀랐다.

“……그래요?”

“뭐야, 그런 것도 모르나?”

남자는 비웃음을 흘리며 ‘미카사’를 손에 들고 계산대로 향했다.

남자의 등을 보면서 나는 기억을 떠올렸다.

맞아, 저 남자는 시코쿠의 그 프라모델 가게에 늘 나타나는 그놈과 닮았다. 뭐랄까, 나의 프라모델 철학과 정반대되는 짓을 하면서 신경을 거스르는 놈……. 내가 질색하는 타입이다.

이런 타입의 남자는 아무래도 내 프라모델 인생에 있어 강력한 적이 되는 숙명인 듯하다. 이른바 숙적이라는 것이군…….

아니, 지금은 그런 건 아무래도 좋다.

나는 가게 한구석에서 스마트폰을 꺼냈다.

뭘 숨기랴, 바로 최근에서야 스마트폰을 장만했다. 기계류에 대해선 통 까막눈이라서 그동안 쭉 스마트폰을 멀리했는데 시골 서장 자리에 있는 동안 스마트폰을 공부해보리라 마음먹었다. 다만 스마트폰에 채 익숙해지기도 전에 피처폰을 바로 버리기는 불안해서 지금은 두 개 다 가지고 다닌다.

끙끙거리면서 스마트폰을 조작해 알아본 바에 따르면, 남자가 말했던 대로 연합함대는 청일전쟁 때부터 존재했던 것 같다.

그건 나의 착오였으니 괜찮지만, 문제는 군함 수다. 죽기 전에 연합함대를 완성하고 싶은 나로서는 제2차 대전 개전 이후의 연합함대만 해도 그 수가 장난 아니게 많다. 그런데 단숨에 백 척 넘게 불어나버렸다.

나는 망연자실했다.

하나 더 남아 있던 '미카사' 상자를 들고 계산대로 갔다.

"저어……. 이 '미카사'의 내용물을 잠깐 볼 수 있을까요?"

주인에게 물어보았다.

"그러세요."

주인은 선뜻 상자를 열어주었다. 단골은 이럴 때 편하다.

안을 보니, '미카사'는 크기부터가 엄청 작다. 전함이긴 해도 전체 길이만 보면 제2차 대전 때의 구축함과 구분하기 어려울 정도다.

하지만 문제는 내용물이다.

부품 수가 많은 것은 둘째 치고, 언뜻 봐선 어떤 모양이 될지 가늠할 수 없는 부품들이 있다. 제2차 대전 시기의 군함은 나름 많이 만들어봤다 싶었는데 러일전쟁 시대 것은 또 많이 다른 듯하다.

조립 순서와 도장 순서도 잘 이해가 가지 않는다. 물론 조립 설명서대로 만들면 만들어지기야 하겠지만, 군함 모형을 오랫동안 만들어온 사람들에게는 저마다 나름의 순서가 있다. 나도 그렇다. 그런데 그게, 시대가 다른 군함일 경우에는 통용되지 않을지도 모르겠다. 한 척 만드는 데에도 여태 해온 것 이상으로 시간이 들 것 같다.

……어떡하면 좋지…….

연구용으로 '미카사'를 구입한 나는 비트적거리며 가게를 나왔다.

이즈행 전철에 올랐다.

하코네에서 열리는 남동생의 결혼 피로연에 가기 위해서다.

동생은 영국의 한 대학에서 연구를 하고 있는데, 그곳에서 마찬가지로 유학 중인 아가씨를 알게 되어 결혼식을 올렸다. 현지에서 식을 올리느라 신랑, 신부와 양가 부모님만 참석하고 말았는데, 대신 피로연을 일본에서 치르기로 했단다. 그런데 신부 측 가족이며 친지들이 꽤나 바쁜 사람들인 듯, 마땅한 날이 섣달그믐뿐이었다고 한다.

뭐, 아무려나 좋다고, 전철 좌석에 앉은 나는 머리를 흔들었다.

지금은 위기에 빠진 나의 인생 목표, '연합함대를 완성하는 것'에 대해 숙고해야 할 때이다.

흔들리는 전철에 몸을 맡긴 채 머릿속을 정리했다.

지금까지 해온 방식대로 청일전쟁 이후의 군함들을 전부 다 만든다는 건 절대 불가능하다. 그렇다면 취할 수 있는 선택지는…….

1. 연합함대를 완성하는 것을 포기한다.

2. 연합함대를 완성한다(단, 함정 하나에 들이는 수고를 가능한 줄임).

3. 연합함대를 완성한다(단, 제2차 대전 당시에 활약한 것으로 한정).

4. 연합함대를 완성한다(단, 제작은 순양함 이상 군함으로 한정).

1번은 논외다. 그렇다고 2번부터 4번까지의 '(단……)'이라는 군더

더기가 붙은 인생 목표란 건 참…….

다섯 번째 선택지는 없는 걸까.

고뇌하는 사이 목적지 역에 도착했다.

산간 지역이라서 그런지 상당히 춥다. 나는 덜덜 떨면서 역 앞에서 택시를 잡았다.

“하코네의 나카토미 료칸이라고 아십니까?”

“뭐, 유명하니까요.”

초로의 운전사가 택시를 출발시켰다.

나는 다시 스마트폰을 꺼냈다. 전함 ‘미카사’에 대해 알아볼 생각이었다.

청일전쟁, 러일전쟁 시기의 군함 중에 내가 이름을 알고 있는 것은 고작해야 전함 ‘미카사’ 정도다. 그리고 만약 청일·러일전쟁 시대의 연합함대도 만들게 된다면 역시 유명한 전함 ‘미카사’ 언저리부터 시작해야 할 테고…….

찾아본 바에 따르면 ‘미카사’의 생애는 파란만장 자체였다.

‘미카사’는 러시아의 발틱 함대를 괴멸한 쓰시마 해전의 기함旗艦으로 유명한데, 러시아 해군과 교전할 당시 피해를 입었다. 그야 뭐, 군함이니 있을 수 있는 일이지만, 그 후 의문의 폭발 사고로 인해 침몰되어 인양되었다가 다시 암초에 부딪혀 좌초되었다. 수리는 받았지만 이번에는 간토 대지진 때 부두 외벽에 충돌하여 침수되었다. ‘미카사’는 연합함대 기함이라는 영광스러운 지위에 있었음에도 차마 눈뜨고 볼 수 없을 만큼 장렬한 생애를 보낸 것이다.

그런 '미카사'가 평온한 나날을 보낼 수 있게 된 것은 기념함으로서 영구 보존된 이후부터다.

"손님, 다 왔습니다."

택시 운전사 말에 나는 스마트폰에서 얼굴을 들고 창밖을 보았다.

"저어…… 나카토미 료칸이라고 말씀드렸을 텐데요……."

"여기가 나카토미 료칸이에요."

택시에서 내린 나는 다시금 눈앞의 건물을 보고 놀랐다. 거대한 건물이 담벼락 너머에 우뚝 솟아 있다.

이건 료칸이 아니라 성 아니야?

주뼛거리면서 안을 엿보는데 어머니가 나왔다.

"늦었구나."

"여기서 피로연을 해요?"

"안은 더 굉장해. 사돈댁이 건물 전체를 빌렸나 보더라."

우리는 료칸 사람에게 안내받아 내부로 들어섰다.

어머니 말마따나 료칸 내부는 역사가 느껴지는 운치도 있으면서 문득문득 눈을 뗄 수 없게 만드는 호화로움도 있었다.

그뿐 아니다. 감시용인지, 곳곳에 비디오카메라가 설치되어 있다.

료칸에 왜 이런 게 있지?

나는 테니스 코트가 몇 개는 들어갈 법한 너른 복도를 걸으며 어머니에게 물었다.

"아버지는요?"

"감기가 낫질 않아서 못 오시게 됐다."

어머니는 그렇게 말하곤 기침을 콜록콜록 했다.

“아버지한테 옮은 거 아녜요? 조심하셔야지.”

나는 가족 대기실로 들어가 예복으로 갈아입었다. 말이 대기실이지 마치 무슨 귀족 저택 거실인가 싶은 공간이다.

대기실뿐만이 아니었다. 피로연장에 들어가기 전 잠시 들른 화장실도 엄청나게 공을 들인 티가 났다.

……변기만 없으면 다실茶室로도 쓸 수 있겠는데?

우리 나라에 이런 데가 있는 줄은 미처 몰랐다. 나는 주위를 둘러보면서 피로연장으로 들어갔다.

하객들은 거의 다 자리를 잡고 앉아 있었다. 나는 정면 중앙에 앉은 신부에게 살짝 고개를 숙였다. 신부도 미소 지으면서 인사로 답했다. 지난번에 동생과 함께 시코쿠로 인사하러 왔었는데 느낌이 꽤 괜찮은 여성이었다. 제수씨와 아주버니로 잘 지낼 수 있을 것 같다.

나는 가오리 옆자리에 앉았다.

모처럼 가오리와 느긋하게 크리스마스를 보낼 생각이었는데 출장 때문에 허사가 되었다. ‘메리 크리스마스’ 인사도 건네지 못했으니 하다못해 정월에는 둘이서 평온하게 보내고 싶다.

나는 가오리에게 줄 크리스마스 선물을 테이블 위에 살며시 내려놓았다. 가장 돋보일 만한 순간에 전할 생각이다.

“저기, 궁금한 게 있는데…….”

일주일 만에 만난 가오리가 내게 물었다.

“뭔데?”

"출장 때도 권총을 갖고 다녀?"

뭐?

가오리는 약간 볼록한 내 예복 안주머니 언저리를 보고 있다.

처음엔 농담이려니 여겼는데 가오리의 눈빛이 진지하다.

"설마 내가 항상 권총을 지니고 다닌다고 생각하는 거야?"

"그렇지 않아? 경찰이잖아."

나는 어처구니가 없었다.

가만 보니, 경찰이면 다 권총을 갖고 있는 줄 아는 눈치다.

말도 안 되는 소리. 권총이라니, 경찰청에 갓 들어와 연수 때 다뤄본 이후로는 만져본 적도 없다. 가오리는 워낙 평소에도 세상과 좀 동떨어져 사는 듯 보이긴 하지만, 설마 이 정도일 줄은 몰랐다.

"피로연에까지……."

가오리는 약간 볼록한 내 가슴께를 보면서 눈썹을 찌푸렸다.

아니, 이건 피처폰이랑 스마트폰이 들어 있어서 그런 것뿐이거든?

하지만 당장에 스마트폰으로 갈아타기가 불안해서 두 개를 같이 가지고 다닌다는 말은 창피해서 할 수가 없다.

"뭐……. 경찰청에서 바로 오느라……."

나는 대충 얼버무렸다.

가오리와 눈을 마주치지 않으려고 나는 테이블 위에 놓인 식순표와 좌석표를 힐끔 보았다.

허, 주례가 집권 여당 부총재와 동성동명이라니, 하는 생각과 함께 주례석에 앉은 영감님을 보았다.

……확실히 여당 부총재 맞네…….

왜 내 동생 결혼식의 주례석에 정계의 왕요괴로 불렸던 사람이 앉아 있는 거지?

나는 다시 한 번 좌석표를 보면서 신부 측 자리를 보았다.

신부의 할아버지는……. 헉…… 내가 경찰청에 입사했을 당시 국가공안위원장이잖아…….

대체 이게 어떻게 된 일이지?

황급히 좌석표를 손에 들고 신부 측 자리를 둘러보았다.

신부 아버지의 친구는…… 경단련[1] 회장이다.

나는 우리 측에 앉아 있는 아버지 친구분들 자리를 힐끔 보았다. 지방 슈퍼마켓의 점장이 뭔가 재미난 일이 있었는지 손뼉을 쳐가며 큰 소리로 웃고 있다.

신부 측 자리를 다시 한 번 보았다. 신부의 숙부인가 하는 사람, 분명히 국회 중계방송에서 본 적이 있어…….

"신부 아버지는 뭐 하는 사람이에요?"

나는 옆자리에 앉은 어머니에게 슬며시 물어보았다.

"글쎄다. 제조업에 종사한다고 들었는데. 아까 식 시작하기 전에 큰아버님이랑 의기투합하시더라."

그 말을 듣자 생각났다. 신부 아버지는 일본을 대표하는 중공업 회사 사장이다. 의기투합? 일개 동네 공장을 경영하는 큰아버지와 대

1 일본 경제단체연합회의 약칭.

체 무슨 이야기가 통했다는 건지…….

나는 슬쩍 눈을 내리깔고 신부 친구 측 좌석을 보았다.

……황가 후손이 앉아 계시네…….

이번에는 동생 친구들이 앉아 있는 좌석을 보았다.

아…… 얼마나 마셔댔는지 이미 다들 취해 있다…….

외사과 과장이 말한 '강력한 백'이 뭘 의미하는지 이제야 알겠다. 신랑 신부 자리에서 태평스레 웃고 있는 동생을 보며 나는 한숨을 내쉬었다.

너는 이런 집안과 연을 맺는다는 것이 뭘 의미하는지 알고는 있는 거냐? 공연히 성가신 일에 휘말리는 일은 없어야 할 텐데…….

어쩐지 갑자기 목이 말랐다.

주변을 둘러보았지만, 아까까지 있던 료칸 사람들이 하나도 보이지 않는다.

"잠깐 물 좀 받아 올게……."

나는 비트적거리며 피로연장을 나왔다.

보자, 주방이 어디지…….

어라?

료칸 직원이 소파에서 곯아떨어져 있었다.

그럴 만도 하지. 섣달그믐에도 일해야 하니 좋을 리가 있겠어.

나는 직원을 깨우지 않으려고, 테이블에 놓여 있던 쟁반에서 물주전자를 가만히 집어 들고 자리로 돌아왔다.

"다음은 주례 선생님의 인사 말씀이 있겠습니다."

사회자의 말에 정계의 왕요괴가 일어섰다.

그 순간, 피로연장 문이 벌컥 열리더니 전투복 차림을 한 남자 셋과 값비싸 보이는 양복을 입은 남자 하나가 들어왔다. 전투복 차림 남자들은 저마다 자동소총 같아 보이는 무기를 들고 있다.

"갑작스럽게 미안하지만, 이 나카토미 료칸은 우리가 점거했다. 여러분은 나의 게스트가 되어주길 바란다."

양복 입은 남자가 말했다.

"피로연 이벤트치곤 별나네."

가오리가 말했다.

가오리의 말이 들렸는지, 양복남이 살짝 고개를 갸우뚱하는가 싶더니 손을 흔들었다.

그러자 전투복 차림의 남자가 자동소총을 거머쥐고 주저 없이 방아쇠를 당겼다. 순간, 벽 앞에 놓여 있던 오래된 화병이 산산조각 났다.

피로연장 여기저기서 비명이 터져 나왔다.

"피로연 이벤트도, 농담도 아니다. 하지만 안심하길. 내 지시에 따르는 한 모두의 안전은 보장한다."

"목적이 뭔가."

주례를 맡은 여당 부총재가 양복남을 힐끗 쏘아보았다.

"난 욕심이 많은 사람이 아니야. 그저 한 200억 엔쯤 일본 정부가 내준다면, 조용히 사라져주지. 그러니 다들 쓸데없는 행동에 나서는 일은 없기를 바란다."

양복남이 싱긋 웃었다.

거봐. 얼토당토않은 집안과 연을 맺으니 말도 안 되는 일에 휘말리잖아.

"200억 엔이라니, 인질 한 사람당 4억 엔?"

옆자리에서 가오리가 놀라고 있었다.

아니, 아마도 저쪽 집안 사람들로만 '한 사람당 8억 엔'이라고 봐.

안경을 쓴 전투복 차림 남자가 대형 배낭 안에서 이런저런 기자재를 꺼내 케이블을 연결하기 시작했다. 어디에 쓰는 건지는 모르겠지만 무전기며 컴퓨터 비슷한 물건도 있다.

이윽고 안경남이 테이블에 떡하니 올라앉아 거만을 떨고 있던 양복남에게 말했다.

"스즈키 씨, 이 료칸의 보안 시스템을 장악했습니다."

"수고했어. 나카토미 료칸은 이 나라 최고위층 인사들이 즐겨 찾는 집이라고들 하던데, 보안 시스템도 완벽한 모양이야. 요새가 따로 없네."

스즈키로 불린 거만남이 손깍지를 끼고서 전 국가공안위원장 쪽을 보았다.

"하지만 이게 또 일장일단이 있지. 일단 장악하고 나면 이게 우리의 방패막이가 돼주거든. 나카토미 료칸의 담장을 넘는 경찰이 하나라도 보였다간 이 안에 있는 사람들이 어떻게 되든 내 알 바 아니다, 라고 하면 어떻게 나오려나?"

늘어놓은 컴퓨터 화면에 료칸 이곳저곳이 비쳤다. 아까 보았던 감시 카메라 영상인 모양이다.

사람들이 쓰러져 있는 영상이 있었다. 저건 분명 료칸 직원들이다.

"료칸 직원과 경비 요원 들에게 무슨 짓을 한 건가?"

전 국가공안위원장이 노기를 억누른 목소리로 물었다.

"심려 놓으시길. 잠시 약으로 재워뒀을 뿐이니까. 후유증 같은 건 거의 없는 약이니 괜찮을 거야. 깨어난 후 한동안 두통이 남을 수 있는 건 미안한 일이지만……. 자, 우선 다들 휴대전화부터 내놓으시고."

나는 서둘러 스마트폰을 테이블 위에 내려놓았다.

"혼다, 회수 부탁하네."

프로레슬러 버금가는 체격의 남자가 테이블을 돌며 휴대전화를 봉투에 집어넣었다.

가오리는 스마트폰을 꺼냈는데도 아직 볼록한 내 안주머니를 보고 있었다.

아차, 피처폰 꺼내는 걸 깜빡했네.

"쏘면 안 돼."

가오리가 작은 목소리로 내게 속삭였다.

저기, 피처폰에 그런 기능은 없거든. ……스마트폰에도 없지만.

아버지가 이 피로연에 참석하지 않아서 그나마 다행이다. 전직 형사인 아버지가 이 자리에 있었다면 어떤 소동이 벌어졌을지 알 수 없다. 아무튼 얌전하게만 있으면 된다. 그건 내 주특기다.

그때, 매너 모드로 전환하여 안주머니에 넣어두었던 피처폰이 진동했다. 나는 반사적으로 안주머니에 손을 뻗고 말았다.

"여보! 쏘면 안 돼!"

가오리가 소리쳤다.

아냐, 아니라고! 총이 아니라고!

혼다인가 하는 전투복 차림의 남자 손에 들려 있던 자동소총 총구가 나를 향했다.

순간, 나는 거의 본능적으로 양옆의 가오리와 어머니를 밀쳐 내며 몸을 웅크렸다. 우리 자리 뒤편에 장식되어 있던 값비싸 보이는 큰 접시 여러 장이 가루가 되어 날아갔다.

피로연 하객들이 일제히 테이블 아래로 몸을 숙였다.

나는 가오리와 어머니가 무사한 것을 확인하고 나서 양손으로 바닥을 짚은 채 사족보행 인류부문 기네스북에 오를 만한 속도로 테이블 사이를 내달려 그대로 피로연장을 뛰쳐나왔다.

총성과 함께 정원 쪽으로 난 커다란 창이 산산이 부서졌다.

나는 부서진 창문 너머로 몸을 날렸다.

하필 정원 연못으로 떨어졌지만 차가워하고 있을 짬은 없다. 나는 곧장 일어나 정원 안쪽으로 내달렸다.

"가와사키도 가주지 않겠나."

등 뒤로 거만남의 목소리가 들렸다.

가와사키도, 라니……. 지금 두 사람이 나 하나를 쫓을 작정입니까?

"쏘지 마세요! 항복하겠습니다! 투항하겠습니다!"

달리면서 큰 소리로 외쳐봐도, 총알은 잇달아 내 옆구리 가까이로 날아든다.

저 두 사람은 나를 죽이려 하고 있어!

울음이 터질 것 같은 심정으로 정원 안쪽을 향해 정신없이 달렸지만 결국 높은 담벼락에 가로막히고 말았다. 하는 수 없이 그대로 담을 따라 달리는 중에 료칸 본체의 뒷문이 보였다.

뒷문을 밝히고 있던 등이 총탄에 날아갔다.

나는 뒷문으로 다시 료칸 안으로 뛰어들어 앞에 보이는 계단을 뛰어올라갔다. 도망치고 싶은 마음은 굴뚝같지만 남겨두고 온 가족이 걱정이다. 계단은 끝없이 이어졌다. 3층에 도착해 살그머니 아래를 내려다보았는데 다행히 쫓아오는 기척은 없다. 잠깐은 따돌린 것 같다.

그런데 이 기막힌 시점에 전화를 거는 멍청이는 대체 누구야!?

화면을 보았다. 떠 있는 글자는 '마쓰노코지'.

돼지마쓰 군…….

나는 한숨을 내쉬었다.

끈질기게 덜덜대는 휴대전화를 귀에 갖다 댔다.

"무슨 일입니까!?"

"아, 네! 세밑이라 바쁘실 텐데 죄송합니다. 부모님과 온천 여행 차 하코네에 와 있는데, 마침 택시에 타고 계신 서장님을 뵀기에 인사드리려고요. ……새해 복 많이 받으십시오!"

돼지마쓰 군의 뜬금없는 소리에 그만 맥이 탁 풀렸다.

"아니, 인사는 됐고……. 지금 나카토미 료칸이 무장 집단에 점거당해 있습니다."

"네에?"

아……. 이 긴급 상황에 얼빠진 목소리로 대답하는 걸 듣고 있자니

속이 부글부글 끓는다.

나는 눈앞의 계단을 오르면서 계속 말했다.

"그러니까, 내가 있는 이 나카토미 료칸에 지금, 여당 부총재, 전 국가공안위원장, 경단련 회장, 유명 중공업 회사 사장, 황가 후손, 그 외 VIP 다수가 모여 있습니다. 그 전원이 인질로 잡혀 있어요."

"왜, 그런 분들이……."

순간, 멈칫했다. 동생 녀석 결혼 피로연 때문에…… 라고 말할 수는 없다. 그랬다간 농담이라고 여길 게 뻔하다.

"그런 건 아무래도 좋습니다! 당장 현지 경찰을…… 아니, 가나가와 현경 본부와 경찰청에 연락하세요!"

"범인은 몇 명입니까?"

"그러니까…… 내가 본 건 네 명. 리더 격은 스즈키, 그 부하로 혼다, 가와사키 그리고 또 한 사람……."

순간, 머리에 번뜩 떠오르는 것이 있었다.

"이건 본명이 아니에요. 코드네임일 겁니다. 일본의 4대 오토바이 업체 이름을 코드네임으로 쓰고 있는 겁니다."

"그럼 남은 한 사람은 야마하겠네요. 범인은 4인조라……. 서장님, 내부 상황을 상세히 확인해주실 수 있겠습니까?"

제정신이냐! 난 지금 자동소총에 쫓기고 있다고!

불합리한 분노가 폭발했다.

"대체 무슨 말을 하는 겁니까! 내가 어떤 상황에 놓여 있는지 알고 하는 말입니까!? 자동소총을 들고 전투복을 입은 남자 둘에게 쫓겨

다니고 있어요! 대체 오늘은 무슨 날이 이래! 연합함대가 제2차 대전 때만 있었던 게 아니라는 걸 알았을 때부터 최악의 날이 됐어! 인생 목표도 1번에서 4번으로 끝나는 게 아니라 다섯 번째를 생각해야 하질 않나, 피로연이래서 왔더니 멍청한 동생 녀석이 말도 안 되는 집안과 결혼하질 않나, 덜렁쇠 같은 부하 직원은 새해 복 많이 받으시라는 전화를 걸어오고, 그 바람에 무장집단이……."

"서장님, 서장님! 진정하세요. 무슨 말씀을 하시는지 저는 통……."

나는 크게 심호흡을 했다.

"아니……. 미안합니다. 좀 혼란스러워서……. 다시 걸 테니까…… 그쪽에서는 전화하지 마세요."

그 말만 전한 후 나는 전화를 끊고 다시 계단을 올랐다. 이 료칸은 목조 건물인데도 4층이나 되는 모양이다.

여하튼 저렇게 다짜고짜 총을 갈겨대는 혼다니 가와사키니 하는 놈들과 마주치는 건 죽어도 싫다. 리더인 거만남과 달리 살기가 어려 있다. 잠시 피해 있다가 투항하자.

4층까지 올라온 나는 창문에 몸을 기댔다.

여기서는 주변 정세가 잘 보이는데, 안타깝게도 나카토미 료칸은 산으로 둘러싸여 있다. 돼지마쓰 군이 가나가와 현경 사람들을 불러주기는 하겠지만, 그때까지는 고립무원이라는 뜻이다.

한숨을 쉰 순간, 총성이 나면서 내가 기대고 있던 창문이 와장창 날아갔다. 휙 돌아보니 복도 끝에서 가와사키로 불린 남자가 내게 소총을 겨누고 있었다.

아차!

돼지마쓰 군과 통화하면서 그만 큰 소리를 냈던 것이 추격자들 귀에 들린 모양이다.

나는 복도를 반대 방향으로 질주했다. 복도는 이리 구불 저리 구불 미로처럼 이어진다. 총성은 계속 들리지만 그 미로 같은 구조가 지금 총탄으로부터 나를 지켜주고 있다.

"거기 서!"

등 뒤에서 목소리가 났다.

억양이 약간 이상하다. 아무래도 외국인인 것 같다. 하지만 총을 쏴대면서 '거기 서'라는 건 좀 아니잖아!

복도 끝에 아까 내가 올라온 것과는 다른 작은 계단이 있었다. 종업원용 계단인 모양이다. 나는 그 구불구불한 계단을 내려갔다. 마음은 급해 죽겠는데 계단은 또 왜 이리 가파른지. 더군다나 머리 위로 들보까지 튀어 나와 있다. 오래된 일본식 건축에서 흔히 볼 수 있는 구조이지만, 지금처럼 급할 땐 건축기준법 위반이 틀림없는 이런 계단은 그저 민폐일 뿐이다.

별안간 등 뒤에서 '쿵' 하고 엄청난 소리가 났다.

돌아보니 전투복을 입은 남자가 들보에 머리를 찧은 직후였다. 그대로 무너져 내리는가 싶더니 재빨리 가장자리로 피한 내 옆으로 굴러 떨어진다.

남자는 계단참까지 굴러 떨어지고 나서 움직임을 멈췄다.

나는 남자에게 다가가 발로 옆구리를 살그머니 찔러보았다. 아무

반응이 없다. 황급히 남자의 목에 손을 갖다 댔다. 맥은 잡힌다. 심한 뇌진탕을 일으킨 것 같다. 아무래도 외국인이다 보니 오랜 일본식 건물에 흔히 있는 위험 요소를 몰랐던 모양이다.

아니 아니, 그런 건 아무려나 상관없다.

나는 머리를 감싸 안았다.

다시 리더가 있는 피로연장으로 가서 얌전히 인질로 돌아가볼까 하는 생각도 있었는데 부하 하나에게 심각한 피해를 입히고 말았다. 과연 날 용서해줄까…….

나는 남자가 들고 있던 자동소총을 가만히 집어 들었다.

물론 이 총을 쓸 생각은 눈곱만큼도 없다. 애초부터 나는 투항할 생각이었고, 자칫 잘못 사용했다간 인질과 내 자신이 다칠 수 있다. 사용할 수 없다면 가지고 다녀봤자 짐만 될 뿐이다.

하지만 이대로 총을 놔두고 갔다가 이 남자가 깨어나서 쫓아오기라도 하면 큰일이다. 내가 두 손을 번쩍 들고 나가도 쏘려고 덤벼드는 판에 부상까지 입어버린 지금에 와서는 무슨 짓을 할지 알 수 없는 노릇이다.

다행히 바로 옆의 장지문을 열었더니 이불을 넣어두는 방이기에 켜켜이 쌓인 이불 사이로 자동소총을 밀어 넣었다.

한시름 놓고 나니 이번에는 추위로 몸이 부르르 떨렸다. 조금 전까지는 긴장한 탓에 잊고 있었는데 아까 연못으로 떨어지면서 몸이 흠뻑 젖어 있는 상태였다. 뭐라도 갈아입지 않으면 얼어 죽겠는걸.

이불 방이니 침대 시트라도 있지 않을까 싶어 뒤져보았지만 온통 이불뿐이다. 무거운 이불을 두르고 다닐 순 없다. 이런 료칸에서는 시트를 어디에 둘까.

이 방 저 방 열어보았다. 료칸이니 유카타 정도는 어딘가에 있겠지 싶었는데 어느 방에도 없다.

입을 것, 입을 것…… 하고 찾아다니면서 1층까지 내려가자 세탁실이 있었다.

나는 위아래 예복과 셔츠를 건조기에 넣었다.

러닝셔츠와 팬티, 거기다 양말만 신은 나는 아무튼 입을 만한 것을 찾아보려고 세탁실을 나가려 했다.

아…….

추격자 중 한 사람이 있었다. 상대방도 날 알아챈 모양이다. 이쪽을 향해 달려오기 시작했다.

건조기 소리가 들렸구나……. 아……. 또야. 정말이지, 나란 인간의 멍청함의 끝은 어디인 걸까.

세탁실은 막다른 곳이다. 창문도 없다. 올려다보니 천장판 일부가 색이 다르다. 나는 피처폰을 팬티 고무줄에 끼우고 세탁기 위에 올라섰다. 천장판을 밀어보니, 다행스럽게도 움직였다. 그곳을 통해 천장 속으로 기어들어간 다음 천장판을 원래대로 해놓았다.

그 순간, 세탁실 문이 열리는 소리가 났다.

막다른 곳이니 내가 천장 속으로 숨어든 걸 바로 알아챌 것이다. 나는 살그머니 이동했다. 하지만 천장판은 얇다. 자칫 잘못 디뎠다간 발이 빠지기 십상이다.

"나와!"

밑에서 목소리가 들렸다.

이 사람도 일본인은 아닌 것 같다.

숨을 죽이고 살그머니 그 자리를 벗어나려는데 총성과 함께 천장판에 구멍이 숭숭 뚫렸다.

"쏘지 마요!"

나는 소리쳤다.

"나와!"

"네네. 당장 내려가겠습니다. 항복합니다."

한걸음 내딛었다. 그 순간, 천장판이 빠지면서 나는 아래로 굴러 떨어졌다.

"아야……."

일어서려고 했다. 어쩐지 바닥이 폭신하다. 몸 아래를 보니, 내 밑에 전투복을 입은 남자가 축 늘어져 있었다. 아마도 남자 위로 떨어져버린 모양이다.

남자의 목줄기에 손을 갖다 댔다.

맥은 있다.

"괜찮습니까? 일어나보세요."

남자를 흔들어봤지만 눈을 뜨지 않는다.

당최 이게 뭔 일인지. 어떻게든 원만하게 해결하고 싶은데 마음과 달리 상황은 점점 더 악화될 뿐이다. 투항하기가 더 어려워졌어…….

하는 수 없이 나는 남자의 자동소총을 집어 들고 다시 이불 방으로 돌아가 이불 더미 사이에 밀어 넣었다.

그런데 돌이켜보니, 서장이 된 이후로 다리가 부러지고 혀가 찢기고, 뇌진탕을 일으키는가 하면 질식사할 뻔하는 등 올해는 최악 중의 최악이라고 할 한 해였다. 그것도 모자라서 마지막 날에는 자동소총을 든 남자들에게 쫓겨 다니고 있다…….

나는 세상에서 가장 재수가 없는 경찰서장이 아닐까…….

복도를 걷다가 커다란 거울 앞을 지나게 되었다.

거울에는 축축한 러닝셔츠와 팬티 바람에 양말만 신은 남자가 비치고 있다. 러닝셔츠와 팬티뿐이라면 그나마 봐줄 만도 한데 거기다 양말을 신고 있으니 진짜 이런 얼간이가 또 없다. 그렇다고 해서 차가운 복도를 맨발로 걸을 기운은 없다.

나는 한숨을 내쉬었다.

자동소총에 쫓겨 도망 다니고 있지만 가족은 역시 걱정된다. 투항하려 해도 피로연장에 접근하지 않고선 안 될 일이다. 하지만 이 료칸은 안팎 모두 비디오카메라로 감시당하고 있다.

역시 천장 속 말고는 이동할 방도가 없는 건가.

나는 다시 한 번 한숨을 쉬고 나서 천장 속으로 숨어들었다. 아까 실패한 덕에 일본식 가옥의 천장판이 엄청 얇다는 점은 숙지하고 있다. 이동할 때는 되도록 들보를 타고 다니기로 했다.

적의 눈을 피해 모습을 숨기고 전진하다니, 마치 잠수함 같군……. 물속이 아니라 천장 속이긴 하지만…….

처음엔 어둠 속에서 방향을 알 수 있을지 불안했는데 다행히 큰 어려움은 없었다. 희미하게 베토벤 교향곡 제9번 「합창」이 들려온다. 이런 상황에 음악을 틀 만한 인간은 그 거만남 정도밖에 없으리라.

나는 캄캄한 천장 속을 신중하게 더듬어 나아갔다.

피로연장은 이쯤 되려나…….

나는 귀를 기울였다. 교향곡과 함께 뭔가 말소리가 들려온다.

"다나카를 놓쳤습니다. 어느 모니터에도 잡히지 않습니다. 료칸에서 도망쳤거나, 어딘가 방에 숨어 있겠죠."

우왓, 내 이름까지 들통났어……. 생각해보니, 좌석표에 하객들 이름이 빠짐없이 적혀 있었다. 빈자리 주인이 누구인지는 바로 알 수 있겠군.

"다나카는 도망치지도, 방에 숨어 있지도 않아."

거만남의 목소리가 들렸다.

"무슨 말입니까?"

"지금까지 다나카가 이동한 경로를 보면, 혼다나 가와사키에게 쫓기면서도 이 피로연장에 접근하려 하고 있어. 가족을 탈환하려는 건지, 아니면 본진인 나를 쓰러뜨리려는 건지……. 아마도 둘 다일 테지만……. 자, 그렇다고 치면 다나카는 어떻게 움직일까?"

거만남은 키득키득 웃었다.

"분명 카메라에 잡히지 않는 곳을 골라 접근하고 있지 않을까. 어쩌면, 이미 코앞까지 와서 상황을 관찰하고 있는지도 모르지."

거만남의 그 말에 나는 목을 움츠렸다.

"그렇다면……."

안경남이 숨을 삼키는 소리가 들렸다.

별안간 거만남의 목소리가 커졌다.

"다나카, 냉큼 천장에서 내려와주지 않겠나. 아무쪼록 '가족들이 어떻게 되든 내 알 바 아니야'…… 따위의 멋없는 대사가 내 입에서 나오지 않게 해달라고."

지금 그러고 있잖습니까…….

"네네. 지금 내려갑니다. 항복합니다."

나는 큰 소리로 대답하고 천장판을 열었다.

얼굴을 내밀자 이쪽을 향해 손을 흔드는 가오리가 보였다. 어머니도, 동생 부부도, 인질이 된 다른 사람들도 모두 무사해 보인다.

탁자 위에 놓인 라디오에서 교향곡이 계속 흘러나오고 있다. 아무래도 어딘가의 연주회를 중계하는 모양이었다.

나는 읏차 하고 천장에서 뛰어 내렸다.

"다나카, 그 자리에서 한 바퀴 돌아봐주지 않겠나. 등 뒤에 청 테이프로 총이라도 붙여 놓았다면 내가 참기 어려울 것 같거든."

나는 두 손을 들어 올린 채 거만남에게 등을 보였다.

"팬티에 끼워놓은 피처폰뿐입니다."

"총을 안 갖고 있다고?"

의아해하는 목소리로 거만남이 말했다.

"게스트 여러분에게 듣자 하니 자네가 경찰서장이라던데, 아무리 그래도 너무 젊은 서장님이로군."

"도쿄대 법학부를 나온 엘리트 관료니까요."

물론 그렇게 말한 사람은 내가 아니다. 동생 녀석의 친구다.

넌 좀 가만히 있어주면 좋겠다…….

"역시. 그렇다면, 엘리트 경찰서장. 내 부하인 혼다와 가와사키는 어떻게 됐을까? 통 응답이 없는데."

"글쎄요……. 어떻게 된 걸까요……."

나는 대답을 얼버무렸다.

안경남이 컴퓨터 화면을 내 쪽으로 돌렸다.

전투복을 입은 남자 둘이 널브러져 있다.

우와……. 다 알고 있으면서 물어본 거였어…….

등에 식은땀이 흘렀다.

"굉장하군. 과연 엘리트 경찰 관료는 달라. 브라보!"

거만남이 박수를 쳤다.

아니, 저어, 교향곡은 아직 안 끝났는데…….

"부하분들이 쓰러져 있는 건, 사고로……."

거만남이 낄낄거렸다.

"당연히 이곳 경찰에도 통보했겠지. 실은 준비 작업을 좀 더 거친 후에 정부에 요구할 생각이었는데, 어쩔 수 없이 일을 서둘러야만 하게 됐군. ……하지만 정말 멋진 활약 아닌가. 혼다와 가와사키를 쓰러뜨리다니. 그들은 전투 훈련도 받을 만큼 받았고 전장 경험도 쌓았을 텐데 말이야. 자네가 그들을 쓰러뜨리는 장면을 놓친 게 정말 아쉬워."

아니 아니, 건축기준법에 어긋난 일본식 료칸의 계단을 뛰어 내려

간다거나, 낡은 천장판을 뚫고 사람이 떨어지는 상황 같은 건 어지간한 전투 훈련은 물론 해외 전투 현장에도 없지 싶은데…….

거만남이 또 웃었다.

"스즈키 씨!"

전투복을 입은 남자가 거만남을 쏘아봤다.

"미안, 미안. 원래는 화를 내야 하는데 말이야. 그래도 난 좀 즐거워. 난 말이지, 일을 벌일 때 항상 몇 가지 패턴을 상정해놓고 임하거든. 설령 상황이 바뀌어서 한 패턴이 쓸모없어지더라도 다른 패턴이 기다리고 있단 말이지. 여기서 이 나라의 중요 인물들이 참석하는 피로연이 열리고, 도쿄에서 경제 관련 국제회의가 긴급 개최된다는 사실을 알고 나서 하루 만에 스물여덟 가지 공격 패턴을 준비했어."

대단하네……. 나는 '연합함대'에 관해 네 가지 패턴 밖에 생각해내지 못했는데. 그것도 죄다 만족할 만한 선택지는 못되는데……. 이 사람, 천재 아닐까? 그런데 국제회의하고 어떤 관련이 있다는 거지?

거만남이 계속 지껄였다.

"난 늘 상황 변화에 대처할 수 있을 만큼의 계획을 세워왔어. 그런데 말이야, 내가 준비한 그 여러 패턴 중에 지금껏 단 하나의 패턴조차 무너뜨릴 수 있는 사람이 없었거든. 헌데 젊은 경찰서장이 내 부하를 두 사람이나 쓰러뜨리면서 스물여덟 개 패턴이 일곱 개까지 줄어들고 말았어."

일곱……. 으…… 아직도 나보다 많군.

"정말이지 자네는 멋진 남자야! 브라보!"

거만남이 또 손뼉을 쳤다.

칭찬받았는데 영 기쁘질 않아…….

이 거만남의 '브라보!'에는 사람을 깔보는 듯한 울림이 있다…….

"스즈키 씨……. 도요타에게서 정시 연락이 오질 않습니다."

안경남의 그 말에 나는 깜짝 놀랐다.

도요타?! 멤버는 오토바이 업체만이 아니었던 거야?

거만남이 마이크를 손에 들었다.

"응답해라, 도요타."

거만남이 고개를 갸웃거렸다.

"진짜네. 응답이 없어……. 경찰서장, 이건 또 어찌된 일일까?"

거만남이 내 얼굴을 응시했다.

나는 고개를 휘휘 내저었다. 그런 걸 묻는다고 내가 알 리가 없잖습니까.

"묵비권 행사인가. 그렇다면 어쩔 수 없지."

거만남은 다시 한 번 무전기 마이크를 입에 갖다 댔다.

"우리 무전기를 누가 확보했는지 모르겠지만, 아마도 경찰 쪽 사람일 테지. 듣고 있다면 응답해줬음 좋겠는데. 이쪽 게스트들의 상태를 물어도 좋고."

짧은 공백에 이어 무전기 스피커에서 목소리가 들렸다.

"……그쪽은, 나카토미 료칸을 점거 중인 자로군. 리더를 바꿔주길 바란다."

우왓……. 돼지마쓰 군 목소리다…….

거만남이 어깨를 움츠렸다.

“내가 리더인데 자네는 누구지?”

“마쓰노코지 아야히토. 경찰이다.”

“역시. 무전기를 빼앗겼으니 결국 난 탈출용 헬기를 잃은 건가. 설마 자네 혼자서 쓰러뜨렸을 리는 없고.”

“가나가와 현경 SAT와 함께 제압했다.”

“오호라. 상대가 대테러 부대였다면 도요타 혼자서는 어찌할 수 없었겠군. 그렇더라도 너무 빨라. 이 료칸에 숨어든 경찰서장의 지시일 거라 추측하는데, 어떤가?”

“…….”

“여기도 또 묵비권 행사인가?”

거만남이 낄낄 웃었다.

“실은 경찰서장 덕에 애를 먹고 있거든.”

“서장님은 료칸 안에 계시는군.”

“맞아. 젊은 서장이 제법 하던걸. 전투 훈련에 전장 경험까지 쌓은 내 부하들이 둘이나 당했어. 하지만 바깥에도 내 부하가 있다는 건 어떻게 알았을까?”

“서장님 지시다. 빠르게 말씀하셔서 알아듣기 어려웠지만, 다섯 번째를 고려하라는 지시는 이해할 수 있었다.”

뭐어!? 다섯 번째는 ‘연합함대’를 어떻게 해야 할지에 대한 패턴이었다고! 게다가 지금 그런 이야기를 지껄일 때가 아니야! 저것 봐, 나를 보는 안경남의 눈꼬리가 한껏 올라가고 있잖아…….

"그래서, 헬기를 준비하고 있는 다섯 번째 남자가 있을 거라 여겼다는 건가?"

"그렇다. 서장님이 암시하는 다섯 번째 인원이 있다면 필시 탈출 준비를 하고 있으려니 추측했다. 몸값을 갖고 경찰 포위망을 돌파할 수 있는 수단이라면 헬기일 것이다. 그래서 가나가와 현경에 요청하여 인근의 헬리포트와 비행장을 샅샅이 수색했다."

"훌륭해! 자네 말대로야! 브라보!"

우연인지, 베토벤의 교향곡이 때마침 끝나서 관객의 박수와 거만남의 박수가 겹쳤다.

"하지만 그것만이 아니다."

"……무슨 말이지?"

박수를 멈춘 거만남이 고개를 갸웃했다.

"나는 이것은 미끼라고 판단했다. 사건이 표면으로 드러나면 인근의 헬리포트가 수사 대상이 될 가능성은 충분히 예상할 수 있다. 그렇다면, 머리 좋은 범인이라면 사전에 진짜 탈출용 헬기를 이 부근에 숨겨놓았을지도 모른다고 생각했다. 그래서 지형도를 상세히 검토해서, 산으로 둘러싸여 눈에 띄지 않는 공터를 가늠해 급습했다. 그리고 수상한 남자와 헬기를 방금 제압한 참이다. 지금 내가 들고 있는 무전기는 도요타인가 하는 자의 것이 아니다."

"마쓰다도 잡혔나……. 미끼용 헬기를 잡았을 때 그게 끝이라고 생각하지 않았다는 거로군."

"한 달쯤 전 나는, 서장님으로부터, 범인을 잡았다고 생각해도 그 뒤에 있을 또 다른 범인을 간과하지 말라, 백만 분의 일이라도 가능성이 있다면 방심하지 말라는 가르침을 받았다. 아무튼 너희 계획은 서장님이 분쇄했다. 나카토미 료칸은 경찰에 포위되었다. 탈출용 헬기는 없다. 게다가 점거 중인 인원은 네 명에서 두 명으로 줄었다지. 이제 그만 포기해라."

"브라보!"

거만남이 또 손뼉을 쳤다.

"경찰서장이 내가 둔 수를 차례차례 깨부쉈어. 이 멋진 경찰서장은 자네 상사인가?"

"그렇다."

"좋은 상사를 두었군."

"나도 그렇게 생각한다. 진심으로 존경하고 있다."

안경남의 총구가 나를 향해 서서히 올라간다.

"그 마음은, 자네가 직접 전하는 게 어떨까. 경찰서장은 내 눈앞에 있으니까."

돼지마쓰 군이 숨을 삼키는 소리가 무전기 너머로도 들렸다.

"설마……."

"설마, 라는데? 경찰서장, 뭔가 한 마디 해주시지."

리더가 내게 마이크를 돌렸다.

"……바보 같으니!"

"……죄, 죄송합니다, 서장님……."

이제 와서 깨달아봤자 늦었어.

저기 봐……. 안경남이 자동소총 방아쇠를 죄기 시작했다고…….

"어이 어이, 야마하."

거만남이 안경남의 소총 총구를 손가락으로 밀어냈다.

"난, 살인은 그리 좋아하지 않아."

거짓말! 아까는 자동소총을 갈겨대는 부하들에게 나를 뒤쫓게 했으면서!

"스즈키 씨, 이 자식을 죽이지 않고는 분을 풀 수 없습니다!"

야마하로 불린 남자가 몸을 부들부들 떨고 있다.

거만남은 고개를 내저었다.

"진정해. 그리고 두 사람이면 계획은 속행할 수 있어. 아직 마지막 패턴이 하나 남아 있으니."

뭐!? 아직도 남은 패턴이 있다니!

"하지만 스즈키 씨!"

"네가 흥분하면 성공할 일도 그르치고 말아. 냉정해지라고."

"젠장!"

안경남이 내 테이블에 놓인 물주전자의 물을 컵에 따라 단숨에 들이켰다.

"면목 없군. 야마하는 냉정한 남자인데 말이야. 그를 이토록 화나게 만든 사람은 자네뿐일 거야. ……그래도 나쁘진 않아. 솔직히 말해 지금껏 나에게 맞설 수 있는 자가 없어서 조금 따분했거든."

거만남이 또 웃었다.

"스즈키 씨……."

돌아보니 안경남이 새파란 얼굴로 몸을 떨고 있었다. 그러더니 의자에서 천천히 무너져 내렸다.

"설마……."

거만남이 내 테이블에 놓인 물주전자를 집어 들어 뚜껑을 열고 냄새를 맡았다.

"……낭패로군……. 료칸 직원과 경비 요원을 잠재운 음료가 이곳에 있다니……. 이것도 경찰서장이?"

아니, 그게 아니라, 물이 없어서 료칸 직원을 부르려 해도 안 보이기에 복도에 있던 물주전자를 가져왔을 뿐인데…….

거만남이 고개를 숙였다.

"야마하까지 경찰서장에게 당했단 말인가……. 역시, 혼자서는 아무래도 안 되겠어. 이번엔 나의 패배로군."

거만남이 고개를 들어 내 얼굴을 바라보았다.

"숙적인가……."

거만남이 천천히 일어섰다.

그리고 내 옆을 걸어 나가면서 작은 목소리로 중얼거리듯 말했다.

"브라보……."

피로연장에 있던 사람들은 한동안 멍하니 있다가 이윽고 일제히 나를 향해 달려왔다.

사람들이 내게 잇달아 악수를 청했다.

다만, 구석에 있던 전 국가공안위원장만이 씁쓸한 얼굴로 "경찰관료로서는 어찌해야 하나"라며 고개를 절레절레 흔들고 있었다.

나와 악수를 마친 사람들은 무장 집단의 배낭을 뒤져 각자 휴대전화를 찾아가기 시작했다.

테이블에 남은 나와 가오리는 서로 마주 보았다.

나는 테이블에 방치되어 있던 크리스마스 선물을, 살짝 폼을 잡으며 가오리에게 건넸다.

"메리 크리스마스 앤 해피 뉴 이어……."

가오리는 러닝셔츠에 팬티, 그리고 양말만 신은 나를 다시금 바라본 후, 푭 하고 웃음을 터뜨렸다.

피로연장 안에 있던 사람들 중 누군가가 바깥에 연락한 모양이다. 수십 명의 남자들이 들이닥쳤다. 경시청과 가나가와 현경 SAT다.

아, 이제 진짜 안심이다.

그렇게 생각한 순간, 몸이 으슬으슬 춥고 떨렸다.

아차, 이대로 있다간 감기 걸리기 십상이겠는걸. 나는 서둘러 세탁실로 향했다.

때마침 건조가 끝난 참이었다. 나는 건조기에서 예복을 꺼냈다.

아…… 따스해……. 다행이다, 다행이야…….

바깥으로 나가려다가 문득 이불 더미 사이에 쑤셔 넣어둔 자동소총이 떠올랐다. 그런 위험물을 내버려둘 순 없지.

나는 이불 방으로 돌아가 이불 더미 안에서 자동소총 두 자루를 꺼냈다.

그것을 양손에 들고 가오리와 함께 료칸 밖으로 나왔다.

그곳에 있던 가나가와 현경 소속 경찰관들이 나를 발견하더니 일제히 차렷 자세로 한 점 흠 잡을 데 없는 거수경례를 했다.

나는 경찰관들의 눈을 피해 시선을 돌렸다. 연말연시에 걸쳐 수십 쌍의 딱딱한 눈빛을 받아야 하다니……. 길 잃은 아이의 머리를 웃는 낯으로 어루만져주는 경찰관의 눈도 무서워서 못 보는데…….

밖에는 눈이 내리기 시작했다.

제야의 종이 울리고 있다.

나는 요란하게 재채기를 했다.

본가에서 감기로 누워 있던 아버지는 사건이 한창 벌어지고 있던 그 시각, 마침 감기약 덕택에 깊이 잠이 들었던 모양이다. 사건에 대해서 알게 된 건 이튿날 아침, 모든 일이 종료된 후였다고 한다.

천만다행이었다. 전직 형사인 아버지가 나카토미 료칸에 뛰어들기라도 했다면 일이 얼마나 엉망진창이 되었을지…….

결국 그 거만남은 겹겹이 깔린 경찰 포위망을 뚫었고, 지금까지 행방이 묘연하다. 체포된 남자들은 사건 직전에 거만남에게 고용되었던 듯 거만남의 정체도 아직 드러나지 않은 상태다. 하지만 누군가가 거만남에게 자금을 제공했다는 사실은 알아냈다. 무장 집단은 몇 날 며칠이고 나카토미 료칸을 점거할 계획이었던 것 같다. 그렇게 되면 도쿄에서 열릴 예정이었던 경제회의가 무산된다. 게다가 일본의 중추라고 할 사람들이 인질로 잡혀 있다고 하면 온 사방에서 일본에 대한 매도세가 발생할 것이다. 거만남의 스폰서는 투자자들의 불안에 따른 일본 주식 대폭락을 노리고 선물 시장에서 대규모 매도를 감행한 모양이다. 그러나 경제회의를 성공적으로 치르면서 연초에 열린 주식시장에서 일본 주식은 급상승했다. 스폰서는 크나큰 손해를 보았을 것이다.

꼴좋다.

아무려나 상관없는 일이지만, 돼지마쓰 군은 이번 일로 경찰청장과 가나가와 현경 본부장이 수여하는 특별공로상을 받게 된 모양이다. 현경 간 경계를 넘어 수상하는 것은 이례 중 이례라는데, 나로서는 진짜 아무려나 상관없는 일이다.

나로 말할 것 같으면 아주 엉망진창이다.

그날 밤, 나와 가오리가 료칸을 나서는 모습이 누군가의 카메라에 담겼고, 그 모습이 전 세계 신문과 잡지에 실렸다. ……예복 차림으로 양손에 자동소총을 들고, 인질로 잡혀 있던 아내와 함께 료칸을 나서는 모습…….

경찰청 상층부에서 그걸 보면 과연 어떤 오해를 할는지…….

생각만 해도 우울하다.

해명 메일을 경찰청 외사과 과장과, 현경 상사인 사이온지 형사부장에게 보냈지만 두 사람 다 어지간히 질렸는지 답장이 없다…….

한 잡지는 그 사진에 '최고의 타이밍에 최고의 장소에 있던 경찰서장, 어이없이 감기에 당하다'라는 도통 이해가 가지 않는 제목을 붙였다.

그렇다. 사건 다음 날인 새해 첫날부터 나는 고열에 시달렸다.

연못에 떨어진 후 반라로 돌아다니는 바람에 고약한 감기에 걸려버린 듯하다. 보나마나 아버지가 어머니를 통해 옮긴 거겠지.

정말이지 엉망진창인 연말연시다. 모처럼 사온 '미카사'도 가만히 모셔둔 채 아직 손도 대지 못했다.

다만, 감기로 드러누워 있는 동안 '연합함대'에 대해 다섯 번째 해결 방법을 찾아냈다.

요컨대 연합함대를 완성하는 데 시간이 더 많이 필요하다면, 그만큼 내가 오래 살면 되지 않느냐는 것이다.

전함 '미카사'의 생애를 다시금 떠올려보자.

'미카사'는 해전에서 활약한 20여 년간 포격을 입거나 침몰하는 등 아주 호된 꼴을 당했다. 그러나 기념함으로서 영구 보존되면서부터는 요코스카에서 90년 넘게 조용히 여생을 보내고 있다. 현재 '미카사' 말고 남아 있는 구 일본 해군 군함은 한 척도 없다.

그러니 '무리하지 말고 아주 건강하게 오래 살면서 연합함대를 완성하자'는 것이 나의 새로운 인생 목표다.

침대에 누워 주먹을 불끈 쥐고 "당면 과제는 허수아비 서장으로 초지일관하기다!"라고 결심하고 나니 기침이 쿨룩쿨룩 터져 나왔다.

감기가 아직 완전히 낫지는 않은 모양이다.

"계란주 좀 만들어줄래?"

거실을 향해 외쳐봤지만 대답해주는 가오리의 목소리는 없다.

맞다.

부서장 부인을 따라 현지 극단의 신춘 공연을 보러 나간댔지…….

경사 기쿠치 하루나의 동요

……수사회의가 드디어 끝났다.

……시청 회의였다면 아까같이 고함이 오갈 일도 없었겠지. 역시 고교 동창처럼 지방 시청에 들어갔으면 좋았을걸.

……왜 난 하필 경찰 관료가 되었을까.

……아, 더는 신경이 버티질 못하겠어. 프라모델을 조립해보려 해도 도대체가 손이 떨려서 세밀한 작업을 할 수가 없어.

……난 이제 이런 들개들만 득시글대는 관할서의 서장 자리는 사양하고 싶어…….

"서장님."

수사회의를 마치고 돌아온 다나카 서장님 책상에 찻잔을 내려놓았다.

"아, 고마워요, 기쿠치 씨."

다나카 서장님은 살짝 피로감이 묻어나는 미소를 띠며 찻잔을 집어 들었다.

보아 하니 이번에도 어려운 사건인 모양이다. 수사관들이 집에 들어가지 못하는 날이 연일 이어지고 있다.

그래도 나는 믿는다.

다나카 서장님이라면 사건을 반드시 해결해주시리라.

나는 눈썹을 찌푸린 채 무언가 골똘히 생각하는 다나카 서장님의 옆얼굴을 늘 그래왔듯이 남몰래 바라보았다.

가슴이 조금 아파왔다.

물론 서장님 곁에 사모님이 계시다는 건 나도 안다.

그래서 마음속으로나마 이따금 '겐이치 씨' 하고 불러볼 뿐이다. 기분 탓인지 몰라도 다나카 서장님이 조금 전 혼잣말처럼 "하루나"라고 하셨던 것 같다. 진짜 그저 기분 탓이었는지도 모르겠지만…….

……다음엔 전함 '하루나榛名'를 만들 생각이었는데 이런 상황에 부품이 많은 전함을 만드는 건 힘들겠지.

……프라모델 가게 여주인에게 단기간에 만들 만한 모델이 없을까 문의했더니 "이400형 잠수함 같은 건 어떨까?"라기에 그중에서도 특히 부품 수가 적은 것을 사두긴 했지만.

……잠수함은 처음이군…….

아까부터 서장님은 신경이 온통 딴 데 가 있는 듯한 모습으로 눈썹을 찌푸리고 계시다. 역시 어려운 사건인 거야…….

서장실 문을 두드리는 소리가 났다.

문을 여니 마쓰노코지 순경이 서 있다.

"무슨 일이에요?"

"수사회의 의사록에 서장님 승인 도장을 받으려고요."

"서장님께서 지금 무언가 생각하시는 것 같으니 조용히 들어와서 기다리세요."

마쓰노코지 순경은 서장실로 들어와 소파에 가만히 앉았다. 다나카 서장님은 그것도 알아차리지 못할 정도로 무언가에 몰두하고 계신다.

"이번 사건, 어려운 사건이라던데?"

나는 생각에 잠긴 서장님에게 방해가 되지 않도록 작은 소리로 물었다.

"네."

마쓰노코지 순경이 고개를 끄덕였다.

"연쇄 방화 사건은 우리 시에서는 처음 있는 일입니다. 그나마 지금까지는 불이 난 곳이 사람이 없는 창고라든지 일을 마치고 사람들이 다 퇴근한 후의 공장이었지만, 만에 하나 방화범이 요양 시설이나 문화재에 불을 지른다고 생각하면 밤에도 잠이 오질 않아요……."

"그렇군요."

"맨 처음 창고에서 화재가 났을 당시, 수사본부는 보험금을 노린 방화일 가능성에 무게를 두었는데……. 그래서 초동수사에 실패했는지도……. 관련자들의 알리바이가 입증됐고, 그 후로도 방화가 계속되고 있으니까요. 역시 쾌락범의 소행이 아니겠느냐며…… 수사 방침이 오락가락 하는 상태입니다."

마쓰노코지 순경은 무언가 생각에 잠겨 계시는 다나카 서장님을 보았다.

"다나카 서장님께선 무슨 생각을 하고 계시는 걸까요."

……그나저나, 잠수함은 대체 어떤 식으로 만들어야 하나.

……지금까지는 책상 위에 놓았을 때 정확히 바다에 떠 있는 모습이 나오는 해상海上 모델을 만들어왔는데, 잠수함의 평상시 모습이라고 하면, 이게 어떻게 되나.

……잠수 중일 때는 수면 위로 모습을 전혀 드러내지 않는지, 아니면 잠망경만 내밀고 있는지…….

……그래도 잠망경만 만드는 거라면 편하기는 하겠군.

……아니 아니, 무슨 생각을 하는 거냐……. 아무리 연합함대를 완성시키는 게 급하기로서니, 잠수함을 잠망경만 만들고 끝내는 건 너무 뻔뻔스럽잖아.

"하지만 잠수함의 진짜 모습이……."

"네? 무슨 말씀이십니까?"

뭔가 혼잣말을 한 다나카 서장님에게 마쓰노코지 순경이 물었다.

"에? 내가, 뭐라고 했습니까?"

그제야 현실로 돌아왔는지 다나카 서장님이 눈을 껌벅였다.

"예에, '센……'이라느니, '진짜 모습'이라느니……."

"아……. 그게……. 센…… 센……."

어쩐지 바쁘게 움직이던 다나카 서장님의 눈이 캐비닛 위에 놓인 분재에 멎었다. "센료……."[1]

"죽절초요?"

"죽절초 분재……. 기쿠치 씨가 가져다주었는데……."

"네에……."

마쓰노코지 순경은 내가 캐비닛 위에 장식해둔 분재 화분을 바라보았다.

"미처 몰랐는데…… 상당히, 아름다운 분재…… 로군요."

다나카 서장님이 말을 더듬는다.

나는 온 신경을 귀에 집중했다. 다나카 서장님이 이런 식으로 말씀하실 때는 주의해야 한다. 말씀 뒤에 무언가 중요한 것이 있다.

물론 그런 점을 알고 있는 마쓰노코지 순경도 날카로운 눈으로 다나카 서장님을 응시하고 있다.

"그러면, '진짜 모습'이라는 말씀은 어떤 뜻인지요?"

"아……. 별다른 뜻은 없는데, 보이는 부분과 수면 아래…… 가 아니라 흙 속에 묻혀 있는 뿌리 부분 중 어디가 진짜 모습일까 해서

1 일본어에서 잠수함은 '센스이칸', 죽절초竹節草는 '센료'로 첫 발음이 같다.

요…….”

“앗…….”

마쓰노코지 순경이 눈을 크게 떴다.

“그런가……. 그럴 가능성이…….”

그렇게 말하더니 마쓰노코지 순경은 퉁기듯 일어나 서장실을 뛰쳐나갔다.

“대체 무슨 일일까요?”

나는 마쓰노코지 순경의 뒷모습을 지켜보던 다나카 서장님에게 물었다.

“글쎄요, 나도 뭐가 뭔지…….”

또 시치미를 떼신다…….

나 따위에게 이야기해봤자 뭐가 달라지겠냐만, 이럴 때는 어쩐지 조금 서글퍼진다.

……진짜 위험했어……. 역시 근무 중에 프라모델 생각에 빠져 있는 건 위험해…….

…….

…….

……그런데 이400형은 원자력 잠수함처럼 생겼네……. 그건 그렇고, 구 일본 해군 함정에는 묘하게 선진적인 면이 있단 말이야…….

……예를 들어 순양함 ‘다카오高雄’의 앞부분과 순양함 ‘모가미

最上'의 뒷부분을 맞추면 오늘날 해상 자위대의 호위함 비슷한 스타일이 되는 거 아닌가. ……기계 쪽은 잘 모르지만…….

밤이 되어 모리 부서장님과 니노미야 형사과장님이 서장실로 들어왔다.

"기쿠치, 서장님은 어찌 되셨나?"

서장님 자리를 보고 니노미야 형사과장님이 물었다.

"평소처럼 정시에 퇴근하셨는데 무슨 용무라도 있으신지요."

"아. 마쓰노코지가 해내줬네. 사건의 진상을 밝혀낸 것 같아. 연쇄방화…… 교환 살인이 아니라, 보험금을 노린 교환 방화였던 모양이야. 불이 난 창고나 공장 소유주들 간의 접점이 보이질 않아서 몰랐는데, 수면 아래에서 조종하는 자가 존재한다는 걸 마쓰노코지가 알아냈어. 불이 난 창고와 공장 소유주들에게 돈을 빌려준 사채업자야. 보험금으로 빌린 돈을 갚게 하려는 의도였겠지. 이자가 일련의 사건들 뒤의 보이지 않는 본체였던 거야."

"그자는……."

"그래. 이 시의 어둠을 지배하는 놈이지. 제대로 검거할 수만 있다면 우리 시도 통풍이 아주 원활히 이루어지게 될 거야."

"마쓰노코지 말로는 다나카 서장님께서 이 모든 것을 암시하셨다던데."

모리 부서장님이 불쑥 말했다.

"네, 마쓰노코지 순경에게 뭔가 그 비슷한 이야기를 하셨던 것도 같은데…….”

니노미야 형사과장님이 팔짱을 꼈다.

“……헌데 이번 사건도 이리 멋지게 꿰뚫어보시다니, 다나카 서장님은 대체 어떤 분이신 건지. 국가공무원 1종에 합격한 엘리트 관료이니 그럴 만도 하지만……. 옆에서 모시는 기쿠치 경사가 보기엔 어떤가?”

“글쎄요……. 그런데 지금껏 제가 듣기로 관료 출신은 ‘현장 수사에는 참견하지도 관여하지도 않는다’고 하던데.”

“다나카 서장님은 짜인 틀에 안주하지 않는 분이신 것 같아.”

니노미야 형사과장님이 살짝 아득한 시선으로 이야기했다.

“처음 뵈었을 때 다나카 서장님은 슬쩍 눈길을 피하셨어. 마치 유흥가에서 붙잡힌 중학생의 눈 같기도 했지.”

“그건 저를 포함한 다른 직원들을 대할 때도 마찬가지입니다.”

“도광양회韜光養晦[2] 하시는 것이겠지. 행동거지만 보면 꼭 소심한 사람처럼 보이지만, 무장 집단을 단신으로 제압하신 적도 있지 않나. 소문으로는 해외 테러리스트들이 저지르려던 파괴 공작도 저지하셨다던데.”

니노미야 형사과장님은 모리 부서장님 쪽을 힐끔 보았지만, 부서장님 표정에는 전혀 변화가 없다.

“하지만 다나카 서장님의 본질은 예리한 직감력에 있는 게 아닐까

2 실력을 감추고 몸가짐을 신중히 함.

요. 무심한 듯 보이지만, 수사상의 미비한 점을 지적한다든지 마쓰노코지 순경에게 적확한 지시를 내리기도 하니까요."

니노미야 형사과장님이 땅이 꺼져라 한숨을 토했다.

"내 이해력을 완전히 뛰어넘는 분이야. 난 말이지……. 다나카 서장님을 생각하노라면, '괴물'…… 그런 말이 떠올라."

"상사에 대해 괴물이라니, 실례 아닌가."

모리 부서장님이 니노미야 형사과장님을 나무랐다.

"아니, 그런 뜻이 아니라……."

니노미야 형사과장님이 다급히 손을 내저었다.

모리 부서장님은 나무라듯 말했지만 실은 나도 그런 느낌을 받을 때가 가끔 있다.

"하지만 인형 탈을 쓰고 춤추는, 그런 허물없는 면모도 있으시죠."

"그러게……. 처음엔 일반 경찰 따윈 안중에도 없는 분이지 않나 싶었는데, 퇴직할 상황에 몰린 나를 현경 상층부와 맞서면서까지 구해주는 따뜻한 일면도 보이셨어."

모리 부서장님의 눈에 무언가 감정이 담긴 빛이 어렸다.

"그건 나도 마찬가지네. 경찰 인생 마지막에 그런 분을 모실 수 있어서 영광이야."

그 말을 남기고 모리 부서장님은 서장실을 나갔다.

모리 부서장님이 떠난 서장실에서 니노미야 형사과장님이 빙긋 웃었다.

"이번 방화 건으로 마쓰노코지는 또 특별공로상을 받게 될 거야.

조금 전에 현경 본부의 아시카가가 자기 수상 기록을 뛰어넘었다며 난리더군. 이대로 가면 모리 부서장님이 경사 시절에 세운 기록도 갈아치우게 될지 몰라. 그야 뭐, 마쓰노코지의 상사로서는 고맙기도 하고, 모리 부서장님의 후배로서는 난처하기도 하고……. 아무튼 다나카 서장님은 서장 임기 막바지에 우리 시의 어둠을 일소하고 가시게 되겠군."

……그랬다.

다나카 서장님은 앞으로 한 달 후면 경찰청으로 복귀하신다…….

나는 니노미야 형사과장님에게 들리지 않게 작은 한숨을 내쉬었다.

……앗! 인터넷에 대박 정보가 떴잖아!

……시즈오카에서 함정 프라모델 관련 대형 이벤트가 있나 보군!

……평소에는 좀처럼 모습을 드러내지 않는 전설의 모델러가 프라모델 제작 과정을 실제로 보여준다네……!

……더군다나 실연 모델이 '이400형'이라고!? 바로 지금 내가 만들고 있는 함정이잖아……!

……이런 기회는 절대 놓칠 수 없어……!

경찰서 복도를 걸어가는데 니노미야 형사과장님이 부르기에 과장님과 함께 형사과 사무실로 들어갔다.

"듣자 하니, 서장님이 시즈오카에 가신다던데?"

니노미야 형사과장님 말에 나는 고개를 끄덕였다.

"네. 내일부터 휴가를 내셨다고 알고 있습니다."

"시즈오카에는 무슨 일로?"

"그건 모르겠습니다."

"날짜를 보아 하니, 시장과 현경 본부의 사이온지 형사부장이 함께 골프를 치자고 했던 날이지 싶은데. 그걸 거절하면서까지 가신다니 단순한 관광 목적으로 보기는 어려워. 그날 시즈오카에서 무슨 일이 있나?"

나는 니노미야 형사과장님의 컴퓨터를 빌려 검색해보았다.

"으음……. 행사가 몇 개 있는 것 같습니다. 아이돌 콘서트…… 프라모델 이벤트……."

"아니, 그런 건 아니야. 서장님을 움직일 만한 뭔가가 있을 거야."

"그 외에는 미국 대사가 시즈오카에서 지역 특산물전을 견학한다는 소식도 있고."

니노미야 형사과장님의 눈이 번쩍 빛났다.

"서장님이 우리 서에 오시기 전에 계셨던 데가 경찰청 공안부 외사과였지."

"경찰청 외사과라면, 국제 범죄 수사를 지휘하는 부서죠."

"그뿐만이 아니야. 미국의 CIA처럼 정보 수집도 담당하고 있어. ……서장님이 외사과에 계셨을 때 담당한 업무에 대해 뭔가 말씀하신 적 없었나?"

"있습니다. ……분명히 '해외 출장비 산정 기준 개정 시안' 같은 것을 작성하셨다고. 굉장히 보람 있고 즐거운 작업이었다고 말씀하셨던 것 같은데요."

니노미야 형사과장님이 눈썹을 찌푸렸다.

"다나카 서장님이 그런 업무에 만족하셨다고 보긴 어려운데. 아마도 그건 서장님 특기인 둘러대기일 테지. ……이번에 시즈오카에 가시는 건 미 대사와 관련해 경찰청에서 일시적으로 불러들였다고 보는 편이 자연스러워."

"무슨 일일까요?"

니노미야 형사과장님이 으음, 하고 신음을 흘렸다.

"그건 모르겠군. 시골 관할서에 있는 우리가 여기저기 쑤신다고 알아낼 도리가 없지. 서장님이 무사히 돌아오시기만을 기다리는 수밖에. 다만 모리 부서장님에게는 일단 귀띔해드리게."

나는 니노미야 형사과장님 말에 무언가 불길한 느낌이 들기 시작했다.

겐이치 씨……. 무사히 돌아오시기를 기다리고 있겠습니다…….

눈을 감고, 기도하는 심정으로 손을 꼭 쥐었다.

……자!

……이벤트 개장 5분 전이다!

……개장과 동시에 돌진한다! 전설의 모델러 실연 맨 앞자리를 잡아야지!

……?

……경비원이 뭔가 말을 하고 있네…….

……위험하니까 개장해도 뛰지 말아달라고?

……무슨 말을 하는 겁니까! 당연히 뛰어야죠!

……문이 열리면, 고교 시절 100미터를 14초대에 끊었던 실력을 보여드리죠!

점심시간이다.

평소에는 다른 여경들과 어울려 식당에서 밥을 먹는다. 하지만 오늘은 그럴 기분이 아니어서 서장실의 내 책상에 앉아 홀로 도시락을 펼쳤다.

어쩐지 불안한 기분이 가시질 않아서, 예의가 아닌 줄은 알지만 서장실에 비치된 티브이를 계속 켜두었다.

정오 뉴스가 시작되었다.

아나운서가 뉴스 원고를 읽고 있다.

"시즈오카의 프라모델 이벤트 현장 소식입니다. 일부 행사를 관람하기 위해 한꺼번에 몰려든 관객들이 밀려 넘어지면서 부상자가 속출했다고 합니다."

나는 한숨을 내쉬었다.

은밀하게 국가의 치안을 수호하는 다나카 서장님 같은 분이 있는가 하면, 프라모델 이벤트장 같은 곳에서 떠들썩하게 사고를 일으키는 사람도 있다. 마니아 어쩌고 하는 사람들은 주변 상황을 제대로 판단하지 못하는 걸까……. 아니면, 알면서도 무리한 행동을 강행하는 걸까…….

우리 서는 곧 있을 봄 축제에 앞서 슬슬 경비警備 대책을 세워야 한다. 분명히 지역을 대표하는 아이돌이 출연하는 이벤트도 있었는데……. 혼잡한 장소에서 달려 나가는 몰지각한 사람이 없으면 좋으련만…….

"방금 들어온 뉴스입니다."

아나운서의 긴장된 목소리에 나는 도시락에서 눈을 들었다.

"시즈오카를 방문한 주일駐日 미국 대사 일행이 무장 집단의 습격을 받았다는 소식입니다. 이 사고로 경찰과 무장 집단 양측에 부상자가 다수 발생했다고 합니다. 미국 대사의 무사 여부는 확인되지 않고 있습니다. 현재도 산발적으로 총격전이 이어지고 있으며, 여러 차례 폭발음이 들렸다는 제보도 있으나 확인 중입니다. 이 뉴스에 대해서는 상황이 파악되는 즉시 다시 보도해드리겠습니다."

겐이치 씨가…….

몸이 와들와들 떨렸다.

다급히 휴대전화를 꺼내 다나카 서장님에게 전화 걸었다.

……안 돼……. 겐이치 씨의 휴대전화 전원이 꺼져 있어……. 아니…… 어쩌면, 겐이치 씨의 휴대전화는 총격이나 폭발로…….

온몸의 핏기가 가시는 느낌이었다.

그때 모리 부서장님과 니노미야 형사과장님이 서장실로 뛰어 들어왔다.

"뉴스 봤나?"

니노미야 형사과장님의 이마에 진땀이 맺혀 있다.

"서장님께 연락은?"

나는 머리를 흔들었다.

"안 됩니다. 서장님 휴대전화가 꺼져 있습니다."

나도 모르게 목소리가 날카로워졌다.

"나는 경찰청 공안부 외사과에 문의해보겠네. 기쿠치 경사는 인터넷에 뭔가 정보가 없는지 알아봐주게. 니노미야는 현경 본부의 사이온지 형사부장님에게 연락을 취해줘."

모리 부서장님의 지시에 니노미야 형사과장님이 휴대전화를 꺼냈다.

나는 내 자리로 돌아와 떨리는 손가락으로 컴퓨터 키보드를 두드리고 스마트폰을 터치했다.

하지만 지금 나오고 있는 것은 온통 무의미한 정보뿐.

"어떤가?"

니노미야 형사과장님이 내게 물었다.

"여러 정보가 뒤섞여 있습니다. 신뢰할 만한 것은 없습니다."

"이쪽도 아니야. 사이온지 형사부장님은 다나카 서장님이 시즈오카에 가셨다는 사실조차 모르셨던 모양이야. 지금 알고 놀라셨어……. 모리 부서장님 쪽은 어떻습니까?"

"공안부 외사과에 문의했지만, '모른다, 알지 못한다'는 대답뿐이야. 물론, 사이온지 형사부장님조차 몰랐던 비밀 행동을 관할서 사람에게 그리 쉽게 알려줄 리는 없겠지만."

"어쩌죠?"

눈물이 흘러나왔다.

"침착해. 부상자 중에 서장님이 계시다고 단정 지을 순 없어. 니노미야는 형사과에 지시해서 정보를 모아. 기쿠치 경사는 다나카 서장님 휴대전화로 계속 전화하고."

그렇게 명령한 모리 부서장님의 이마에도 땀이 맺혀 있었다.

……끔찍했다.

……설마 주위 사람들이 모두 전설의 모델러가 목적이었을 줄이야.

……첫 번째 모퉁이를 돌 때 전부 넘어져버렸지…….

……병원 침대에 누워 있는 게 올해 들어만 대체 몇 번째람…….

……아무래도 팔이 부러진 것 같은데. 모처럼 장만한 새 스마트폰도 부서져버렸어. 병원 전화로 가오리에게 연락했지만 이제는 아주 징글징글하다는 반응이었어…….

……하지만 이렇게 된 데에는 뛴 우리도 잘못이지만 이벤트장 경비 측에도 책임이 있지 않나. 사람들이 뛸 거라는 건 당연히 알았을 거 아냐. 그렇다면 뛰지 말라고 말로만 외칠 게 아니라 사람들이 뛰지 못하게 손을 써두었으면 좋았잖아…….

……?

……어라? ……뭔가 멀리서 연기가 피어오르네……. 엄청난

소리도 났어…….

……가스 폭발인가?

다나카 서장님은 오늘부터 서에 나와 계신다.

시즈오카에서 무슨 일이 일어났는지, 거기에 대해 서장님은 아무 말씀도 해주시지 않는다. 물론 임무 성격상 입 밖에 낼 수 없는 일이 있다는 건 나도 안다.

티브이에서는 주일 미국 대사 습격 사건을 연일 보도하고 있다. 경호를 맡았던 경찰과 테러리스트 들 중에 부상자가 나왔지만 미국 대사는 무사했다. 물론 그건 다나카 서장님을 비롯한 경찰관들의 활약 덕택이었으리라. 하지만 그 직전에 일어난 프라모델 이벤트장 사고도 결과적으로는 행운이었던 듯하다. 그 사고로 구급차와 경찰 차량 여러 대가 사이렌을 울리면서 움직였고, 그 모습을 본 테러리스트들은 경찰이 벌써 자신들의 계획을 알아챘나 싶어 서둘러 행동을 개시했다……. 그 때문에 사전에 세운 계획대로 되지 않았던 것으로 추측된다…… 라고, 관방장관이 티브이 회견에서 말했다.

나는 서장 자리에 앉아 계신 다나카 서장님을 흘끗 보았다.

서장님은 팔에 깁스를 하고 있다. 반창고 붙인 얼굴이 애처롭다. 온몸이 상처투성이일 테지.

그 모습을 보니 나는 또다시 눈물이 날 것 같았다.

그것을 꾹 참고 나는 부서장님에게서 건네받은 서류를 서장님 책상에 올려놓았다.

"곧 있을 봄 축제 경비 계획서입니다. 승인 부탁드립니다."

다나카 서장님은 대강 보시더니 "여기면 되겠습니까" 하며 승인 도장을 찍었다.

"계획서는 모리 부서장님께 다시 전해드리겠습니다. 그런데 이번 봄 축제 때는 시즈오카의 프라모델 행사처럼 바보 같은 사람이 사고를 일으키는 일은 없었으면 좋겠네요."

"바보 같은 사람?"

다나카 서장님이 미간을 찌푸렸다.

"어떤 상황이 됐든, 부상자가 나오면 그건 경비 측 책임 아닙니까?"

그 말에 나는 얼굴이 화끈 달아올랐다.

"그렇습니다. 그것이 저희 경찰이 맡은 역할입니다. 경비에 만전을 기하도록 모리 부서장님께 전달하겠습니다."

"그렇게 해주세요."

지금, 깨달았다…….

니노미야 형사과장님이 다나카 서장님을 가리켜 '괴물'이라고 말씀하셨는데, 그게 아니다.

이분은 그저 뼛속까지 경찰인 거다…….

나는 서류를 받아들고 문을 향해 걸었다.

뒤를 돌아보니 다나카 서장님은 다시 뭔가 생각에 잠겨 계셨다.

나는 어제, 서장님이 우리 시로 돌아오셨다기에 병문안용 꽃다발을 들고 관사를 찾았다. 그곳에서 다나카 서장님의 사모님을 뵈었다. 사모님은 미인이라기보다 웃는 얼굴이 멋진, 귀여운 느낌이 나는 분이었다.

그런데 병문안 인사를 드리는 내게 사모님이 미소 지으며 말씀하셨다.

"저 사람, 바보거든요."

그때 나는 사모님에게 깨끗이 졌다는 생각이 들었다.

사지에서 부상을 입고 돌아온 남편을, 웃는 얼굴로 "바보 같으니" 하며 맞이하다니, 나로서는 엄두도 못 낼 일이다.

서장님이 뼛속까지 경찰이라면, 사모님은 뼛속까지 경찰의 아내였다.

나는 작은 한숨을 한 차례 내쉬었다.

……안녕히, 겐이치 씨…….

나는 온 마음을 담아 다나카 서장님에게 경례했다. 그리고 발길을 돌려 문을 열었다.

내 등 뒤로 다나카 서장님의 읊조림이 들렸다.

"경비 책임이지……."

서장
다나카 겐이치의 귀환

변호사는 어떻게든 나를 무죄로 만들고 싶은 것 같다…….

하지만 난, 사형이 되든 무기징역이 되든 상관없다.

다만…… 내게는 한 가지 잊은 게 있다…….

이대로 남겨두면 절대 안 되는 일…….

그 사람의 심장 고동을…… 멎게 해야…….

"이제 이 현과도 작별이네."

공항 로비의 벤치에 앉아 있는 가오리에게 말했다.

어제부로 드디어 경찰서장 임기를 마쳤다. 마침내 경찰청으로 돌아갈 수 있는 날이 왔다.

"여길 떠난다니 섭섭하네……."

이곳 생활이 마음에 쏙 든 가오리는 풀 죽은 어조로 말했다.

"그러게."

말은 그렇게 했지만, 솔직히 나는 이제야 마음이 놓인다.

지난 1년은 너무 길었다. 정말 끔찍했다. 진짜 힘들었다.

원래 엘리트 경찰 관료가 바쁜 건 중앙 부처에 있을 때뿐이다. 지방에 내려가 있는 기간은 으레 휴양 기간쯤으로 여긴다.

그런데 내 경우를 좀 보라지. 계단에서 굴러 떨어져 다리가 부러지질 않나, 테러리스트에게 두들겨 맞아 혀가 찢어지질 않나, 절도단 총격에 뇌진탕을 일으켜 기절하질 않나, 일일서장 인형 탈을 썼다가 질식사할 뻔하질 않나, 러닝셔츠에 팬티 바람으로 자동소총 총부리를 피해 다니다 독감에 걸려 몸져눕질 않나, 전신 타박상에 골절로 입원하질 않나……. 떠올리기만 해도 서글퍼진다.

하지만 그것도 이제 끝이다.

어제 이임식을 했다. 후임 서장에는 모리 부서장이 임명되었다. 같은 서에서 부서장이 서장으로 승격하는 경우는 거의 없는 듯하지만, 이번엔 모리 부서장의 정년이 몇 달 남지 않은 데다 이제까지 쌓은 업적을 고려한 배려였지 싶다. 이럴 때 보면 현경 본부도 제법 신통한 짓을 한다니까.

뭐, 그런 건 아무래도 좋다. 나로서는 살아서 서장직을 마칠 수 있었던 것 자체가 경사다. 모레, 경찰청으로 돌아가면 평온한 경찰 관료의 일상이 재개될 것이다. 두 번 다시 이 현에 올 일은 없으리라.

나는 로비 구석으로 가서 그곳에 있는 수도꼭지를 틀었다. 수도꼭지처럼 보이지만, 사실 나오는 건 귤 주스다. 관광용으로 만든 모양인데 진짜 이 현에는 귤밖에 없는가 보다.

나는 벤치로 돌아와 가오리에게 귤 주스가 담긴 종이컵을 건넸다.

"그런데 이삿짐 말야, 도쿄 공무원 관사에 다 들어갈까?"

지금까지 지낸 경찰서장 관사는 방이 다섯 개나 됐다. 둘이 살기에는 너무 넓은 집이었는데 가오리는 일 년 새 온갖 것들을 사들였다. 오늘 아침, 이삿짐을 뺐는데 무려 4톤 트럭 두 대 분량이 나왔다.

"어떻게든 밀어 넣어야지."

가오리는 생긋 웃었지만, 높이가 2미터나 되는 '미캉 군 등신대 피규어' 같은 걸 방 두 개짜리 공무원 관사 어디에 세워둘 작정인 건지.

"그래, 힘내서 잘해봐."

마침 탑승 시각이 되었기에 나는 가오리에게 손을 흔들었다.

가오리는 먼저 도쿄로 가서 이삿짐을 들이지만, 나는 이곳 관사를 청소하고 내일 관리업자에게 인계하고 나서 차를 운전해 올라가기로 했다. 자동차 반송 비용이 엄청나게 들 것 같아서다.

아무튼 이사 작업은 난리도 아니었어.

나는 한숨을 내쉬었다.

이것도 다 내가 경찰 관료 같은 게 돼버렸기 때문이다. 고교 동창은 시청에 들어갔는데 이사를 수반하는 이동 같은 건 전혀 없다. 내내 본가에 살고 있다.

역시 나도 시청에 들어갔으면 좋았을걸…….

그런 생각을 하면서 나는 공항 주차장에서 차를 뺐다.

차를 몰고 한동안 달리자 어느덧 단골이 된 프라모델 가게가 눈에 들어왔다.

이 가게에는 그동안 신세를 많이 졌기에 전근하게 됐다는 인사라도 하려고 주차장 쪽으로 운전대를 꺾었다.

가게에 들어선 나는 내부를 둘러보았다.

참 좋은 가게였다. 이제 작별이라고 생각하니 조금 감상적이 되고 만다.

크든 작든 상관없이 나는 프라모델 가게가 좋다. 거기에 오는 손님들도 다들 좋다.

내가 본격적으로 프라모델 제작을 취미로 삼게 된 건 대학생 때부터지만 그 전에도 자동차나 비행기, 로봇 같은 프라모델은 곧잘 만들었다. 100엔짜리 동전 몇 개를 손에 꼭 쥐고 자그마한 프라모델 가게에 드나들곤 했다.

하지만 그 가게는 이미 없어진 지 오래다.

그 가게만이 아니다. 거리마다 프라모델 가게가 점점 사라지고 있다.

나고 자란 동네에 프라모델 가게가 없다고 말하는 아이들은 앞으로 더욱 늘어날 것이다. 그 아이들은 내가 했던 것과 같은 경험은 못 하겠지.

나는 이제 이 현을 떠나지만, 이 가게는 앞으로도 계속 남아주면 좋겠다.

생각에 잠긴 채 가게 안을 한 바퀴 돌았다. 평소에는 거들떠보지도 않는 자동차며 오토바이 따위가 진열된 선반에도 하나하나 눈길을 주었다.

계산대 앞에 선 여주인의 모습이 보였다. 작별 인사를 하려고 계산대로 향하는데 한 남자가 끼어들었다.

문제의 그 남자였다. 프라모델 제작에 있어서 나의 숙적. 이 남자가 하는 짓이란 짓은 죄다 나의 프라모델 제작 정신과 충돌한다.

하필 마지막의 마지막에 이 남자를 만나다니…….

프라모델 가게에 오는 손님들은 다 좋다고 말했지만, 정정한다. 이 놈만은 싫다.

남자는 계산대에 일고여덟 개는 돼 보이는 프라모델 상자들을 턱 하니 올려놓았다. 절반은 구 일본 해군 함정이었지만, 그 외에 성이라든가 구 일본 육군 전투기 모델도 있었다.

계산대 위에 한가득 쌓인 프라모델 상자를 보며 여주인이 눈을 휘둥그레 떴다.

"신제품을 죄다 사가려고? 젊은이, 함정파인 줄 알았는데."

남자가 머리를 흔들었다.

"함정도 좋아하지만 앞으로는 다른 것도 만들어볼까 싶어서요."

"오, 어째서?"

"난 말이죠, 지금까지의 역사 속에서 일본인이 뭘 만들어왔는지 알고 싶어서 프라모델을 만드는 거거든요. 그러니까 함정뿐만 아니라 성이든 오토바이든 죄다 사서, 오리지널을 만든 사람의 생각을 읽으려는 거죠."

허어…….

뒤에서 듣고 있던 나는 감탄했다. 나는 단지 조형이 아름다워서 구 일본 해군의 군함을 만들고 있는데 이 남자는 그런 식으로 생각하고 있었다니.

지금껏 주는 거 없이 싫은 놈이라고 생각했는데 조금은 다시 봤다.

제법이네! 역시 프라모델 동지야!

"그래도 이걸 다 만들려면 보통 일이 아니겠는데."

여주인도 감탄한 듯 계산기를 두드리면서 남자에게 물었다.

"설마. 그렇게 많이 만들 순 없죠. 만드는 건 백 개 중에 서너 개 정도고, 나머지는 그대로 장식해둬요. 이따금 상자를 열고 안에 든 부품을 감상하긴 하지만."

뭐라고!?

남자의 그 말에 나는 놀라 자빠질 뻔했다.

프라모델이란 만들어야 가치가 있는 것 아닌가? 상자만 쭉 늘어놔서 어쩌자는 건데? 늘그막에 프라모델 가게라도 차릴 셈인가?

분명 나처럼 연합함대 전체를 만들려는 것은 무모한 시도인지도 모른다. 솔직히 말해 지금까지 나온 모델을 완성하는 데만도 시간이 얼마나 걸릴지 알 수 없는 상태다. 신제품은 도저히 따라잡을 수가 없다.

하지만 일단 구입한 건 온 마음을 담아 반드시 완성한단 말이다!

"젊은이?"

여주인이 말을 걸어오는 바람에 나는 퍼뜩 제정신으로 돌아왔다.

그 숙적 자식은 어느새 사라지고 없었다.

나는 심호흡을 하며 마음을 가라앉힌 후, 도장용 붓을 계산대에 내려놓았다. 이 가게에 오는 것도 마지막이다 싶어 기념 삼아 고른 것이다.

"실은, 도쿄로 전근을 가게 돼서……. 그래서 인사드리려고요. ……여러 모로 감사했습니다."

나는 여주인에게 고개를 꾸벅 숙였다.

"그래요……? 내가 더 고맙지. 섭섭해서 어쩌누."

여주인의 그 말에 나는 조금 숙연해졌다.

이제 진짜 이 현을 떠나는구나, 하고 비로소 실감했다.

나는 방 다섯 개짜리 서장 관사로 돌아왔다. 가구가 없으니 그렇잖아도 넓은 관사가 휑뎅그렁하다. 남아 있는 것은 여행 가방 하나와 하룻밤을 지내기 위한 이부자리, 그리고 프라모델 제작 도구 일습뿐.

청소를 서둘러 마치고 서재로 쓰던 방으로 들어왔다.

여행 가방 위에 만들다 만 순양함 '모가미'가 있다.

이 '모가미'는 나온 지 좀 된 제품이지만 완성도가 있다. 만들고 있노라면 프라모델 제작에는 이런 즐거움이 있었지, 하고 느끼게 해주는 좋은 모델이다.

자, 만들자!

그래도 좋구나, 이렇게 밤새 프라모델을 만들 수 있다는 것도…….

저녁 먹는 걸 잊었지만, 뭐, 어때.

나는 프라모델 만들기에 몰두했다.

문득 정신을 차려보니 창밖이 밝아오고 있었다.

밤을 샜나 보다.

그래도 하룻밤 내내 프라모델 제작에 열중할 수 있었다. 나는 작업대 대용으로 쓴 여행 가방 위에 놓인 '모가미'를 보았다.

꽤 잘 빠진 모델이란 말이지. ……잘 빠진 모델이지만 밤새 매달렸는데도 진도는 그다지 많이 나가지 못했다.

나는 생각에 잠겼다.

내 인생이 끝나기 전까지 기필코 연합함대를 완성시킬 생각이지만, 정말로 그럴 수 있을지 의문이 들기 시작했다. 목적을 달성하기 위해 오래 살아야겠다고 마음먹었지만, 아무리 내가 오래 산다 해도 그만큼 신제품도 계속해서 출시될 테니 결국 끝이 없는 것 아닐까……. 요컨대 오래 사는 것만으로는 근본적인 해결이 되지 않는다는 뜻이다.

게다가 요즘 발매되는 1/700 스케일의 함정 모형은 놀랍도록 완성도가 높아지고 있다. 그것을 만드는 모델러의 기술도 좋아졌다. 요즘 나오는 프라모델 관련 잡지를 보다 보면 프로 모델러가 만드는 함정 모형은 이미 예술품이나 공예품 경지에 올라 있음을 알 수 있다. 여기에 필적할 만한 것을 꼽자면 러시아 황제에게 헌상되었던 이스터 에그 세공품[1] 정도가 아닐까 싶을 정도다. 실제로 프로 모델러나 일부 아마추어 모델러가 만든 함정 모형은 박물관이나 미술관에 전시된다고 한다.

물론 난 그런 수준의 작품을 만들려는 것은 아니다. 오히려 머릿수를 채우려는 쪽에 가깝다. 다만 그렇다고 해서 대충 만들어야지 하는 마음은 털끝만큼도 없다. 내 능력 안에서 심혈을 기울일 생각이다. 허나 아무리 생각해봐도 이대로는 연합함대를 완성할 수 없다. 어떻게든 일을 빨리 진척시킬 방법도 고안해야 한다. 하지만 아무리 엘리트 관료인 나라도, 이건 보통 어려운 문제가 아니다.

그런 저런 생각에 잠긴 채 만들다 만 '모가미'를 바라보던 중, 문득 '모가미'의 형태에 이해가 안 가는 부분이 있다는 점을 깨달았다.

자료로 쓰고 있는 『도해와 사진으로 보는 구 일본 해군 순양함 모가미』라는 책……. 어디에 뒀더라. 그러니까…… 마지막으로 펼쳐봤던 게…… 서장실에서 점심시간에 몰래 읽다가…….

아……. 자료를 서장실 서랍에 넣어둔 채 까맣게 잊고 있었다.

이미 절판되어 구하기 어려운 책이라서 놔두고 갈 수는 없다.

비서로 일해준 기쿠치 경사에게 부탁하는 방법도 있지만, 아무래도 사적인 물품……. 더구나 업무와 아무 관련 없는 프라모델 자료를 부쳐달라고 하는 건 좀 아니지…….

역시 내가 직접 가지러 가야…….

나는 마음을 굳히고 관사를 나섰다.

1 통칭 '파베르제의 달걀'. 부활절 선물용으로 러시아 차르 가문에서 보석 세공사 파베르제에게 주문한 달걀 모양의 보석 세공품을 가리킴.

바로 어제 성대한 환송을 받으며 떠난 터라 서 안으로 다시 들어가기가 적잖이 멋쩍다.

나는 문 그늘에 숨어 경찰서 안을 몰래 엿보았다. 어째선지 입구에 경찰관이 서 있었다. 평소엔 저렇게 보초 같은 건 서지 않는데. 하필이면 오늘…… 운도 없지.

나는 한숨을 쉬었다.

그때 안주머니에 넣어둔 휴대전화가 진동했다.

전화기를 꺼냈다. 아버지다. 아버지가 나한테 전화를 하다니, 좀처럼 없는 일인데. 거의 1년 만인가.

"여보세요."

"겐이치……."

"아버지 미안한데, 지금 경찰서에 다시 들어가려는 참이어서. 급한 일 아니면 나중에 통화하면 안 될까요."

"이임한 거 아니었냐?"

"아니, 깜빡 잊은 게 좀 있어서."

"……그러냐. 잊은 거라……. 부탁하마."

그 말이 끝나기 무섭게 전화가 끊겼다.

? ……'부탁하마'라니, 대체 무슨 뜻이지?

영문 모를 소리였지만 지금은 그걸 따질 때가 아니다. 나는 휴대전화를 안주머니에 집어넣고 다시 한 번 건물 안을 엿보았다.

귀신같이 나를 알아챈 경찰관이 차렷 자세로 경례를 했다.

아, 들켰네. 어차피 이렇게 된 거, 될 대로 되라지.

나는 경찰관의 눈을 보지 않으려고 고개를 숙인 채 슬금슬금 그 옆을 지나쳤다.

현장 경찰의 눈을 보는 게 고역인 내 성격은 결국 지난 1년 동안에도 나아지지 않았다. 그들의 눈에 깃든 딱딱한 빛에는 도무지 익숙해지질 않는다. 웃는 얼굴로 길을 안내하는 지역과 소속 순경들의 눈도 무섭다. 너무 무섭다…….

아니지, 아니야, 그런 건 아무래도 상관없어.

나는 되도록 서원들과 맞닥뜨리지 않도록 살금살금 서장실로 향했다. 그런데 평소 같으면 서원들이 제법 있을 시간인데도 어찌된 셈인지 마주치는 사람이 거의 없다. 다행이라면 다행이지만 조금 이상한 기분이 들었다. 어쨌든 아무 탈 없이 서장실 앞에 도착했다.

나는 문을 두드렸다.

"들어오세요."

모리 신임 서장의 목소리가 났다.

"실례합니다."

서장실에 들어선 나는 흠칫 놀랐다.

신임 서장인 모리 씨나 비서 격인 기쿠치 경사가 있는 건 당연히 예상했지만, 소파에 현경 본부의 사이온지 형사부장이 앉아 있었다.

그 사이온지 형사부장이 의아한 얼굴로 나를 보았다.

"왜 돌아왔나?"

나는 목을 움츠렸다.

"저어…… 잊은 게 있어서 찾으러……."

"잊은 게 있어서 찾으러 왔다고? ……언제까지 연연할 셈인가?"

그게 그러니까, '모가미' 를 만드는 데 귀중한 자료라서요…….

"신임 서장인 모리 경정님에게는 죄송하지만, 서장석을 잠깐 봤으면 좋겠는데요."

나는 '모가미' 자료가 들어 있는 책상 서랍을 힐끔 쳐다보았다.

"알겠네. 그렇게까지 말한다면……. 서장석에 앉게."

사이온지 형사부장 말에 모리 서장이 고개를 끄덕였다. 모리 서장은 감정이 드러나지 않는 어두운 빛이 가득한 눈으로 나를 본 후, 서장석에서 일어나 내게 경례를 했다.

"본 서의 지휘권, 반환합니다."

엥?

서랍만 한 번 열어보면 되는데요…….

자리만 잠깐 비켜주면 되는데 굳이 교대식까지 하다니, 모리 씨는 진짜 너무 고지식한 사람이라니까.

"지휘권, 승계받았습니다."

어쩔 수 없이 나도 그렇게 경례로 답했다.

모리 서장과 교대하여 자리에 앉은 나는 곧장 서랍을 열려고 했다.

그때 허둥지둥 서장실로 들어온 남자가 있었다. 니노미야 형사과장이다.

니노미야 형사과장은 서장석을 보고 깜짝 놀란 눈치였다.

놀랄 만도 하지. 바로 어제 성대하게 떠나보낸 상사가 다시 그 자리에 앉아 있으니.

"어떻게 다나카 경무관님이……."

"아마 아침 뉴스를 보고 알았겠지. 부르지도 않았는데 돌아왔어."

사이온지 형사부장이 그렇게 말하며 씁쓸한 표정을 지었다.

아침 뉴스? 뭡니까, 그게?

티브이고 라디오고 전부 이삿짐 차에 실어 보내고, 스마트폰도 고장나버린 나로서는 뭐가 뭔지 당최 알 길이 없다.

"본 서의 지휘권은 다나카 경무관님께 돌려드렸다. 지금부터 서장은 다나카 경무관님이시다."

모리 경정이 여느 때처럼 조용한 어조로 말했다.

니노미야 형사과장은 잠시 눈을 껌벅거렸으나, "다시 서장님 밑에서 일하게 되어 영광입니다" 하고 날렵하게 경례했다.

"다나카 군에게 서의 현재 상황을 설명해주게."

사이온지 형사부장이 그렇게 말하며 눈썹을 찌푸렸다.

니노미야 형사과장은 고개를 끄덕이고 내 앞에 사진 한 장을 내놓았다.

어라? 이 사진 속 남자는 본 기억이 있는데.

이자는 내가 이곳에 갓 부임했을 무렵 관내에서 연쇄살인을 저지른 남자다. 기쿠치 경사의 오랜 소꿉친구도 이자에게 살해당했다. 내가 기억하기론 어릴 때 어머니에게 학대를 받은 탓에 정신이 이상해져서, 꽃다발을 든 여성만 보면 죽이고 싶어진다던 얼토당토않은 놈이었다. 자기 몸에 피가 튀는 것을 방지하기 위해서인지 웨이더인가 하는, 어업 종사자나 낚시꾼들이 착용하는 장화와 작업복이 하나로 이어진 옷을 입고 서성거렸다. 그렇듯 눈에 띄는 차림새를 하고 있었는데 어째선지 목격자도 없고, 곳곳에 설치된 감시 카메라에도 잡히지 않아 수사는 난항을 거듭하고 있었다. 다행히 이런저런 일이 있고 나서 간신히 체포할 수 있었지만. 지금은 구치소에 수감되어 있는데 변호사가 신청한 정신감정을 받고 있을 터이다. 범행 당시의 정신 상태에 따라 무죄 판결을 받거나 형이 대폭 깎일 수도 있다는 보도가 나와서 피해자 유족들은 속이 말이 아닌 나날을 보내고 있다고, 주간지에서 읽은 적이 있다.

그런데 이자가 왜?

"이미 뉴스에서 발표된 대로, 이놈이 구치소를 탈출해 달아났습니다. 새벽 순찰 때 발각되었는데 탈출 시점은 그보다 훨씬 전인 것 같습니다. 공교롭게도 달아나는 도중에 경찰관을 덮쳐 권총을 탈취했습니다. 권총에는 실탄 세 발이 장전되어 있었습니다. 자취를 추적해봤을 때 아무래도 우리 시로 되돌아왔을 가능성이 높습니다. 이쪽 JR역의 방범 카메라 영상을 분석한 결과, 이놈으로 보이는 모습이 담긴 화면을 찾아냈습니다. 현재 마쓰노코지가 과수연의 안면 인식 시스템으로 본인 여부를 확인 중입니다."

그, 그런 일이…….

니노미야 형사과장의 설명에 나는 현기증이 났다.

아까 아버지가 전화로 "부탁하마"라고 했던 이유를 알겠다. 연쇄살인범은 이 시로 오기 전, 가나가와현에서도 살인을 저질렀는데 그 사건의 수사를 맡았던 사람이 아버지였다. 결국 가나가와에서는 범인을 잡지 못한 채 수사본부가 해산됐고, 아버지는 그 일로 경찰직을 그만두게 되었던 것 같다.

내내 씁쓸한 표정으로 소파에 앉아 있던 사이온지 형사부장이 일어섰다.

"경찰 관료인 자네에게 지난 1년간 누차 말했지. '현장 수사에 참견하지 마라, 관여하지 마라. 현장 일은 현장에 맡겨라'라고. 하지만 내 말을 끝내 이해하지 못한 것 같군. 이젠 마음대로 하게. 나는 그만 현경 본부로 돌아가겠네."

그렇게 내뱉고 나서 사이온지 형사부장은 발소리도 높이 서장실을 나갔다.

그와 엇갈리듯 노크도 없이 서장실 문이 열리고, 돼지마쓰 군이 뛰어 들어왔다.

"다나카 서장님……. 아니, 다나카 경무관님이 왜……."

최근 경사로 승진한 돼지마쓰 군이 어리둥절한 표정으로 나를 보았다.

하긴 돼지마쓰 군도 놀랄 만하지. 어제 송별 선물로 넥타이까지 줘서 보냈건만……. 참고로 그 넥타이는 취향이 영 별로였다. 가오리의 반응은 아주 좋았지만…….

내가 깜박 잊고 두고 간 게 있어서 가지러 왔을 뿐이라고 돼지마쓰 군에게 설명하려는데 한발 앞서 모리 씨가 입을 열었다.

"다나카 경무관님께서 사건을 아시고, '잃어버린 것을 되찾기 위해' 우리 서로 돌아오셨다. 현재, 우리 서의 지휘권은 다나카 경무관님이 갖고 계신다. 앞으로 수사 지휘는 다나카 경무관…… 다나카 서장님께서 맡아 하신다."

저기, 잠깐만요, 모리 씨. 뭔가 많이 다른데요…….

돼지마쓰 군이 새삼스레 내게 경례를 했다.

"모쪼록 지도 부탁드립니다!"

이때 니노미야 형사과장이 끼어들었다.

"그보다, 과수연 안면 인식 시스템 결과는 어떻게 됐나?"

"네. 역시 탈주범 본인임이 판명되었습니다."

"그래?"

니노미야 형사과장이 고개를 끄덕이고 서장 책상 위에 지도를 펼쳤다.

"범인은 JR역 뒤편으로 빠져나간 것으로 보이는데, 거기서 외부로 나가는 길은 세 개, 그곳에 설치된 편의점과 주차장의 방범 카메라 영상을 확인해보았지만 범인은 그 길을 통과하지 않았습니다. 이른 아침이라서 차량 이동도 거의 없었고, 통과한 차량은 전부 조회하여 운전자에 대한 조사까지 모두 마쳤습니다. 범인은 반경 150미터 영역을 벗어나지 않았습니다. 이 영역은 우리 서원들이 이미 포위하고, 현재 포위망 안 건물들을 일일이 수색하고 있습니다."

어쩐지. 내가 서로 돌아왔을 때 안에 사람이 거의 없었던 이유를 이제 알겠네. 하지만…… 그렇다면 찾아내는 건 시간문제지 싶은데.

니노미야 형사과장이 말을 이었다.

"다만 문제는, 범인이 실탄이 장전된 권총을 소지하고 있다는 점입니다. 일단 수사에 참가한 인원에게는 전원 방탄조끼를 착용하도록 지시했습니다. 또한 후쿠오카 현경의 SAT도 이쪽으로 이동 중이라고 합니다. 그러나 가장 우려되는 것은 시민에게 위해가 갈 수도 있다는 점입니다. 그것만은 반드시 피해야 합니다. 경찰에게서 탈취한 총으로 시민이 살상을 입는…… 그런 일이 벌어지면 최악입니다. 신중하면서도 신속하게 수사를 진행해야 합니다."

모리 경정이 입을 열었다.

"그러면, 서장님, 지시를."

으엑? 무슨 그런 당치도 않은 말씀을!

물론 나도 범인이 빨리 잡히면 좋겠고 부디 시민이 다치는 일이 없기를 바라는 마음이다. 하지만 난 경찰 관료다. 수사에 대해선 경험도 지식도 없다. 그야말로 완전 생초보라고요.

나는 크흠, 하고 한 차례 헛기침을 하고 나서 모리 경정을 향해 단호하게 말했다.

"수사 지휘는 모리 경정에게 일임하겠습니다."

그 말에 모리 경정이 눈썹을 찡그렸다.

"다나카 서장님. 늘 하셨던 것처럼 일반적인 수사는 저희에게 맡기고 단독으로 범인을 쫓을 생각이신가 본데, 이번만은 참으시기 바랍니다. 거듭 말씀드리지만, 탈주범은 실탄이 장전된 권총을 소지하고 있습니다."

그때 또 다른 남자가 서장실로 들어왔다. 아시카가 경위였다. 아시카가 경위는 현경 본부 소속 형사로 작달막한 키에 딱 벌어진 어깨도 그렇고 어느 모로 보나 형사 아니면 형사에게 쫓기는 사람으로밖에 안 보이는 풍모를 지니고 있다.

니노미야 형사과장이 설명했다.

"아시카가는 현경 본부의 지원 부대를 지휘하고 있습니다."

아시카가 경위는 눈을 끔뻑거리면서 내게 경례했다.

"어떻게 다나카 경무관님께서? 분명히 어제 이임하셨다고 들었는데."

니노미야 형사과장이 앞으로 슥 나섰다.

"다나카 경무관님은 이번 사건을 아시고, '잃어버린 것을 놓아두고 갈 수는 없다'고 하시면서 우리 서의 서장으로 복귀하셨다. 사건이 해결될 때까지는 도쿄로 돌아갈 수 없다고 하신다."

헉!?

니노미야 씨! 난 그런 말 한 적 없어요! 결단코 없단 말입니다!

아시카가 경위가 내 얼굴을 보고 히죽 웃었다.

"서장님이 경찰청으로 돌아가신다기에 이제 다나카 서장님 밑에서 일할 기회가 없어졌나 싶어서 섭섭했는데, 다행입니다."

그렇게 말하고 나서 아시카가 경위는 자세를 바로 했다.

"이번 사건 말인데, 탈주범이 노리는 것은 아마도 저일 겁니다. 그때 사건을 해결한 사람은 다나카 서장님과 돼지…… 마쓰노코지 경사이지만, 그놈은 그 사실을 모릅니다. 수갑을 채운 사람이 저고, 심문도 가장 많이……."

"그리고 거칠게…… 했다?"

니노미야 형사과장이 씁쓸한 표정을 지었다.

"하지만 아시카가 경위님은 우리 서 사람이 아닙니다. 그런데도 범인은 우리 관내의 JR역에 내렸습니다……."

돼지마쓰 군이 고개를 외로 꼬았다.

"난 현경 본부 소속이지만, 그놈은 그런 것 몰라. 내가 이 서 사람이라고 철석같이 믿고 있을 거야. 그래서 복수하려고 이 동네로 돌아온 거야."

"복수라면, 얼굴이 알려진 사람은 전부 위험하겠군." 니노미야 형사과장이 얼굴을 찌푸렸다. "다나카 서장님은 괜찮으실까요?"

나는 고개를 휘휘 저었다. 범죄자와 대면하다니, 내가 그런 간 큰 짓을 할 리가 없다.

"나는 심문에 입회했었네. 아주 짧은 시간이었지만."

모리 경정이 조용히 말했다.

"저도, 사후 처리는 데스크 업무 위주였기 때문에 범인과 직접 마주친 적은 없습니다."

돼지마쓰 군도 그렇게 대답했다.

지금까지 방 한구석에서 돌아가는 상황을 지켜보던 기쿠치 경사도 고개를 저었다.

"저는 피해자의 친구였기 때문에 수사에는 일절 관여하지 않았습니다. 접촉이라고 해봤자 용의자를 태운 현장검증용 차량을 언뜻 보았을 뿐입니다. 마침 피해자의 월명일月命日[2]이라 사건 현장에 가는 길이었거든요……. 그때는 사복을 입고 있었기 때문에 경찰인 줄은 몰랐을 겁니다."

"역시, 놈이 노리는 건 저로군요."

아시카가 경위가 또 히죽 웃었다.

"아시카가, 자네가 전면에 나서서 수사하다가 탈주범과 맞닥뜨리기라도 하면 그놈이 자네에게 발포할지도 몰라. 자네는 일단 현경 본부의 지원 부대를 지휘하는 것으로 활동을 한정 짓도록 하게."

니노미야 형사과장이 아시카가 경위에게 말했다.

"뭐, 조심은 하겠습니다."

그렇게 말하고 아시카가 경위는 서장실을 나갔다.

경황이 없어서 미처 깨닫지 못했는데 그때가 되어서야 나는 배가 고프다는 사실을 알았다.

생각해보니 어제 공항 레스토랑에서 가오리와 점심식사를 한 이후로 아무것도 먹은 것이 없었다.

탈주범이 숨어 있을지도 모를 시내로 나가기는 싫었지만, 서원들이 죽기 살기로 수사 중인 이런 때에 도시락을 사다달라고 부탁하기도 좀 그렇다. 서에 드나드는 식당의 배달 음식은 미리 예약하지 않으면 한참 기다려야 하고……. 역시 나가서 먹어야겠다. 탈주범이 노리는 건 아시카가 씨고, 나는 범인과 일면식도 없으니까. 일반 시민인 척하면 괜찮겠지.

"저는 밖에 좀 나갔다 오겠습니다."

2 고인이 떠난 그 날짜를 매달 기리는 날.

그렇게 말한 나를 니노미야 형사과장이 놀란 듯 바라보았다.

"수사하러 가십니까?"

"아뇨, 그냥 식사 좀 하고 오려고요."

"탈주범이 노리는 건 아시카가이고, 놈이 숨어 있을 것으로 추정되는 지역은 저희가 포위하고 있습니다만, 만에 하나를 생각하셔야 합니다. 서 바깥으로 나가실 때에는 반드시 이걸 착용해주십시오."

그러면서 자기가 입고 있던 방탄조끼를 벗기 시작했다.

방탄조끼를 입고 식사라……. 하긴, 범인이 절대로 포위망을 돌파하지 못할 것이라고 단언할 수 없는 이상, 어쩔 수 없겠군.

나는 받아 든 방탄조끼를 입고 그 위로 코트를 걸쳤다.

"그리고, 경호원으로 오노를 붙여드리겠습니다."

아니 아니, 농담이라도 그런 소리 마세요, 니노미야 씨.

오노 경장으로 말할 것 같으면 검도 5단에다 우리 서 최강의 용병勇兵 아닙니까. 설령 사복을 입는다 해도 누구나 척 보면 경찰임을 알아차릴 만한 분위기를 팍팍 풍기는 사람이란 말입니다. 그런 사람과 함께 걸어 다닌다는 건 내가 경찰 관계자라고 광고하고 다니는 거나 마찬가지예요. 복수심에 불타는 정신이상자의 표적이 되는 건 절대 사양입니다요.

"경호는 필요 없습니다."

"안 됩니다, 이번만큼은 아무리 서장님 명령이라도."

나는 잠깐 생각했다. 그다지 경찰로 보이지 않을 만한 사람이라면 괜찮을지도 몰라.

"그렇다면, 마쓰노코지 경사로."

"경호에 마쓰노코지를 말입니까?"

니노미야 형사과장이 의아한 얼굴을 했다.

"반드시 경호원을 붙여야겠다면 마쓰노코지 경사로 부탁합니다."

잠시 생각하던 니노미야 형사과장은 "알겠습니다" 하고, 돼지마쓰 군에게 눈짓을 했다.

"저도 함께 가겠습니다."

기쿠치 경사가 한 걸음 앞으로 나섰다.

"아니. 기쿠치 씨는 안 됩니다."

"여경은 경호를 맡을 수 없는 겁니까."

기쿠치 경사가 조금 슬픈 눈을 했다.

나는 머리를 흔들었다.

"아니, 그런 게 아니라……."

기쿠치 씨, 지금 제복을 입고 있잖습니까. 같이 걸으면 난 영락없이 경찰 관계자로 보이고 말 거라고요…….

결국 나는 돼지마쓰 군만 데리고 서장실을 나왔다.

나는 될 수 있는 한, 서류 신청을 하러 혹은 이웃의 소음 공해를 호소하러 온 일반 시민인 척하면서 경찰서 현관을 빠져나왔다.

보초를 선 경관이 나를 보고 경례를 했다.

과연. 탈주범을 옴짝달싹 못 하게 봉쇄했다고는 해도, 만에 하나를 생각해서 현관에서부터 경계하고 있었던 건가……. 하지만 아무리 그렇더라도 제발 직립 부동자세로 하는 경례 같은 건 삼가줘요. 내가 이 경찰서의 높은 사람이라는 게 알려지잖아요…….

나는 고개를 숙인 채 종종걸음으로 경찰서를 나왔다.

서원 대부분과 현경 본부에서 파견된 지원 부대는 범인이 숨어들었다는 그곳의 반경 150미터 부근에 투입되어 있을 것이다. 서 주변에서는 수사관들의 모습을 볼 일이 거의 없다.

하지만 등잔 밑이 어두운 경우도 있기에 나는 조금 긴장했다.

식당에 들어가서도 탈주범이 있지는 않은지 주변을 살피게 됐다. 다행히 근처 공장의 종업원으로 보이는 사람만 앉아 라면을 후루룩거리고 있었다.

그나저나 방탄조끼는 왜 이리 무거운 거야.

왠지 라면 먹을 기분이 아니다. 아마도 이 동네에서 먹는 마지막 라면일 텐데…….

결국 살짝 아쉬운 기분을 안고 식당을 나온 나와 돼지마쓰 군은 서로 돌아가기로 했다.

바깥에서 수사 이야기를 나눌 수도 없고, 그렇다고 공통 화젯거리가 있는 것도 아니어서 어쩐지 어색한 분위기 속에 걷고 있었다.

뭔가 이야깃거리가 없을까.

남들이 봤을 때 아, 이 사람들은 경찰이구나, 하고 여기지 않을 만한 화제…….

그렇다 해도 애초에 나는 취미인 함정 프라모델 이외의 분야는 잘 모르고, 지금은 '순양함 모가미를 빨리 완성할 방법이 없나' 하는 정도의 생각밖에 떠오르질 않는데…….

으음……. 화제, 화제…….

"그러고 보니, 이 현은 하이쿠[3] 가 무척 성한 지역이라고 들었는데."

"하이쿠…… 말씀이십니까. 하긴 유명한 하이쿠 시인을 배출했고, 젊은 층부터 고령자까지 애호가가 많은 것 같기는 합니다. 저는 하이쿠를 그리 잘 알지는 못합니다만, 서장님께서는 어떤 시구를 좋아하시는지요?"

나는 황급히 손을 내저었다.

"서장이라고 부르지 마세요. 특히 서 밖에서는……."

남들이 들을까 봐 무섭다고.

"그러시면, 서…… 경무관님은 어떤 시구를 좋아하십니까?"

아니, 그러니까, 그 경무관이니 뭐니 하는 호칭을 큰 소리로 말하는 것도 삼가달란 말입니다…….

나는 한숨을 내쉬었다.

그건 그렇고, 좋아하는 하이쿠라…….

"으음……. '장맛비 모두 모아 세차게 흐르누나 모가미 강'…… 이려나."

요즘 '모가미를 빨리 완성해야 한다'는 생각만 하고 있다 보니 나도 모르게 이 구절이 입 밖으로 나오고 말았다.

"마쓰오 바쇼[4]의 『오쿠노 호소미치』[5] 말씀이십니까. 저도 좋아하

3 5, 7, 5의 음수율을 지닌 열일곱 자로 된 일본의 짧은 정형시.

는 구절입니다. 바쇼가 도호쿠 여행 당시 묵었던 다카노 이치에이 집에서 선보였을 때에는 '장맛비 모두 모아 시원하도다 모가미 강' 이었죠. 저는 그 자리에서 이치에이가 읊었던 '꽃이 지네 꽃가지 엮고 있네 꽃방석이로구나'라는 구절을 특히 좋아합니다."

"……꽃가지 꺾고 있네 꽃의 잔해로구나?"

"아뇨, 꺾고 있네, 가 아니라, 엮고 있네. 그리고 꽃의 잔해가 아니라 '꽃방석'입니다."

"아……. 바닥에 까는 '방석' 말입니까……."[6]

나는 얼굴이 다 화끈거렸다.

"그밖에도, 그때 바쇼의 제자인 가와이 소라[7]가 읊었던……."

돼지마쓰 군은 자신의 하이쿠론論을 거침없이 설파하기 시작했다.

뭐가 '저는 하이쿠를 그리 잘 알지는 못합니다'냐. 아니면 이 현에서는 하이쿠를 잘 알지 못하는 사람의 수준이 이 정도인 건가? 아, 애당초 하이쿠가 성한 현에서 이런 화제를 꺼내는 게 아니었어…….

"뭐, 어쨌든 나는 '장맛비 모두 모아 세차게 흐르누나 모가미 강'이 좋다…… 고 해둘까."

나는 입속으로 조그맣게 중얼거렸다.

갑자기 돼지마쓰 군이 멈춰 섰다.

4 松尾芭蕉(1644~1694). 하이쿠의 대가.

5 바쇼가 에도에서 도호쿠, 호쿠리쿠를 거쳐 기후 지방까지 여행하며 남긴 기행문.

6 일본어에서 방석과 잔해는 발음이 비슷함.

7 河合曾良(1649~1710).

"모가미 강……. 그런가……. 그거였어……."

"에?"

돼지마쓰 군은 허공을 노려보고 있었다.

"큰일이다. ……강이야. ……놈은 강을 따라 이동하고 있을 가능성이 있어. 탈주범은 감시 카메라가 설치되었거나 사람이 지나다니는 구간에서는 수로로 내려가 빠져나갔는지도 몰라. 젠장……. 그걸 왜 진작 못 알아차린 건데!"

돼지마쓰 군은 그 말을 단숨에 토해내더니 냅다 달려 나갔다.

"마쓰노코지 경사, 어디 가는 겁니까?"

"국토교통성 시코쿠 지방 경비국의 하천 국도 사무소로 갑니다! 하천 감시 카메라를 설치해둔 장소가 있을 겁니다. 잘하면 놈이 카메라에 잡혔을지도 모릅니다! 다녀오겠습니다, 다나카 서장님!"

돼지마쓰 군의 우렁찬 목소리에 내 주변에 있던 시민들이 죄 무슨 일인가 하고 주목하고 있다. "저 사람, 서장이래." "나, 알아. 교통안전 캠페인 때 봤던 그 경찰서장님이야." 그런 목소리들이 들려왔다.

나는 슬금슬금 자리를 떴다.

이래선 마치 내가 탈주범 같잖아…….

서장실로 돌아와보니, 니노미야 형사과장과 아시카가 경위가 심각한 표정으로 이야기에 열중하고 있었다. 모리 경정은 늘 그렇듯 무슨 생각을 하는지 알 수 없는 표정으로 두 사람의 대화를 지켜보고 있었다.

"무슨 일 있었습니까?"

"마쓰노코지에게 연락받았습니다. 탈주범은 감시 카메라가 있는 구간은 수로로 내려가 통과했을 가능성이 있다……. 다나카 서장님께서 그렇게 지적하셨다죠."

"하……. 뭐 그런 이야기가 나오긴 했지만, 그 말을 한 건……."

"젠장!"

아시카가 경위가 무시무시한 얼굴을 하고 소파를 걷어찼다.

"지난번 사건 때도 그랬어. 눈에 띄는 웨이더 차림이었는데도 목격자가 없었고 감시 카메라에도 잡히지 않았어. 그건 사람이 있을 법한 곳이나 감시 카메라가 설치된 곳은 수로를 이용해 피해 갔기 때문인 거야. 웨이더를 입고 있었던 건 단지 피가 튀는 것을 막기 위한 것만은 아니었어! 수로로 움직이기 위해서도 필요했던 거야! 그걸 놓치고 말았어! 충분한 물증을 얻었다고 자만하고 말았어!"

아시카가 경위가 또다시 소파를 걷어찼다.

"그건 자네 책임이 아니야."

니노미야 형사과장 말에 아시카가 경위가 어깨를 축 늘어뜨렸다.

"아뇨, 제 책임입니다. 그놈 심문은 거의 제가 맡아 했습니다. 눈에 띄는 차림이었는데 왜 목격자도 없고 감시 카메라 영상에도 잡히지 않았는지, 언뜻 의문이 들긴 했는데……."

"그렇다고 해서 자네를 미끼로 내세울 순 없어!"

니노미야 형사과장이 고함을 질렀다.

미끼? 대체 그게 무슨 말입니까?

"아뇨, 그렇게 해주십시오. 놈이 노리는 건 접니다. 그리고 저도 호락호락 당할 생각은 없습니다."

아시카가 경위가 코트 단추를 끌렀다.

"방탄조끼? 하지만 머리에라도 겨누면 어쩔 건데!?"

니노미야 형사과장이 버럭 성을 냈다.

"상관없습니다! 만에 하나, 일반 시민이 손끝 하나라도 다치는 날엔 저는 더 이상 경찰관으로서 살아갈 수가 없습니다! 게다가 다나카 서장님도 스스로 미끼가 된 적이 있다고 알고 있습니다. 만약 허락해주시지 않는다면, 당장 이 자리에서 사표를 제출하고 저 혼자서 놈을 쫓겠습니다!"

"만만하게 보지 마! 아시카가!"

니노미야 형사과장이 큰소리로 꾸짖었다.

들개와 들개 대장 사이에 고성이 오가고, 나는 덜덜 떨면서 서장 의자에 찰싹 달라붙어 있었다.

아……. 잘못돼서 아시카가 경위가 순직이라도 하는 날엔……. 아니, 중상으로 끝난다 해도 부하를 미끼로 내세운 지휘관은 당장에 목이 날아간다.

뭐라고 말 좀 해줘요, 모리 씨…….

나는 매달리는 심정으로 모리 경정을 보았다.

지금껏 한 마디도 하지 않던 모리 경정이 입을 열었다.

"다나카 서장님. 본 서의 지휘권을 반환해주시기 바랍니다."

나는 눈을 끔뻑였다.

그야 아무 상관없고, 아니, 오히려 제발 그렇게 해줬으면 좋겠다. 나로서는 아시카가 씨를 말릴 재간이 없다.

나는 서장 의자에서 후다닥 일어나 모리 경정을 향해 경례했다.

"본 서의 지휘권, 반환합니다."

모리 경정도 경례로 답했다.

"지휘권, 승계받았습니다."

이로써 이 서의 서장은 명실공히 모리 씨다.

자, 모리 씨, 아시카가 씨 좀 설득해주세요.

"아시카가……."

모리 서장이 어두운 눈으로 아시카가 경정을 응시했다.

그렇지, 그렇지, 따끔하게 한마디 해줘!

"뭡니까!"

아시카가 경정이 도전하듯 모리 씨의 눈을 맞받아 쳐다보았다.

"이걸 가지고 가게……."

모리 서장은 옆에 놓아두었던 자신의 무전기를 건넸다.

어? ……으어!? 지금 보내주는 겁니까!?

"은혜 잊지 않겠습니다."

아시카가 경위가 무전기를 집어 들며 씩 웃었다.

"다만, 자네의 위치 및 진행 방향은 그 무전기로 빠짐없이 알리도록."

아시카가 경위는 고개를 끄덕이고 서장실을 나갔다.

"괜찮겠습니까?"

니노미야 형사과장이 떨리는 목소리로 물었다.

"어차피 아시카가는 막아도 갈 놈이야. 멋대로 행동할 바엔 차라리 내 지휘 아래에서 움직이도록 하는 게 나아. 니노미야, 아시카가 주위를 자네 부하로 채우게. 아시카가를 중심으로 반경 30미터 이내에 사복 경찰을 밀착 투입해."

"……그렇다면, 열 명쯤 붙이겠습니다."

모리 서장이 나를 힐끗 보았다.

"지휘권은 반환받았습니다. 다나카 경무관님은 서장실에서 나가주시기 바랍니다."

네네, 나갑니다, 나가요. 당장 나가드리죠.

나는 서둘러 서장실을 빠져나왔다.

아, 이제 도쿄로 돌아갈 수 있겠다. 다행이다, 다행이야.

"다나카 경무관님."

복도를 걷다 나를 부르는 소리에 멈춰 섰다. 돌아보니 니노미야 형사과장이 새파란 얼굴로 뛰어왔다.

"다나카 경무관님은 응접실을 사용해주십시오."

"어, 저는……."

이제 도쿄로 돌아갈 생각인데요…….

니노미야 형사과장이 머리를 흔들었다.

"상황이 예사롭지 않습니다. 만약 아시카가가 부상이라도 입는 날엔 책임자는 처벌을 받게 됩니다. 그래서 모리 서장님이 지휘권을 돌려받으셨을 겁니다. 모리 서장님은 다나카 경무관님에게 깊은 은의

恩義를 느끼고 있기에 대신해서…….”

예? 그런 거였어요?

“제게 어떻게 하라는 말씀이신지?”

“저로서는 아시카가가 무사하기를 바랍니다. 그리고 모리 서장님도 정년까지 얼마 남지 않은 기간을 무탈하게 보내셨으면 좋겠습니다. 부디, 아시카가와 모리 서장님을 도와주십시오.”

니노미야 형사과장이 매달리는 눈빛으로 나를 보았다.

“제가 할 수 있는 일이래 봤자…….”

“아닙니다. 다나카 경무관님이라면 틀림없이 이 사건을 해결해주실 수 있습니다. 저는 믿고 있습니다.”

니노미야 형사과장은 그 말을 끝으로 경례를 하고 나서 발길을 돌렸다.

흐음…….

어쩌지. 이런 말을 듣고 어떻게 도쿄로 돌아가겠냐고……. 있어봤자 할 수 있는 일도 없지만…….

어쩔 도리 없이 나는 로비 옆에 있는 응접실로 들어갔다.

소파에 걸터앉아, 어쩌다 일이 이렇게 됐나 싶어 한숨을 쉬었다.

응접실을 둘러보았지만 소파와 테이블 말고는 아무것도 없다. 컴퓨터도 없고 전화기도 없다. 하긴 뭐가 있다 한들 지휘권도 없고 경험과 지식도 없는 나로선 할 수 있는 일이 하나도 없다. 사건이 어떻게 흘러갈지는 모르겠지만 그때까지 응접실에 얌전히 있자.

앉아서 멍하니 있다 보니 만들다 만 ‘모가미’ 생각이 스멀스멀 떠올랐다.

모가미…… 좋은 이름이야.

구 일본 해군 함정에는 대체로 좋은 이름들이 붙여졌다. 다른 나라 배들은 역사 속 영웅의 이름이 많은데 구 일본 해군의 배들은 전설에 등장하는 동물이라든지 산이나 강, 자연 현상에서 따온 이름이 많다. 예를 들면 전설상 생물인 청룡을 뜻하는 '소류蒼龍', 산 이름인 '아카기赤城', 강 이름인 '진츠神通', 눈보라를 뜻하는 '유키카제雪風' 등등……. 지금 만들고 있는 '모가미'는 모가미 강에서 이름을 땄다고 한다. 어쩐지 스모 선수의 예명 같은 느낌이다. 몽골 해군의 항공모함에는 '하쿠호白鵬'[8]라든가 '가쿠류鶴竜'[9] 같은 것도 있으려나……. 아니, 그보다 우선 몽골 해군이란 게 있었던가…….

갑자기 노크 소리가 나서 나는 현실로 돌아왔다. 입구를 보니 기쿠치 경사가 쟁반에 찻잔을 받쳐 들고 서 있었다.

"차 끓여왔습니다."

"고마워요."

가만 보니 기쿠치 경사는 사복 차림이었다.

"오늘은 그만 퇴근하는 겁니까?"

"아뇨, 잠시 밖에 나갔다가 다시 서로 돌아올 겁니다. 이 중차대한 시기에 저만 나 몰라라 퇴근할 수는 없으니까요. 저는 피해자와 관련

8 몽골 출신 스모 선수 하쿠호 쇼白鵬翔에서 연상한 듯함.

9 몽골 출신 스모 선수 가쿠류 리키사부로鶴竜力三郎 에서 연상한 듯함.

이 있는 사람이라서 수사에는 참여할 수 없지만."

"허. 그럼 어딜?"

"네. 오늘은, 소꿉친구…… 최초 희생자의 월명일이라서, 참배하러 현장에 다녀올 생각입니다."

현장……. 그러고 보니 나는 피해자들이 살해된 현장에는 아직 한 번도 가본 적이 없구나……. 그런데 그 현장 근처에 이 지역 명물인 쟈코텐[10] 덮밥을 파는 가게가 있었지. 여기서 1년을 살았는데 결국 쟈코텐 덮밥은 먹을 기회가 없었다. 게다가 좀 있으면 저녁 먹을 시간이다.

"같이 갑시다. 그 후에 저녁이라도 같이 먹죠."

니노미야 형사과장이 그토록 당부했건만 딱히 할 일도 없고 가만히 앉아만 있기도 뭣해서 나는 기쿠치 경사에게 같이 가자고 했다.

기쿠치 경사의 얼굴이 갑자기 밝아졌다.

"다나카 경무관님이 와주신다면, 친구도 분명 기뻐할 겁니다."

탈의실로 간 기쿠치 경사가 쇼핑백을 손에 들고 돌아왔다.

피해 현장은 서에서 그리 멀지 않았기에 나와 기쿠치 경사는 걸어가기로 했다. JR역 뒤편을 봉쇄하고 있던 많은 수사관들은 전부 재배치되었고, 이 부근에도 경찰이 드문드문 보인다. 그러니 뭐, 별일 없겠지. 나나 기쿠치 경사나 사복 차림인 데다 탈주범과는 면식도 없

10 생선을 뼈째 갈아서 튀긴 어묵의 일종.

으니까…….

30분쯤 걸어 현장 근처까지 왔다.

코트 안주머니에서 휴대전화가 진동했다.

나는 전화기를 꺼냈다. 돼지마쓰 군이었다.

"무슨 일입니까?"

"다나카 경무관님께 보고합니다. 국토교통성 시코쿠 지방 경비국의 하천 국도 사무소에 다녀오는 길인데 그곳 하천 감시 카메라에서 탈주범을 확인했습니다. 역시 놈은 사람들이 지나다니거나 방범용 감시 카메라가 있을 법한 곳은 수로로 내려가 이동한 게 맞았습니다."

"수고 많았습니다. 니노미야 씨에게는 알렸습니까?"

"네, 방금 전 보고했습니다. 그 강을 따라 서원들을 재배치하도록 지시하신답니다."

나이스. 이로써 돼지마쓰 군은 보나 마나 또 특별공로상을 받게 되겠군. 나는 기쿠치 경사와 나란히 강변을 걸으며 생각했다.

"그래서, 그 강 이름이?"

"다카세가와입니다."

다카세가와라……. 하이쿠가 성한 현답게 강 이름도 문학적이네…….

그런데 이 시의 다카세가와는 어디쯤이려나?

"기쿠치 씨. 다카세가와가 어디를 지나는 강인지 아십니까?"

나는 옆에서 걷는 기쿠치 경사에게 물어보았다.

"네? 이 강이 다카세가와인데요."

엥?

나는 눈앞의 강을 보았다.

강이라기보다 마치 농업용 수로처럼 보인다. 폭도 수심도 2미터쯤 되려나. 하지만 숨어서 이동하기에는 딱 좋아 보이네…….

안 좋은 예감에 몸이 떨리기 시작했다.

"다나카 경무관님? 어쩐지 바깥에서 나는 것 같은 소리가 들리는데, 어디 계신 겁니까?"

"다카세가와…… 인 것 같습니다. 기쿠치 씨와 함께……."

"네? 왜 그런 곳에."

말하다 말고 돼지마쓰 군이 갑자기 입을 다물었다.

"기쿠치 경사가 친구였던 피해자의 월명일을 맞아 참배를……."

"……잠시만요. 지금 생각났는데, 분명히 기쿠치 경사님은 범인과 마주친 적이 없다고 하셨죠?"

"그렇게…… 말했던…… 것 같습니다……."

"하지만, 월명일에 살해 현장으로 참배하러 갔었다고……. 그때 현장검증을 하기 위해 범인을 태우고 온 차량과 스쳐 지났다고……. 혹시 그때, 기쿠치 경사님은 현장에 바칠 꽃을……."

나는 기쿠치 경사의 손에 들린 쇼핑백을 보았다.

"기쿠치 씨, 그 안에 든 게 혹시……."

"네? 현장에 바칠 꽃다발인데요……. 그 애는 파는 꽃보다 들에 핀 꽃을 좋아해서, 그 꽃들을 꺾어다 꽃다발을 만든……."

거기까지 말하고 나서 기쿠치 경사는 헉 하고 숨을 삼켰다. "범인은, 꽃다발을 든 여성을 보면 살의를……."

그렇다…….

범인은 아시카가 경위에게 복수하려고 이 동네로 돌아온 게 아니다. ……현장검증을 마친 수사 차량 안에서, 마침 꽃다발을 안고 스쳐 지나가던 기쿠치 경사를 본 것이다. 그리고 솟구치는 살의를 품고 돌아왔다……. 기쿠치 경사를 만날 수 있는 시간과 장소를 노려……. 월명일에…… 살해 현장에서…….

그렇다면, 범인은 지금…….

몸이 점점 더 심하게 떨렸다.

"다나카 경무관님!"

소리가 나는 방향을 보았다.

오노 경장이 달려오고 있다.

다행이다……. 우리 서 최강의 용병……. 이제 괜찮아…….

바로 그때 그늘에서 한 남자가 튀어나왔다.

아, 탈주범이다!

"꺼져!"

탈주범이 내게 권총을 겨눴다.

꺼지고 싶어도 도무지 오금이 저려서 발을 뗄 수가 없다.

그 순간, 탈주범의 손에 들린 권총이 두 차례 불을 뿜고, 나는 가슴에 충격을 느꼈다.

"꼼짝 마!"

그 소리와 동시에 오노 경장이 발포했다.

탈주범의 손에서 권총이 튕겨나갔다.

황급히 권총을 집으려는 탈주범에게 오노 경장이 덤벼들었다.

망연자실해 있던 나는 오노 경장을 뒤따라 달려온 서원들의 부축을 받으며 서까지 돌아왔다.

함께 서장실로 돌아온 기쿠치 경사는 울고 있었다.

"죄송합니다. 제가 곁에 있었는데 이런 일이……."

"아니…… 괜찮습니다. 다행히 방탄조끼를 입고 있어서……."

나는 방탄조끼를 벗으며 기쿠치 경사를 달랬다.

"하지만, 제가 경호하는 입장인데도……."

우리를 맞이한 돼지마쓰 군이 고개를 가로저었다.

"아뇨, 아닙니다. 기쿠치 경사님은 여차할 땐 다나카 경무관님을 경호할 생각이셨겠지만, 사실은 그 반대였습니다. 경사님이 월명일에 현장에 간다고 말씀하셨을 때부터 다나카 경무관님은 기쿠치 경사님을 줄곧 지켜주고 계셨던 겁니다."

"그게 무슨 말이죠?"

기쿠치 경사는 울어서 퉁퉁 부은 눈으로 돼지마쓰 군을 바라보았다.

"다나카 경무관님은 경사님이 표적이 되었을 가능성을 훨씬 이전부터 염려하고 계셨습니다. 범인이 강을 타고 이동하는 게 아닌지 제게 암시하셨을 즈음에 이미……. 다나카 경무관님이 말씀하셨죠……. '꽃이 지네 꽃가지 꺾고 있네 꽃의 잔해로구나'……."

니노미야 형사과장이 고개를 갸웃거렸다.

"뭐지? 다카노 이치에이의 시구와 비슷한데. 마쓰오 바쇼가 '장맛비 모두 모아 시원하도다 모가미 강'이라고 읊었을 때 뒤이어 읊었던 시구 중에 분명히……."

모리 서장이 불쑥 말했다.

"꽃이 지네 꽃가지 엮고 있네 꽃방석이로구나?"

엥?

역시 이 현에서 그 정도 지식은 일반 상식이었어…….

"네. 다카노 이치에이가 읊은 구절의 패러디입니다."

돼지마쓰 군이 고개를 끄덕였다.

"'꽃이 지네 꽃가지 꺾고 있네 꽃의 잔해로구나.' ……꽃다발을 든 피해 여성이 진 자리에, 꽃을 꺾어 공양하는, 꽃의 잔해……. 다나카 경무관님은 기쿠치 경사님이 꽃의 잔해가 되는 것은 아닌지, 만에 하나 있을지도 모를 불상사를 우려하고 계셨던 겁니다. 그래서 경사님이 서 밖으로 나갈 때 경호할 목적으로 동행하신 거죠. '만에 하나 있을지 모를 가능성을 간과하지 말라. 과신하여 경계를 풀지 말라.' ……이미 여러 번 서장님께 가르침 받았으면서, 저는 또다시 간과한 채 방심하고 말았습니다."

돼지마쓰 군이 한숨을 내쉬었다.

"그리고 그 만에 하나의 우려가 현실이 되었을 때 몸을 날려 기쿠치를 지키신 건가……."

니노미야 형사과장이 신음했다.

그런 게 아니라고 말하고 싶은데 왜 그런지 가슴이 아파서 목소리가 나오질 않았다. 대체 어떻게 된 걸까.

가슴에 손을 댄 채 상을 찌푸리고 있는 내 모습을 알아챘는지 니노미야 형사과장이 내 가슴에 가만히 손을 대보았다.

"아……. 갈비뼈가 두세 대 부러진 모양입니다."

뭐!? 방탄조끼까지 입고 있었는데? 부러졌다고?

"방탄조끼는 총알이 관통하는 것을 막아줄 뿐입니다."

돼지마쓰 군이 다시 거침없이 설명하기 시작했다.

"총알의 운동에너지는 몸으로 흡수하는 수밖에 없습니다. 지근거리에서 맞을 경우 갈비뼈 정도는 쉽게 부러집니다. 그래도 두세 대로 끝나서 정말 다행입니다."

뭐가 '다행입니다'냐. 어차피 이번 일로 또 특별공로상을 받을 행운아가 뭘 알겠어. 뼈가 부러진 사람 입장도 좀 생각해서 말하시지.

불편한 심기를 털어놓으려는데 문이 열리고 아시카가 경위가 들어왔다.

"확보한 남자를 확인하고 왔습니다. 틀림없는 탈주범이었습니다."

"천만다행이야." 니노미야 형사과장이 고개를 끄덕였다. "그런데 전화위복이라고 해야겠군. 이로써 애초에 범인은 이동 경로, 도주 경로를 면밀하게 계산해서 범행을 저질렀다는 것이 판명됐어. 범행 당시에 피고는 심신상실이었느니 심신미약이었느니 하는 변호사의 변명도 더는 통하지 않을 거야."

그 말에 아시카가 경위가 고개를 크게 주억거렸다.

니노미야 형사과장이 앞으로 나서며 말했다.

"아무튼 서 차원으로 다나카 경무관님을 위한 위로회를 열도록 하지요. 모쪼록 제게 간사幹事를 맡겨주시기 바랍니다."

나는 고개를 절레절레 흔들었다.

"내일 바로 경찰청에 나가야 해서, 병원에 들렀다가 바로 도쿄로 갈 겁니다."

나는 한시라도 빨리 이 서와 작별하고 싶다.

"그렇습니까……."

니노미야 형사과장이 어깨를 축 늘어뜨렸다.

"뒷일은 모리 씨에게 맡기겠습니다."

"……알겠습니다."

모리 서장은 내게 경례한 후 방에 있던 사람들에게 눈짓을 했다. 니노미야 형사과장 이하 일동이 서장실을 나갔다.

"그럼……."

나는 서둘러 일어섰다. 코트를 입으려는데 또다시 가슴에 통증이 밀려왔다. 운전은 힘들겠군. 차는 업자에게 맡겨 올려 보내야겠다. 돈이 엄청 깨지겠지만, 어쩌면 이사 경비로 쳐서 경찰청에서 내줄지도 몰라. 나중에 물어보자.

아무튼 얼른 병원부터 가야…….

배웅하는 모리 서장과 함께 서 바깥으로 나온 나는 깜짝 놀랐다.

전 서원과 현경 본부에서 지원 나온 부대원 전원이 도열해 있었다.

"이게 어떻게 된……."

죽 늘어선 경찰관들이 일제히 내게 경례했다. 한 점 흠잡을 데 없는 멋진 경례였다.

나도 경례로 답하려고 손을 들어올렸다.

으윽……. 부러진 갈비뼈가…….

나는 죽을 것 같은 고통을 참으며 대열 한가운데를 나아갔다.

아시카가 경위가 나를 보며 씩 웃었다.

니노미야 형사과장은 눈물을 글썽이고 있었다. 돼지마쓰 군도 코를 훌쩍였다.

기쿠치 경사는 차렷 자세 그대로 눈물을 뚝뚝 떨구고 있었다.

그 모습을 보니 나도 숙연한 기분이 들었다.

"이로써, 잃어버린 것을 멋지게 되찾으셨습니다."

내게 속삭인 모리 서장 말에 퍼뜩 깨달았다.

아뿔싸. '모가미' 자료가 아직 서장실 책상 서랍에 있어……. 또 까먹었네…….

하지만 이렇게 모든 서원과 현경 본부 수사관들이 경례로 전송해 주고 있는데 다시 돌아갈 수는 없지……. 게다가 되돌아갔다가 또 무슨 일에 휘말리게 될지 알 수 없다.

나는 못내 찜찜한 기분으로 경찰서 문을 나섰다.

옮긴이의 말

우울함을 날려주는 유쾌한 소설

국내에 처음 소개되는 일본 작가, 가와사키 소시. 2001년, 『긴 팔長い腕』로 제21회 요코미조 세이시 미스터리 대상을 수상하면서 데뷔했다. 이 주목할 만한 데뷔 이후 소시는 긴 침묵기에 들어갔는데, 『긴 팔』이 이례적으로 오랜 기간 사랑을 받으면서 차기작을 기대하는 목소리가 끊이지 않았다. 2012년, 11년 만에 〈긴 팔〉 시리즈 2편을 출간하면서 문단에 돌아와 지금까지 꾸준히 작품을 발표하고 있다. 과거와 현재를 넘나드는 사건 전개, 복수·병원균·실체를 알 수 없는 존재 같은 주제들로 이뤄진 기이하고 어두운 분위기의 미스터리 호러 소설을 쓰는 작가로 알려져 있던 만큼, 이번 소설 『서장 다나카 겐이치의 우울』은 기존 이미지를 뒤집는 의외의 작품이라는 반응이 많았다.

……수사회의가 드디어 끝났다.

……시청 회의였다면 아까같이 고함이 오갈 일도 없었겠지. 역시 고교 동창처럼 지방 시청에 들어갔으면 좋았을걸…….

……왜 난 하필 경찰 관료가 되었을까.

……아, 더는 신경이 버티질 못하겠어. 프라모델을 조립해보려 해도 도대체가 손이 떨려서 세밀한 작업을 할 수가 없어.

……난 이제 이런 들개들만 득시글대는 관할서의 서장 자리는 사양하고 싶어…….

주인공 다나카 겐이치는 30대 중반의 엘리트 경찰 관료이다. 그에게는 딱히 사회악을 응징하겠다는 사명감도 없을뿐더러 출세욕, 권력욕도 전무하다. 머릿속은 온통 취미인 프라모델 조립에 관한 생각으로 가득 차 있고 그중에서도 1/700 사이즈의 구舊 일본 해군 함정에 특히 매력을 느껴, 죽기 전 '연합함대' 전부를 완성시키는 것이 꿈인 사람이다. 한마디로 일상이 '기승전 프라모델'! 프라모델에 관한 철학과 신념만큼은 타의 추종을 불허한다. 그러던 어느 날 경찰청 내부 사정으로 인해 중앙경찰청에서 시골 경찰서 서장으로 부임하게 되는데 심각한 수사 회의 자리에서조차 버릇인 혼잣말 — 하나같이 프라모델에 관련된 — 이 튀어나오고, 뼛속까지 형사인 부하들은 그 말을 사건 해결의 단서로 착각, 가히 신기에 가까울 정도의 추리력을 발휘해 사건을 해결해낸다.

다나카 서장은 연쇄살인, 테러, 아이돌을 둘러싼 살인 협박, 무장 강도 사건, 미제 뺑소니 사건, 총기 소지 탈주범…… 등등 대도시에서도 좀처럼 일어나지 않는 큰 사건들을 맞닥뜨리지만, 그때마다 서장의 혼잣말을 곡해한 열혈 형사들의 뒷받침 덕에 사건은 술술 해결된다. 그러다 보니 어느새 의도치 않게 일선 수사관들로부터 사건 해결의 달인으로 추앙받기에 이르는데…… 정작 당사자는 하루라도 빨리 이곳을 벗어나고 싶은 생각뿐이다.

다나카 서장의 혼잣말이 수사의 단초가 되면서 벌어지는 일곱 가지 에피소드가 단편 형식으로 진행되다 보니, 다음 에피소드에서는 또 어떤 혼잣말이 사건 해결로 이어질지 기대하게 되어 책장은 자연스럽게 훌훌 넘어간다. 프라모델로 시작해서 프라모델로 끝나는 주인공의 일상도 흥미롭지만, 진지해질 만하면 한 번씩 터뜨려주는 '마음의 소리' 덕분에 역자로서도 마지막까지 내내 즐겁게 작업할 수 있었다. 그중에서도 주인공이 무장 강도들에게 쫓겨 도망 다니는 대목이라든지, 인형 탈을 뒤집어쓰고 악전고투하는 부분은 두고두고 '웃픈' 장면으로 남을 듯하다.

그나저나 우리 신통방통한 돼지마쓰 군은 앞으로 또 어떤 활약을 보여줄는지…….

2017년 여름 끝자락에

신유희